天劍無缺 천검
무결

매운 新무협 판타지 소설
FANTASTIC ORIENTAL HEROES

천검무결 1

매은 新무협 판타지 소설

초판 1쇄 찍은 날 § 2009년 6월 10일
초판 1쇄 펴낸 날 § 2009년 6월 19일

지은이 § 매은
펴낸이 § 서경석

편집장 § 문혜영
편집책임 § 서지현
편집 § 주소영

펴낸곳 § 도서출판 청어람
등록번호 § 제1081-1-89호
등록일자 § 1999. 5. 31
어람번호 § 제2-1760호

주소 § 경기도 부천시 원미구 심곡2동 163-2 서경B/D 3F (우) 420-822
전화 § 032-656-4452 팩스 § 032-656-4453
http://www.chungeoram.com
E-mail § eoram99@chollian.net

ⓒ 매은, 2009

ISBN 978-89-251-1834-5 04810
ISBN 978-89-251-1833-8 (세트)

매은 新무협 판타지 소설

FANTASTIC ORIENTAL HEROS

천검무결

天劍無缺

1

하늘, 운명의 문으로

청어람

目次

작가서문   6

서(序)   9

제1장   몰락한 세가, 노복과 소주   11

제2장   서해영   41

제3장   하북팽가, 종리세가   85

제4장   역학자 혹은 점쟁이   125

제5장   이름을 버리고 또 얻고   165

제6장   한밤의 괴인들   207

제7장   신창권문에서   247

제8장   오대산으로부터 온 축사   295

제9장   하늘, 운명의 문으로   335

안녕하세요. 매은(梅隱)입니다.

지난 정검록 이후 약 3년 만에 제 이야기가 다시 책으로 나오게 되었습니다. 너무 오랜만이라 두렵기도 하고, 부끄럽기도 하고 참 형언하기 힘든 심정이군요.

그간 신상의 변화도 있었고, 글을 쓰기도 했고 쓰지 못하기도 했습니다. 돌아보면 원인은 다 저에게 있었으나 당시에는 그를 알아볼 혜안도, 능력도 부족했습니다. 이렇게 얘기한다고 지금은 나아졌느냐면 딱히 할 말이 없는데, 그래도 일단은 이렇게 글을 쓰고 있습니다.

셰익스피어, 김용, 양우생, 하기오 모토, 심수봉, 송진용.

저의 이야기는, 여전히 이분들에게 가장 많은 빚을 지고 있습니다. 닿을 리 없겠지만 감사하다는 말씀을 드립니다. 정말 감사합니다.

특별히 이분들을 들었으나 그 외에 제가 보고 듣고, 경험하는 모두에게 빚을 지고 있는 게 사실입니다. 저에게 있어 글을 쓴다는 것은 어쩌면 이러한 채무의 변제 과정이 아닐까 싶군요. 갚아도, 깊어도 줄어들지 않을 빚이겠지만요.

　담당하시는 서지현님을 비롯한 청어람 편집부 분들과 디자인 팀 분들께도 깊이 감사드립니다. 서지현님께는 너무 많이 들어서 식상하겠으나 또 한 번 죄송하다는 말씀도 함께 드려야겠습니다.

　이 이야기를 기다려 주셨던 분들, 우연히 꺼내신 분들 모두 감사드립니다. 부디 즐겨주세요.

2009년 6월 매은(梅隱) 드림.

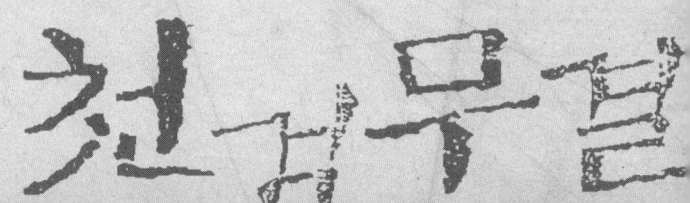

가족과 친구들에게

서(序)

　천 년을 이어져 내려온 진진(蓁蓁)한 무림(武林)의 역사 속에서 절대자의 자리는 항상 누군가의 것이었다. 비워져 있다면, 어김없이 그 자리를 차지해 앉을 누군가가 나타났다. 누구나 무림의 일인자가 되기를 원하였고, 모든 무림인이 절대자의 공백을 원치 아니하였다.

　그러나 지금.

　황제의 천하가 평화에 젖어 유례없는 치세를 누리는 사이 강호는 유례없는 난세를 향해가고 있었다. 언제나 채워져 있던 그 자리, 무림의 절대자라는 자리가 십여 년이 지나도록 주인을 찾지 못하고 비어 있었던 것이다.

　권좌(權座)에 마땅한 인물이 없었던가?

아니, 그 반대.
오히려 그 자리에 어울리는 인물이 너무나 많았던 것이다.

십왕(十王)!

훗날 '십왕의 시대'로 불리게 될 이 시기를 수놓았던 열 명의 고수에게 사람들은 왕이라는 칭호를 부여했다. 그들은 왕의 힘과 품격을 갖춘, 광오하다 할 칭호마저 부족함이 있는 자들이었다. 하나 열 명의 왕이라는 이름에 부족함이 있다면 무엇으로 채워야 할 것인가? 그 목마름은 열 명 중 하나가 아닌, 무림에 오직 단 한 사람이 되어야 채울 수 있다는 걸 모르는 자가 없었다.

그러나 그것은 불가능한 일이었으니, 가능하였다면 애초에 십왕이라는 이름이 없었을 것이다.

그런 까닭에 그들은 서로가 서로에게 저주요, 재앙이었다.

그러나 진정한 재앙은 아직 그 모습을 드러내지 않고 있었다.

第一章
몰락한 세가, 노복과 소주

어둔 밤에도 한 점 빛조차 없는 것은 아니다. 촘촘히 박힌 별과 그 속에서 유난한 달이 뿌려주는 차가운 빛은 도리어 밤의 증거이다.

그래서 그조차 구름에 가린 완전한 어둠은, 응당 밤이 가져야 할 안거(安居)의 미덕을 적출한 채 가시처럼 온몸을 찌르는 냉기로 채워져 있었다.

서걱!

"……!"

어둠이 삼켜 버린 비명 소리와 함께, 희미한 윤곽선이 무너져 내린다. 그와 함께 청량한 공기 중으로 비릿한 혈향(血香)이 확 퍼져 나간다.

휘익.

비린내 가득한 어둠을 한줄기 바람이 가르고 지나간다. 아니, 바람을 일으킨 사람이 어둠을 지나간다. 구름이 만든 어둠 속에서도 사람임을 확신하는 것은 그로부터 뿜어져 나오는 예리한 살기(殺氣) 탓이리라.

서걱!

살기의 주인으로부터 일어난 바람이 다다른 곳에 또 다른 피비린내가 피어올랐다. 어둠은 피에 취했는지 삼키지 못한 신음을 모두의 귓가에 흘리고 말았다.

"…크윽!"

이승으로부터 멀어지는 단말마에 놀랐는지 침묵과 함께 어둠의 일부가 무너져 내렸다. 하늘을 뒤덮은 구름이 흩어지고, 달빛이 일부 땅 위로 내려앉은 것이다.

달빛은 창살처럼 나란히 땅 위에 꽂혔다. 그에 갇혔는지, 혹은 꿰였는지, 시린 달빛이 열어젖힌 어둠의 틈바구니에서 한 청년이 모습을 드러냈다.

회색 장포를 입은 청년은 흑의인의 시체 위에 한 발을 올려놓고 꼿꼿이 서 있었다. 이제 스물이 되었을까, 청년의 앳된 얼굴은 그가 아직 소년 시절을 완전히 빠져나오지 못했음을 말해주는 듯했다.

그럼에도 불구하고 청년의 앳된 얼굴은 달빛보다 차갑게 굳어 있었다. 창살처럼 내리는 가는 달빛 어딘가에 보이는 또 하나의 시체는, 청년의 발아래 엎드린 이와 같은 흑의를 입고 있었다. 청년은 잠깐 사이 두 사람을 죽이고도 아무런 동요 없이 오히려 시체를 능멸하듯 한 발을 올려놓고 달빛이 내리지 않는 어둠을 향해 짙은 살기를 흩뿌리고 있었다.

명백한 도발이었다.

구름이 움직이고, 달빛을 허락한 틈도 따라 움직였다. 청년을 향해 내리던 달빛도 그와 함께 움직여 가려져 있던 오른손을 비추었다. 달빛은 그 오른손에 들린, 방금 두 흑의인을 해하였을 검을 타고 사방으로 퍼져 나갔다. 그것이 신호인 것처럼 다섯 명의 흑의인이 어둠에서부터 모습을 드러냈다.

"……!"

다섯 개의 검은 그림자가 청년을 향해 쇄도했다. 동료의 죽음과 그 시신을 능멸하는 모습을 목도하고도 한 치의 감정적 동요가 없는 듯 그들의 움직임은 빠르고 정확했다. 감정이 느껴지지 않는, 오로지 살인을 위해 정제된 움직임.

그때, 사방으로 퍼져 나가던 달빛이 방향을 획득했다. 아주 살짝 비틀어진 검신이 그를 하나로 모아 달려오던 한 흑의인의 눈으로 던진 것이다.

"……!"

기계처럼 정밀하게 한 치의 오차도 없이 달려들던 다섯 개의 그림자 중에 균열이 생겼다. 그것은 극히 미세한 틈이었으나 찰나의 순간 위에 목숨을 얹어놓은 무림인들에게는 억겁과도 같은 시간이었다.

쉬익!

청년은 한 사람의 흑의인을 향해 몸을 튕기고, 그가 있던 자리에 네 자루 검이 교차했다.

카앙!

청년의 검이 반원을 그리며 흑의인의 검과 부딪치며 날카로운 비명을 지른다. 그 고통의 반대급부로 열려진 흑의인의 가슴팍! 그 안으로 파고드는 청년의 좌장에는 어스름히 푸른 기운이 서려 있었다.

콰앙!

커다란 소리와 함께 흑의인의 신형은 뒤로 날아갔다. 먹이를 낚아채는 개구리처럼 어둠은 흑의인을 단숨에 삼켜 버렸다.

청년은 지체하지 않고 신형을 돌리며 검을 휘둘렀다.

카앙! 캉!

등을 노리던 두 자루 검을 뿌리치자, 다시 그 사이로 두 자루 검이 찔러 들어왔다. 그러나 그들 역시 청년의 검에 진로를 차단당하고 말았다.

카앙! 캉!

네 사람의 흑의인 사이에 당혹감이 흘렀다.

청년이 두 자루 검을 가지지 않은 이상 이 합벽은 막힐 수가 없었다. 아니, 설령 두 자루 검을 들었다 해도 막을 수 없기는 마찬가지였다. 수천, 수만 번을 연마하고 또 연마한 합벽이다. 애초 일곱 명이었을 때 죽이지 못한 자가 없어 펼쳐 보일 기회가 없었다 뿐이지, 그 위력을 의심해 본 적은 한 번도 없었다.

그런데 지금, 세 사람의 동료를 잃고 난 뒤에 비로소 발휘한 한 수가 약관은 되었을까 의심스러운 애송이에게 막혔으니 흑의인들이 느끼는 당혹감은 이만저만한 것이 아니었다.

그리고 그로 인한 동요는 흑의인들과 같은 부류, 곧 살수라 불리는 자들에게는 치명적인, 금기라고 할 수 있는 실수였다.

쉐엑!

동요하는 흑의인들 사이로 청년의 신형이 날아들었다. 당황할 틈도 없이 청년의 검은 어둠을 넘어 가장 짧은 길을 찾아 흑의인들의 요처를 베고 지나갔다.

한 번 흔들린 마음은 평생을 지켜온 철칙도 무색하게 만든다. 살행에 들어가면 표적이 완벽히 제거되는 순간까지, 아니, 본 당으로 복귀할 때까지 입을 열지 않도록 훈련받아 온 그들이다. 설령 임무에 실패하여도 담담히 죽음을 받아들이지, 무림제일 암살 집단의 일원이라는 자긍심을 버리는 것은 꿈에도 생각할 수 없는 일이었다.

그러나 지금, 이들이 임무에 실패하고 겨우 약관에 불과한 표적에게 도리어 당하는 이 사실이 바로 그 꿈에도 생각할 수 없는 일인 것이다.

"커헉……."

흑의인들은 부서진 긍지 사이로 신음 소리를 흘리며 쓰러지고 말았다.

"…끝났소?"

일곱 구의 시체 사이에서 달빛을 받은 청년이 입을 열었다. 그러자 어둠 속에서 또 하나의 그림자가 나오며 대답했다.

"어디 보자. 하나, 둘, 셋, 넷, 다섯, 여섯, 일곱! 이것들이 벽암당(碧暗堂)의 칠각(七角)이라 하였으니, 일곱 놈이 틀림없습니다. 제대로 끝낸 것이 분명합니다, 소가주(小家主)."

시체의 수를 세며 대답한 자는 머리가 흰 노인이었다. 노인에게 소가주라 불린 청년은 검을 검집에 넣으며 말했다.

"그래서, 이번에는 제 목을 얼마나 쳐줍디까?"

노인은 눈을 가늘게 뜨며 웃었다.

"흐흐흣! 이미 두 차례 위약금을 물었으니 저들도 오기가 생겼겠지요. 이 칠각이라는 자들은 벽암당 내에서도 다섯 손가락에 꼽히는 살수조라고 합니다. 그만큼 의뢰비도 어마어마하지요."

청년은 눈살을 찌푸리며 말했다.

"유(劉) 총관! 내가 감당치 못할 자들이라고는 생각하지 않았습니까? 어찌 그런 무모한 일을 벌이셨습니까?"

유 총관이라 불린 노인이 대답했다.

"이 유 모가 모용세가의 덕을 입은 지 벌써 오십여 년이 넘었습니다. 늙은이가 비록 무공은 모르나 세 분의 가주를 모시면서 어느 정도의 식견은 갖추었다고 자부합니다. 소가주께서는 삼대(三代) 이래의, 아니, 어쩌면 모용의 이름이 시작된 이래 최고의 기재이옵니다."

유 총관이 고개를 조아리며 말하자 청년은 고개를 저었다.

"아니, 제가 지금 탓하는 것이 아니라……."

"지금 세가가 지난날의 영화를 모두 잃고 그 이름만을 겨우 이어가는 것은 어디까지나 이 늙은이가 가주를 잘못 모신 탓입니다. 이는 어찌할 수 없는 일이니 이미 이 늙은이는 고인을 뵐 면목이 없어 죽어도 황천으로 가지 못하고 이승을 떠돌아야 할 운명이외다."

"후……."

청년은 한숨을 쉬었다. 유 총관의 한탄이 한 번 시작되면 끝이 없다는 것을 알면서도 빌미를 제공한 것이 실수라면 실수였다. 누구를 탓할까? 그저 자신이 머리를 숙이는 수밖에 없었다.

"미안합니다, 미안해요."

"물론 이 늙은이의 체면 따위, 문제일 리가 없지요. 하나 소가주는 이 세가의 영화를 되돌리고 장차 무림의 일인자가 되어야 하실 몸인데, 겨우 이런 자들을 감당치 못해서야 어찌 앞일을 도모하겠습니까? 소가주께서 만약 지금 이자들을 감당치 못하셨다면 이 늙은이는 목숨을 이어갈 필요도 없을 터!"

"알았으니까 그만하십시오. 고개를 드세요. 제가 괜한 소리를 했습니다. 어련히 알아서 잘하셨겠지요. 아까의 대답이나 해주십시오."

청년이 그리 말하자 유 총관은 고개를 들고 두 손을 앞으로 내밀었다. 오른손은 검지 하나를 펴고 왼손은 다섯 손가락을 쫙 폈는데, 청년이 그 모습을 보고 크게 놀라며 말했다.

"천오백 냥?"

청년의 놀라는 모습을 보며 유 총관이 다시금 눈을 가늘게 뜨고 웃었다.

"말씀드렸지 않습니까? 벽암당 내에서도 다섯 손가락 안에 꼽히는 살수조라니까요."

"아니, 그러면 위약금이 대체 얼마란 말입니까?"

유 총관은 오른손의 나머지 손가락을 모두 폈다. 청년은 나뭇가지처럼 앙상한 유 총관의 열 손가락을 보며 반문했다.

"열 배? 그게 정말이오?"

"예, 틀림없습니다."

"하지만… 그건 액수가 너무 크지 않소? 저들이 순순히 물어줄 것 같습니까?"

"물론입니다!"

청년의 의문에 답을 해준 이는 흑의를 입고 복면을 쓴 사내였다. 이제 밤을 덮은 구름이 어느 정도 걷혀, 창살처럼 내리던 달빛의 면적이 넓어졌는데도 흑의인은 어느 그늘 속에 있었는지 참으로 귀신같은 출현이었다.

흑의인은 청년과 유 총관에게로 한 걸음 다가서서 말했다.

"벽암당은 한 번 받아들인 의뢰에 대해 반드시 책임을 집니다. 설령 실패했더라도!"

혹의인은 단호히 말하고 품 안에서 흰 종이를 꺼내 두 손으로 청년에게 내밀었다. 청년이 종이를 받아 달빛에 비춰보니 중원제일의 상단, 금산상회(金産商會)의 인(印)이 선명한 봉투였다.

"유 총관."

유 총관은 청년이 건넨 봉투를 받아 조심스레 봉해진 부분을 찢었다. 봉투는 찢겨진 틈으로 여러 겹의 전표가 혀를 내밀었다. 유 총관은 그중 한 장을 꺼내 확인하고, 다시 봉투 안의 개수를 확인한 뒤 말했다.

"금산상회에서 발행한 천 냥짜리 전표가 열다섯 장. 계산은 정확합니다, 소가주."

청년은 유 총관의 말을 듣고 약간 상기된 얼굴로 고개를 끄덕였다. 벽암당 칠각과의 생사를 건 혈투로 고조된 감정이 아직 식지 않은 탓도 있지만, 그보다 열다섯 장의 전표가 주는 무게감이 청년의 심장을 두드리고 있었다.

천 냥짜리 전표가 열다섯 장. 이 얇은 종잇장을 위해 하나뿐인 목숨을 걸었던 것은 아니다. 중원제일의 상단, 금산상회의 보증으로 이 종이 한 장은 청년이 두 손으로도 들기 힘든 무게의 황금과 맞먹는 가치를 지니고 있다.

그리고 그 가치는 비록 저열하다 할지라도 청년의 영혼을 옭아매고 있던 한쪽 매듭을 풀기에 충분했던 것이다.

전표의 가치는 유 총관에게도 마찬가지라, 구름에 가려 어두운 밤하늘 아래 소주(少主)와 노복(老僕)은 성질은 다르나 무게는 같은 감회에 젖어 우두커니 서 있기만 했다.

　"…그럼 전 이만 물러가도록 하지요."

　말없이 두 사람을 바라보던 흑의인은 더 이상 볼일이 없다고 생각했는지 한마디를 던지고 어둠 속으로 사라졌다. 그런데 그의 신형이 짙은 밤공기 속으로 반쯤 녹아들었을 때, 무엇이 아쉬웠는지 흑의인은 움직임을 잠시 멈추고 다시 입을 열었다.

　"벽암당은 의뢰인과 표적에 대한 임무를 실행할 뿐, 일체의 사정을 묻지 않소. 따라서 지금과 같은 일이 또다시 일어나도 흔쾌히 받아들일 것이오. 다만, 벌써 세 번째 실패를 거듭해 누를 끼치게 된 의뢰인이자 동시에 표적이신 모용세가(慕容世家)의 소가주께서 만일 네 번째 의뢰를 하신다면 특별히 저렴한 가격에 당, 당주께서 직접 수행하신다 했으니 잘 생각해 보시오."

　흑의인의 음성은 평이했으나 끝내 감정의 기복을 누르지 못했는지 한차례 말을 더듬고 말았다. 모용세가의 소가주라 불린 청년, 이제 약관의 나이에 들어선 모용천(慕容千)은 제 할 말만 끝내고 사라지는 흑의인을 향해 말했다.

　"아니, 의뢰는 내가 아니라 여기 유 총관이 했는데……."

　들었는지 듣지 못했는지 확인할 기회도 주지 않고 흑의인은 자신의 존재를 어둠 속에 녹여 버렸다.

　지난밤의 참극을 어둠 속에 묻어버리고 새로운 날이 밝았다. 창에 바른 한지를 뚫고 방 안을 채우는 빛 속에서, 침상 위에 가부좌를 틀고 앉아 있는 청년의 모습이 보였다.

흰 얼굴은 빛을 받아 더욱 밝고, 지그시 감은 눈가에 긴 속눈썹이 도드라졌다. 콧대는 높았으나 날카롭지 않았고 조금 두터운 입술은 연분홍이었다. 뚜렷한 이목구비와 날렵한 턱선이 공존하는 얼굴에는 기품 또한 서려 있어 한눈에 명가의 자제임을 알 수 있었다.

눈을 감고 있는 청년, 모용천은 지난밤에 벌어졌던 일전을 떠올리고 있었다. 벽암당 칠각과의 대결. 아니, 암살의 위협으로부터 자신을 보호코자 했던 일전이었다.

벽암당.

이견의 여지가 없는 중원제일의 암살 집단. 한 번 수락한 의뢰는 무슨 일이 있어도 수행하고야 만다는 악랄한 살수들의 집단이다.

벽암당이라는 이름이 무림에 실체를 드러낸 이래 수많은 표적이 자신의 피로 그 전설을 쌓아왔다. 중원무림이 정사로 갈려 극심한 대립을 계속하는 중에도 벽암당만큼은 어디에도 속하지 않은 채 그저 의뢰받은 표적을 묵묵히 암살해 왔을 뿐이다.

그러나 단지 그뿐이라면 정사 어느 편에도 속하지 않은 벽암당을 눈엣가시처럼 여기는 자들에 의해 벌써 사라지고 말았을 것이다. 벽암당을 무림의 전설 중 하나로 당당히 정사지간에 서 있을 수 있게 하는 원동력은 당주인 곽현원(廓賢元), 바로 십왕 중 한 사람인 암왕(暗王)이 있기 때문이다.

그러나 벽암당의 전설과도 같은 행보에 딴죽을 거는 일이 있었다. 중원제일의 살수 집단이라는 명예에 세 개의 금이 가 있었으니, 그것이 모두 한 사람으로부터 비롯되었음을 안다면 누구라도 놀라움을 금치 못할 것이었다.

지난밤 벽암당의 자부심에 세 번째 먹칠을 한 장본인, 모용천은 아직도 그 싸늘한 밤공기의 기억에 잠겨 있었다.

겉으로 드러나기로는 자신의 일방적인 승리였다. 벽암당 내에서도 다섯 손가락 안에 드는—어디까지나 유 총관의 말을 따르자면—살수조인 칠각을 상대로 한 방울의 피도 흘리지 않았으니 말이다. 그러나 모용천은 그것이 절대적인 실력에 의한 결과라고 생각할 수 없었다.

상대는 어디까지나 살수, 암살을 전문으로 하는 자들이다. 하지만 그들은 그런 이점을 포기했다. 유 총관이 벽암당에 모용천의 암살을 의뢰했을 때, 날짜와 시간을 지정했기 때문이다. 엄밀히 말하자면 암살이라 할 수 없었지만 벽암당은 받아들이지 않을 수 없었다. 이는 벽암당의 권위에 대한 명백한 도전이었으니까.

실상이야 어떻든 유 총관은 의뢰의 대행인이었을 뿐, 실제 벽암당에 접수된 의뢰인은 바로 모용천 자신이었던 것이다.

수많은 의뢰를 받아온 벽암당으로서도 의뢰인이 스스로를

표적으로 삼아달라는 경우는 처음이었다. 하나 거래에 필요한 것은 돈이지 이유가 아니었고, 벽암당은 아무 말 없이 의뢰를 받아들였다.

두 세대 전에 오대세가의 자리를 내어주고 몰락한 모용세가. 젖비린내도 채 가시지 않은 소가주. 표적에 대해 그 이상의 분석은 필요치 않았고, 또 하고 싶어도 할 수 없었다. 모용의 이름을 가진 자가 무림에 나와 행세한 것이 육십 년도 더 전의 일이었고, 애초에 몰락의 이유가 이렇다 할 고수를 배출하지 못했기 때문이다.

따라서 처음 선발된 살수는 벽암당 내에서도 중하(中下) 급에 속하는 자로 아무도 그 결정에 대해 의구심을 품지 않았다. 벽암당이 책정한 의뢰비는 오십 냥에 불과했고, 그에 걸맞은 살수를 선발했을 뿐이다.

그러나 의뢰는 보기 좋게 실패로 돌아갔다.

벽암당의 수뇌진은 큰 혼란에 휩싸였다. 의뢰비로 받은 오십 냥의 열 배인 오백 냥의 위약금을 물었지만 어차피 돈은 문제가 아니었다. 그들에게 실패는 있을 수 없는 일이었다.

그리고 위약금을 전달하러 간 전령이 똑같은 의뢰를 받아 돌아왔을 때, 벽암당은 비로소 의뢰의 진실을 알게 되었다. 이것은 단순한 살행이 아니라, 의뢰인이자 표적의 목숨과 위약금을 놓고 벌이는 한 판의 도박이었음을 말이다.

벽암당은 중상(中上)의 살수를 선발하고 의뢰비를 네 배 올린 이백 냥으로 책정하였다. 실패한 자의 사체를 검사한 결과

표적의 무위가 예상보다 높았던 것이다.

그리고 또 한 번의 실패. 이번에는 실패를 놀라워할 시간도 없었다. 이천 냥에 달하는 거액의 위약금을 들고 간 벽암당의 좌향단수(左向團首)는 천오백 냥을 세 번째 의뢰비로 들고 돌아왔다.

일곱 배 반. 최초 의뢰비와는 삼십 배 차이. 실패할 시 위약금은 만 오천 냥. 제아무리 벽암당이라도 흔들릴 만한 거액이었다. 그래서 나선 것이 바로 칠각. 벽암당이 자랑하는 일곱 개의 뿔이었다.

'위험하긴 위험했는데…….'

모용천은 조심스럽게 눈을 뜨고 자신의 오른손을 내려다봤다. 가늘고 긴 손가락에 대비되어 굵은 마디와 못 박힌 굳은살이 눈에 띄는 손이었다.

이 손으로 검을 휘둘러 일곱 생명을 거두었다.

모용천은 어려서부터 가전 무학을 연마해 왔고, 그중에서도 모용 무학의 정수라 할 수 있는 검을 하루라도 손에서 놓은 날이 없었다. 그러나 실제로 사람을 향해 검을 휘둘러보기는 어제가 세 번째에 불과했다. 벽암당에 암살을 의뢰했던 유 총관의 가장 큰 목적은 사실 위약금이 아니라 모용천의 실전 경험이었던 것이다.

"휴우……."

모용천은 길게 숨을 내쉬고 자리에서 일어났다. 방을 나서자 눈앞에 좁고 긴 복도가 펼쳐졌다. 언뜻 봐도 몇십 장은 족히 될 만한 길이의 복도였다. 좌우로는 한 번에 셀 수도 없는 많은 문이 늘어서 있었다.

그러나 어디에도 사람의 흔적은 보이지 않는다. 말끔히 청소가 되어 있다는 점 외에 인기척이라고는 도무지 느껴지지 않았다. 이 커다란 건물 안에 모용천 한 사람만이 있는 것 같았다.

모용천은 익숙한 광경인 듯 개의치 않고 걸음을 옮겼다. 한참을 걸어 밖으로 나가자, 넓은 공터 위에 한가로이 비질을 하고 있는 노인이 보였다. 노인은 모용천을 보자 고개를 숙였다.

"소가주, 기침하셨습니까?"

모용천도 역시 고개를 숙이며 인사했다.

"유 총관도 간밤에 편안하셨습니까?"

두 사람이 그렇게 인사를 하였지만 서로가 밤새 잠을 이루지 못하였음을 잘 알고 있었다.

위약금으로 받아낸 천 냥짜리 전표 열다섯 장. 합쳐서 만 오천 냥을 유 총관이 얼마나 꿈꿔왔던가? 모용천은 누구보다 그를 잘 알고 있었다.

"물은 떠다 놓았습니다."

그러나 유 총관은 내색하지 않고 일상적인 모습으로 어제와 같은 아침을 모용천에게 주었다. 모용천은 유 총관에게 다시 고개를 숙이고 몸을 돌렸다.

모용천이 나온 건물과 마주 보는 건물에는 '청신당(淸身堂)'이라는 현판이 붙어 있었다. 그 안으로 들어간 모용천은 대단히 익숙한 동작으로 하나의 문 앞에 섰다.

"아버님, 밤새 편안하셨습니까? 소자, 아침 문안을 여쭈러 왔습니다."

"……."

대답은 돌아오지 않았지만 모용천은 당연하다는 얼굴로 문을 열었다. 열린 문 안에는 침상에 누운 한 장년인의 모습이 보였다.

장년인은 바른 자세로 누워 입을 벌린 채 멍하니 천장을 바라보고 있었다. 침상 옆에는 작은 탁자 위에 물이 담긴 대야와 작은 천이 한 장 놓여 있었다. 모용천은 그 곁으로 가 이불을 걷고 장년인을 일으켰다.

눈은 뜨고 있었으나 정신이 없는 듯 장년인의 몸은 나무토막같이 뻣뻣했고 힘이 없었다. 모용천은 왼손으로 장년인의 고개를 받치고 오른손으로 웃옷을 벗기며 말했다.

"아버님, 어제 무슨 일이 있었는지 아십니까?"

장년인, 모용천의 아버지이자 현 모용세가의 가주인 모용담은 대답없이 아들의 손에 몸을 맡기고 있었다. 그러나 모용천은 개의치 않고 이야기했다.

"어제 말입니다, 유 총관이 또 일을 꾸몄지 뭡니까? 혹시 벽암당이라고 들어보셨습니까? 제가 이미 몇 번 말씀드린 적이 있지요? 무림제일의 살수 집단이라는 곳 말입니다."

모용천은 모용담의 웃옷을 벗긴 뒤 침상 위에 누이고, 이번엔 하의를 벗기며 말했다.

"살수 집단이라니 역시 사람을 죽이고 돈을 받는 자들이겠죠? 그런 자들도 역시 신용이 가장 무서운가 봅니다. 사람을 죽이지 못할 시에는 위약금으로 열 배나 되는 돈을 물어준다 하였으니까요."

곧 모용담은 알몸이 되었다. 이제 오십이 되었을 아버지의 몸은 앙상한 뼈만 남아 있어 어쩐지 구슬픈 광경이지만, 모용천에게는 대단히 익숙한 모양이었다.

모용담의 옷을 벗긴 모용천은 옆에 놓인 천을 물에 적셨다 꺼내 꼭 짰다.

주르륵.

마지막 한 방울까지 짜낸 뒤 모용천은 천으로 모용담의 몸을 닦기 시작했다. 처음에는 얼굴을, 그다음에는 양 팔과 어깨를.

"그래서 어찌 되었느냐고요? 아, 어젠 정말 위험했지요. 벽암당 내에서도 다섯 손가락에 들 정도로 우수한 칠각이라는 자들이 왔더라니까요? 하긴 세 번이나 실패하는 것은 정말 자존심 상하는 일이죠."

모용천은 유쾌히 말하며 모용담의 가슴과 배를 닦았다.

"칠각이라는 자들은 정말 대단했습니다. 마침 구름이 낀 밤이라 사방이 온통 어두웠는데, 정말 어둠과 한 몸이 된 것같이 위치를 알 수 없겠더군요. 사실 지금도 소자는 그자들을 상대로 살아남아 이렇게 아버님의 몸을 닦아드릴 수 있다는 사실이 믿겨지질 않는답니다. 아버님, 잠시 몸을 비틀어보십시오. 영차!"

모용천은 모용담의 몸을 옆으로 돌렸다. 거죽 밑으로 툭 튀어나온 뼈뿐인 등이 눈앞에 드러났다. 모용천은 천을 다시 한번 물에 헹구어 짜고, 등을 닦으며 말했다.

"어쩌면 그들은 저를 경시했는지도 모릅니다. 일곱 명이 한꺼번에 달려들지는 않았으니까요. 하지만 다섯 명, 네 명의 합벽도 위협적인 건 마찬가지였습니다. 한데……"

모용천은 문득 말을 멈췄다. 스스로 말한 것처럼, 그 상황에서 자신이 어떻게 살아남았는지 이해할 수 없었던 것이다. 모용천은 모용담의 몸을 닦는 손을 멈추지 않은 채 생각에 잠겼다.

지난 두 번의 상대와는 또 달랐다. 일곱이나 되는 다수에 개개인의 무위도 월등하였으며, 그 합벽은 기계처럼 정밀하였다. 사실 네 자루 검이 등 뒤를 노렸을 때에는 죽음을 강하게 느꼈을 정도이다.

그러나 그 순간, 검은 머리보다 먼저 움직였다.

모용천은 손을 멈추고, 새삼 자신의 오른손을 내려다봤다. 수없이 많은 반복. 낮과 밤을 새워가며 쌓아올린 수련의 시간들이 실전에서 어떤 방식으로 구현되는지 어젯밤 처음 알게 된 것이다.

"가히 좋은 기분은 아니더군요."

모용천은 멈췄던 손을 다시 움직이며 말을 이었다.

"틈이 없는 합벽을 상대함에 있어 틈을 만들어내는 것은 당연한 일이지만, 제 의지는 그 과정 어디에도 없었습니다. 저 자신이 검을 통제하지 못하였고, 오히려 끌려간 것 같았으니까요."

모용천은 나무젓가락같이 앙상한 아버지의 두 다리를 차례로 닦으며 말했다.

"그러니까 제가 아직도 부족하다고 말씀하고 싶으신 게지요? 소자, 잘 들었습니다. 예, 듣고말고요."

하지만 모용천은 이 말이 모두 헛된 것임을 알고 있었다. 그가 하는 행위는 다만 습관에 지나지 않음도.

한번 몰락한 가세를 회복하기란 여간 어려운 일이 아니었다. 새로이 모용세가의 가주가 된 모용담은 젊고 정력적이었지만 불행히도 과도한 기대와 스스로가 만들어낸 강박관념에 시달려야 했다.

세가를 일으키기 위해서 필요한 두 가지 돈과 명성, 그 어느 것 하나 모용담의 마음대로 되는 일이 없었다. 그나마 물려받은 재산은 과도하게 불린 세(勢)를 감당치 못하였고 무학에 관한 재능은 둔하기 짝이 없었다.

유일한 안식처라고 할 수 있었던 부인마저 핏덩이 같은 모용천을 남기고 세상을 등졌을 때, 모용담의 운명은 결정된 것일지도 모른다. 세가를 위해 새 부인을 들이라는 충고도 무시하고 무공을 연마한 지 오 년 만에 모용담은 주화입마에 빠진 것이다.

그를 계기로 많은 고용인과 무인들이 살아도 산 것이 아닌 몸으로 침상에 누워 있는 가주를 등지고 세가를 떠났다. 대를 이어 세가를 섬기었던 유 총관은 어떻게든 가주를 되살리고자 백방으로 명의를 수소문하고 영약을 구했지만 별반 소용이 없었고, 오히려 그 탓에 써버린 재산이 또 한 가득이라 그나마 남은 고용인들도 부러 내쳐야 했다.

결국 다시 오 년이 지나자 세가에 남은 것은 몸져누운 가주와 어린 모용천, 그리고 유 총관 세 사람이요 늘어난 것은 빚뿐이었던 것이다.

일각(약 15분)에 걸쳐 아버지의 몸을 정성스레 닦은 모용천은 다시 옷을 입히기 시작했다. 대소변을 받아내기 위한 천을 덧대고 하의를 입힌 뒤, 상체를 일으켜 웃옷을 입히면서 모용천은 새삼 모용담의 얼굴을 바라보았다.

초점없는 눈동자와 툭 튀어나온 광대뼈. 생기라고는 찾아볼 수 없는 얼굴이지만 머리카락과 수염은 매일 자라고 있었다. 겨우 이것이 생명의 증거인가? 모용천은 불경한 생각에 고개를 저으며 모용담의 등 뒤에서 상체를 받치고 팔을 감아 웃옷을 고정시킬 끈을 묶었다.

그러나 자연히 보이는 모용담의 목덜미는 다시금 모용천에게 형언키 힘든 감정을 불러일으켰다. 손만 대도 부러질 것 같은, 제 머리 하나 지탱할 힘도 없는 아버지의 가는 목.

"……."

잠시 멈추어 있던 모용천은 고개를 돌리고 매듭을 마저 완성시켰다. 동시에, 방 안으로 유 총관이 들어왔다.

"소가주, 아침 식사가 준비되었습니다."

"떠날 채비를 해주십시오."

모용천이 젓가락을 놓고 말하자 맞은편에 앉은 유 총관이 고개를 들고 반문했다.

"벌써 떠나시려는 겁니까? 그리 서두르지 않으셔도 됩니다."

"아니오. 될 수 있는 한 빨리 준비해 주세요."

유 총관이 비록 대를 이어 세가를 섬기는 종복이라 하나 모용천에게는 아버지와 같은 존재였다. 무공 수련에 열중인 모용담 대신 모용천을 업고 젖동냥을 다닌 것도 유 총관이었고, 모용담이 쓰러진 뒤 없는 살림을 어떻게든 이어가며 모용천을 키운 것도 유 총관이었다.

따라서 모용천은 평소 유 총관에게 깍듯한 태도를 유지하였고, 또 그래야 마땅하다고 생각해 왔다. 그런데 지금 모용천의 말은 유 총관을 무시하는 투가 역력했다.

유 총관은 젓가락을 내려놓고 모용천을 보며 말했다.

"소가주, 심기가 불편하십니까? 아니면 이 늙은이가 소가주께 잘못이라도 저질렀습니까?"

모용천은 고개를 저었다.

"아닙니다. 지체하고 싶지 않아서 그래요. 이제 세가에 금전적인 문제는 해결되었지 않습니까? 만 오천 냥이면 빚을 갚고도 남아서 세가를 재건할 수 있는 금액이잖습니까."

"맞습니다."

"그럼 제가 여기 더 있어봤자 할 수 있는 게 없지요. 말씀대로 세가를 일으키려면 하루빨리 제가 강호에 이름난 고수로 성장해야 하지 않겠습니까?"

"아이고, 그야 그렇지만 천릿길도 한 걸음부터라지 않습니까? 너무 서두르지 마십시오."

유 총관은 손자를 어르듯 모용천을 달랬다.

"뭘 더 서두르지 말라는 거지요? 유 총관의 뜻대로 어려서부터 지금까지 밥을 먹고 아버님을 뵙는 시간 외에는 오로지 무공만 익혀온 접니다. 말씀대로, 세가를 다시 일으키기 위해 살아온 게 바로 저예요. 유 총관의 계획대로 이제 세가의 빚을 청산하고 기반을 닦을 재산을 마련했으니 다음 일을 실행하겠다는데 무슨 이유가 있어 저를 막는 겁니까?"

차분하던 모용천의 음성은 뒤로 갈수록 격해져, 종내에는 고함을 지르는 것 같았다.

자신의 말대로 모용천은 나면서부터 무공을 익히는 데 온 힘을 기울여 왔다. 그러나 확고한 목표 의식 없이, 너무 어린 나이에 시작된 무공 수련은 도리어 독이 되어버리고 말았다.

모용세가에 전해져 내려오던 가전의 절기들은 하나같이 난해하기 짝이 없어 역대 가주들 중 검법 하나, 장법 하나라도 통달한 이가 없었다. 그러나 모용천은 달랐다. 누구 하나 가르쳐 주는 이 없어도 글로 쓰인 무리(武理)를 깨달음에 어려움이 없었던 것이다.

자연히 어려운 고비를 넘기고자 하는 호승심, 끝내 자기 것으로 만들고야 말았다는 성취감은 먼 나라 이야기였다.

관성이 되어버린 수련.

습관처럼 손발을 놀리고 검을 부리는 모용천에게 몰락한 세가를 다시 일으키고 강호에 이름난 고수가 되어 명예를 회복시켜야 한다는 목표는 피상적일 수밖에 없었다.

유 총관은 모용천의 말이 끝난 뒤에도 바로 대답하지 않고 차분하게 그를 바라보았다.

모용천은 곧 자신의 실수를 깨닫고 고개를 숙였다.

"미안합니다. 제가 실수를 했군요."

"소가주… 아니, 도련님."

유 총관은 모용담이 건재하던 시절의 호칭으로 모용천을 불렀다.

"말씀하십시오."

모용천이 재촉했지만 유 총관은 바로 말을 잇지 않았다. 이는 유 총관이 모용천을 나무라거나, 혹은 심기가 불편할 때 주로 쓰는 행동이었다.

"……"

모용천은 유 총관이 자아내는 이 침묵의 시간이 딱 질색이었다. 특히 지금은 저 두 조건을 동시에 충족시켰으니 무슨 이야기로 자신을 괴롭힐 것인지 겁이 다 나는 것이었다.

이윽고 유 총관이 입을 열었다.

"가주께서 살아 계시다고는 하나, 실질적으로 세가의 주인은 도련님이십니다. 도련님의 심성이 바르고 고와 일개 고용인에 불과한 늙은이에게도 공대를 해주시지만, 실제로는 그럴 필요가 없다는 것도 알고 있습니다. 아니죠. 그게 당연한 일이죠."

'또 시작이군.'

유 총관이 자신의 작은 주인을 아는 것만큼, 모용천도 늙은 종복을 알고 있었다. 모용천이 마음에 들지 않는 행동이나 말을 할 때면 이렇게 한없이 스스로를 낮추어가는 것이 유 총관의 특기였다. 모용천은 간혹 '그렇게 억울하면 남들이 떠날 때 따라 나서지 그러셨소?'라고 되받아주고 싶은 충동을 느꼈지만 차마 입 밖에 낼 수는 없었다. 금수가 아닌 다음에야 어찌 그런 말을 할 수 있겠는가?

"유 총관, 그렇게 말씀하지 마십시오. 유 총관이 아니었다면 우리 부자가 어찌 살아남았겠습니까?"

"알고는 계시는구려."

모용천이 자세를 낮추자, 기다렸다는 듯 유 총관의 반격이 시작되었다.

'이 늙은이가!'

모용천의 머릿속은 자신이 필요 이상으로 저자세를 취했다는 후회와 그 틈을 놓치지 않은 유 총관에 대한 비난으로 가득했다. 그러나 후회는 돌이킬 수 없을 때에나 하는 것이요, 비난은 바꿀 수 없는 일에 퍼붓는 것이다.

"그래, 이렇게 총명한 도련님이 뭐가 불만이라서 이 늙은이를 홀대하고 한시라도 빨리 떠날 생각만 가득한 게요?"

"누가 홀대를 했다고 그러십니까?"

"그럼 지금 도련님 뜻에 응해주지 않았다고 늙은이에게 고함이나 지르고, 형식적으로 사과하시는 게 홀대이지 뭡니까?"

화술의 문제를 떠나서 애초에 모용천은 유 총관을 당해낼 수 없었다. 아버지나 다름없는 사람에게 어찌 이기려 들 것인가?

"빨리 떠나고 싶어 이러는 것은 아닙니다. 하나 유 총관께서 그리 들으셨다니 다 제 불찰이겠지요. 죄송합니다."

모용천은 순순히 고개를 숙였다.

"말씀대로 급할 게 없겠습니다. 우선 기반부터 다져 놔야 저도 마음 편히 나갈 수 있겠지요. 유 총관의 말씀이 백번 옳습니다."

유 총관은 고개를 끄덕이고 대답했다.

"밥이나 마저 드십시오."

"…예."

'세상에 자식 이기는 부모 없다는데, 나는 왜 허구한 날 깨지는 거지?'

모용천이 속으로 불평을 하면서도 남은 밥을 꾸역꾸역 먹는 동안, 유 총관은 식사를 마치고 먼저 자리에서 일어났다.

가끔 사람을 고용하기도 하지만 기본적으로 세가의 살림은 유 총관의 몫이었다. 청소, 빨래, 요리, 기타 잡다한 일들을 도 맡아 해온 것이 유 총관이었다.

하지만 그도 이제 다 옛일이 될 것이다. 모용세가는 어린 주 인의 목숨을 담보로 만 오천 냥이라는 거금을 얻어냈으니까. 이제 그를 바탕으로, 적어도 외관상으로라도 과거의 영화를 재현할 것이다. 유 총관도 수많은 고용인을 부리는 진짜 총관 의 역할을 수행할 것이다.

'그러니까 날 좀 풀어줘도 되는 거 아냐?'

불평을 하면서도 식사를 마친 모용천의 몸은 자연스럽게 연 무장을 향해 가고 있었다. 십 년을 하루같이 살아온 생활 습관 이 의지에 앞서 몸을 움직이는 것이다.

그런데, 식사를 먼저 마치고 사라진 유 총관이 연무장으로 향하는 길목에 와 있었다. 모용천을 본 유 총관은 허리를 굽히 고 한 보따리의 짐을 내밀었다.

"이게 뭡니까?"

모용천은 얼결에 유 총관이 내민 짐을 받으며 물었다. 유 총 관은 허리를 굽힌 채로 대답했다.

"이 늙은이가 소가주의 속을 모를 리 있겠습니까? 갈아입을 옷가지와 노자 몇 푼을 챙겨놨습니다."

"……"

모용천은 대답할 수 없었다. 가슴이 먹먹해서 섣불리 입을 열었다가는 막혀 있던 무언가가 터져 나올 것 같았다.

"이 늙은이가 벽암당의 살수들을 부른 것은 단순히 돈 때문이 아닙니다. 돈만 있다고 해서 세가의 옛 영화를 수복할 수는 없지요. 모용세가는 어디까지나 무림의 명가이니까요. 소가주께서 벽암당의 살수들을 당해내지 못하면 어찌 강호에 나가 뜻을 펼칠 수 있겠습니까?"

유 총관은 허리를 굽히고 고개를 숙인 채 말을 이었다. 피할 수 없는 선택에 따른 고통과 죄책감이 노회한 목소리 안에 담겨 있었다.

"하지만 소가주께서는 한마디 불평 없이 어린 시절을 모두 바치셨고, 이 늙은이의 하책(下策)도 아무렇지 않게 수행하셨으니 뭘 더 바라겠습니까?"

모용천의 어린 시절은 몰락한 세가를 위해 희생당한 것이나 마찬가지였다. 그리고 그 희생은 결코 자발적인 것이 아니라 일개 고용인에 불과한 유 총관에 의한 것이었다.

모용천은 어렴풋이나마 지금껏 자신의 인생이 세가의 재건이라는 유 총관의 목표에 함몰되어 있음을 인지하고 있었다. 그러나 그를 원망하기에는 유 총관이 치러야 했던 희생이 더 컸음 역시 알고 있었다.

때문에 애초 세워진 두 가지 목표 중 하나를 완수한 지금, 모용천이 한시라도 빨리 세가를 떠나고 싶은 것은 당연한 일이었다.

"부디 자유롭게, 마음이 가는 대로 강호를 휘저으십시오. 이 늙은이가 바라는 것은 그뿐입니다."

산 것도 죽은 것도 아닌 가주가 방 안에 누워 있기를 십 년. 모용천 한 사람이 바로 모용세가의 전부라 해도 과언이 아니다. 그가 자유롭게 강호를 활보하여 명성을 쌓는다면, 그것이 바로 모용세가의 위명을 되살리는 길이리라.

유 총관의 말이 그러한 목적성을 띤 것임을 알지만 그 이전에 자신을 위한 진정성도 있음을 모용천은 알 수 있었다. 조금 전의 일이 어린아이 같은 투정에 지나지 않았음을 깨달은 모용천은 부끄러움에 젖어 다만 짧게 대답할 수밖에 없었다.

"…알겠습니다."

第二章
서해영

바야흐로 더위가 한풀 꺾이고 한줄기 바람에도 서늘한 기운
이 섞여 있는 칠월 중순이었다.

　본디 암군(暗君)의 폭정(暴政)은 그늘과 같아 외진 곳까지 드
리우지만 현왕(賢王)의 선정(善政)은 별과 같아 드러난 곳만이
받을 뿐이다. 하남성(河南省) 정주(鄭州)는 바른 조정의 별을
고스란히 받을 수 있는 대도시였다.

　장사치들의 목소리는 높고, 사람들의 얼굴은 밝고, 그 틈바
구니를 헤집어가며 뛰노는 아이들은 기운이 충만하다. 그리고
성의 정문을 지키는 위병들은 자못 준엄한 표정으로 드나드는
인마를 검열하는 데 여념이 없었다.

　"다음!"

호령하는 목소리는 군인이라는 직분에 대한 무한한 자부심으로 가득해 있다. 내 가족과 정주 주민들의 안위가 자신의 어깨에 얹혀 있다는 사실이 위병들에게는 의무라기보다 권리로 이해되는 듯했다. 물론 이를 아니꼽게 여기는 무리도 있지만 황제로부터 부여받은 권위를 사사로이 쓰지만 않으면 누구도 뭐라 할 수 없다.

하나 사사로이 쓴다 한들 뭐라 할 수 없는 것도 사실이다.

건장한 위병은 자신보다 머리 하나쯤 작은 상대를 굽어보며 두 눈을 부라렸다. 상대는 하대하는 위병만 한 자식을 두고도 남을 노인이었다.

"허허, 이것 참, 수고가 많으십니다."

주의 깊게 살펴보지 않아도 비루한 살림이 떠오를 만큼 노인의 행색은 남루했다. 그 옆에는 아마도 노인의 가장 큰 재산일 늙은 소 한 마리가 땔감을 가득 실은 수레를 메고 있었다.

"무슨 소리인가? 신분을 밝히게!"

노인은 자식, 아니, 손자와 같은 위병에게 머리를 조아리며 말했다.

"나으리도 참, 이 늙은 것이 매번 다른 일로 올 리 있겠습니까? 땔감을 팔아 목구멍에 친 거미줄이나 걷고자 할 따름이지요."

"신분을 증명하지 않으면 입성은 불가하네!"

"신분이라굽쇼? 나으리! 이 늙은 것이 땔감을 지고 드나든 지가 벌써 삼십 년이 넘었습니다요. 절 모르시겠습니까?"

"하루에도 수백 명이 드나드는데 일일이 기억할 수가 있겠나? 신분이 확실치 못한 자를 들였다가 사단이라도 나면 다 내 책임이니 그리 알게."

"아이고, 나으리!"

가벼운 실랑이가 기다리는 자들에게는 큰 불편이 된다. 아니나 다를까, 너도 나도 한마디씩 불평을 늘어놓는데, 젊은 위병은 들리지 않는 척 완고한 자세를 취하고 있었다.

"대체 왜 저러는 겁니까?"

바로 다음 차례인 청년이 뒷사람에게 물었다. 질문을 받은 장년인은 고개를 저으며 대답했다.

"왜 저러긴, 둘 다 알면서 모르는 척 눈 가리고 다투는 게지."

"그게 무슨 말입니까?"

"저 노인이 겉보기에는 저래도 인근에 소문난 알부자일세. 만날 땔감만 내다 파는 주제에 무슨 수를 썼는지 모르겠지만 말이야. 그런데 여태 내색도 않고 드나들었으니 위병들이 얼마나 약이 오르겠나?"

"위병들이 왜 약이 오릅니까?"

청년이 되묻자 장년인은 답답하다는 듯 가슴을 두드렸다.

"왜긴, 성문 위병의 가장 큰 수입원이 뭐일 거 같나?"

"나라에서 주는 녹봉이겠지요."

"이런 답답한 친구를 보게. 이봐, 자고로 말단 병졸 중에 제일로 치는 게 성문 위병이야. 왜냐고? 실제로 출입을 통제하는 게 바로 저들이니까 말이야."

"출입을 통제하면서 돈을 요구한단 말입니까?"

"그렇게 노골적으로 말하면 안 되지. 통행세라고 하게. 물론 아무한테나 요구하는 건 아니지. 우리같이 못사는 사람들은 적당히 보내주고, 나올 구석이 있는 자들만 잡는다 이거야. 내가 아까 말했잖은가. 저 노인이 소문난 부자라고 말이야."

청년이 고개를 끄덕였다.

"그랬지요."

"그게 우리 같은 바깥사람들한테나 알음알음 난 소문이지, 개봉 사람들이 뭐 신경이나 쓰겠는가? 어쨌든 저 노인이 오랫동안 저런 차림을 하고 그저 땔감 파는 노인인 양 드나들었다는 사실을 위병들이 근자에 안 모양일세. 그러니 괘씸하지 않겠는가?"

청년은 고개를 갸웃거렸다.

"저 노인이 부자든 아니든 저들과 무슨 상관이 있다는 겁니까? 나라에서 따로 정해준 통행세가 없는데 왜 저 노인이 위병들에게 돈을 내야 한단 말입니까?"

장년인은 그제야 청년을 훑어보았다.

모래와 먼지가 눌어붙어 누리끼리한 옷은 원래 희었을 것이다. 얼굴도 마찬가지로, 눈빛이 형형하고 이목구비가 단정하나 오랫동안 씻지 못하였는지 꼬질꼬질하기만 하다. 봇짐을 지고 있으나 간소하니 장사치는 아니고, 허리춤에 한 자루 칼을 차고 있으나 체형이 호리호리해 무림인도 아닐 것 같다.

어느 잘사는 집 자제가 한가로이 떠도는 게 아닌가. 장년인은 얼추 판단을 마치고 대답했다.

"어디 사는 공자인지 모르겠지만 세상이 원래 그런 걸세. 그리고 저들이라고 아무한테나 통행세를 받는 건 아니야. 나처럼 하루 벌어 하루 먹는 자들은 군말없이 통과야. 저 노인처럼 충분히 낼 수 있는데도 안 내려고 버티는 자들이 있으니 문제지."

청년은 더 이해가 가지 않는다는 듯 말했다.

"원래 받지 말아야 할 통행세를 받는 게 문제지, 부자가 안 내려고 하는 게 무슨 문제입니까?"

"그게 쭉 그래 왔단 말일세."

"쭉이라니요?"

"그래, 쭉. 내 아버지, 그 아버지의 할아버지부터 말일세."

"그……!"

"다음!"

위병의 우렁찬 호령 소리가 청년의 말을 집어삼켰다. 실랑이 끝에 결국 노인이 굴복하고 몇 푼이나마 쥐어준 것이다. 청년은 잘려 나간 말을 잇고 싶었지만, 앞서 노인이 한참을 지체한 탓에 기다리는 사람들의 눈이 예사롭지 않았다.

'신분을 증명하라? 나를 무엇으로 증명하란 말이지?'

청년은 머리를 굴리며 위병의 앞에 섰다.

"음?"

청년이 앞에 서자 위병은 나지막이 의외의 신음을 흘렸다.

날렵한 체형 탓에 왜소해 보였던 자의 눈높이가 자신보다 위에 있었던 것이다.

"왜 그러십니까?"

"아무것도 아니다!"

청년의 물음이 심기를 건드렸는지 위병은 신경질적으로 대답했다.

"여행자인가? 신분은 무엇이고, 정주에 온 목적은 무엇이냐?"

"나는……."

청년은 또 한 번 말을 중단했다. 그를 검문하던 위병이 도중에 고개를 돌린 것이다.

"잠깐 기다리라."

그는 청년을 세워두고 저 뒤에서 한가로이 서 있던 다른 위병─명백히 그보다 계급이 높아 보이는─에게로 뛰어갔다. 몇 마디 말을 주고받고 돌아온 위병은 대뜸 이렇게 말했다.

"무림인인가?"

"일단은 그렇소만."

"통과! 다음!"

"뭐?"

무림인이라는 신분 아닌 신분을 확인하자마자 위병의 입에서 나온 통과라는 말이 놀라웠다. 아니, 당혹스러웠다.

얼떨결에 성문 안으로 한 발짝 들어온 청년이 정신을 차리고 말했다.

"잠깐, 이것 보시오."

그러나 한번 들여보낸 자는 보이지 않는다는 듯 위병은 들은 체도 하지 않고 다음 순서인 장년인을 검문하기 시작했다.

성안으로 들어왔지만 미진한 구석이 있는지 청년이 꿔다 놓은 보릿대마냥 오도카니 서 있는데 누군가 말을 걸어왔다.

"무림인은 당분간 검문의 대상에서 빠졌수다. 복잡하니 어여 갈 길 가시오!"

방금 후임을 불러 이야기한 위병이었다. 그는 성에서 나가는 이들을 담당하고 있었는데 한가로운 시간대라 노는 것처럼 보였을 뿐이다.

"무림인이 왜 검문 대상에서 제외된 것이오?"

이 위병은 들어오는 이를 검문하는 자와 달리 어느 정도 나이가 있었는데, 청년의 말을 듣고 재미있다는 듯 대답했다.

"나 같은 일개 위병에게 하대하지 않다니 그리 거창한 문파 사람은 아닌가 보군. 그럼 물어보겠는데, 당신은 어디 출신이며 정주에 온 목적은 무엇이오?"

"나는 요령성(遼寧省) 심양(瀋陽) 출신으로 모용세가의 사람이오. 정주는 잠시 쉬어가는 곳일 뿐, 특별히 용무가 있어 온 것은 아니오."

"모용세가? 남궁세가나 제갈세가는 몰라도 모용세가는 들어본 적이 없구려. 어쨌든 그런 비슷한 것이겠구려."

청년, 모용천은 침묵으로 긍정을 대신했다.

종리세가에 천하 오대세가의 자리를 내어준 것이 불과 두
세 대 전이건만, 무심한 사람들은 너무나 쉽게 모용의 이름을
잊어버렸다. 강호의 사람이라면 몰라도 일반 백성들에게 변변
한 고수 하나 배출하지 못하고 반백 년을 보낸 세가의 이름은
기억되지 못함이 당연하다.

"어쨌든 쉬어가는 곳이라니 당신 역시 무한(武漢)으로 가는
것 아니오?"

모용천이 놀라 대답했다.

"맞소! 그걸 어찌 아셨소?"

"어찌 알긴 뭘 어찌 아나! 무한에서 그 뭣이냐, 권왕이 영웅
연(英雄宴)을 개최한다는 것은 삼척동자도 아는 사실이오. 그
리고 산서(山西), 섬서(陝西), 산동(山東)에서 무한을 가려거든
반드시 이곳 정주를 거쳐야 하니 얼마나 많은 무림인들이 드
나들겠소? 그들을 일일이 검문하고 신분을 확인할 수는 없는
노릇이라는 상부의 명이외다."

위병의 설명을 듣자 비로소 모용천은 고개를 끄덕였다. 그
역시 무한으로 가는 가장 빠른 길을 타기 위해 정주에 온 것이
다.

길.

중원이라는 거대한 생명을 살아 있게 만드는 혈맥(血脈).

실핏줄처럼 펼쳐진 수없이 많은 길 가운데 통치를 위한 관
로(管路)가 있다. 물론 역참(驛站)을 이용치 않는 백성들에게도
허락된 길이다.

그중 북경(北京)과 계림(桂林)을 잇는 계림관로 위에 정주와 무한이 있으니, 위병의 말대로 산서, 섬서, 산동 사람들이 무한으로 가는 가장 빠른 길은 정주에 있는 것이다.

그러나 무림인이 왜 검문의 대상이 아닌지는 애초에 모용천이 구하고자 했던 답이 아니다. 아니, 상대는 모용천이 무엇을 알고 싶어하는지 관심조차 없었다.

그러니 이 위병과 더 얘기해 무에 소용이 있을까? 모용천은 마음을 다스리고 발길을 돌렸다.

"어서 옵쇼!"

허름한 객잔이라도 끼니를 때우는 손님이 꽤 있었다. 모용천은 내심 불안해하며 점소이에게 말했다.

"방 있는가?"

"그럼요!"

"하루 묵어가는 데 얼마나 드는가?"

"하루는 은전으로 석 냥! 이틀은 은전 닷 냥! 사흘째부터는 하루에 은전 한 냥씩입니다!"

"그거 좋군!"

"예?"

저도 모르게 내뱉은 안도감을 미처 알아듣지 못하고도 점소이는 싱글벙글 웃는 얼굴이었다.

"아무것도 아니네. 우선 식사부터 하지. 그리고 목욕물 좀 데워주게."

"알겠습니다. 일단 앉으세요."

정해준 자리에 앉아 대충 주문을 해서 점소이를 보내고서야 모용천은 안도의 한숨을 내쉬었다. 이미 들러보았던 몇 군데 객잔이 요구한 방값이 하나같이 비싸서 차마 묵을 수가 없었던 것이다.

주문한 구운 오리와 양념을 한 찐 생선은 허름한 객잔과 싼 방값에 어울리는 격을 갖추고 있었다. 그러나 시장기가 앞서다 보면 맛은 절로 따라오게 마련이다. 그나마 식사다운 식사, 요리다운 요리를 앞에 둔 것이 실로 오랜만이다.

'크으! 맛있구나, 맛있어!'

자르고, 으깨고, 부수고, 쉴 새 없이 씹다 보니 감탄사도 머릿속으로 들어가 버리고 말았다. 그렇게 젓가락과 턱을 정신없이 놀리고 있는데, 점소이가 말을 걸어왔다.

"나으리, 식사 중에 죄송합니다만."

"응? 무은 이인가?"

모용천은 입안이 가득 찬 채로 고개를 들었다. 점소이가 눈으로 들어오고 뭉개진 발음이 다시 귀로 들어오자 문득 민망함이 솟구쳤다.

"풋!"

그와 동시에 웃음소리가 새어 나왔다. 새 울음인가 싶을 만치 높고 가냘픈 웃음소리.

자신의 것은 아니고 점소이의 것도 아니다.

그럼 누구의?

하지만 누구의 것인지 따지기에 앞서, 웃음소리는 솟구친 민망함을 불꽃처럼 터뜨려 모용천의 얼굴을 붉게 수놓았다.

점소이가 말했다.

"나으리, 정말 죄송한데… 자리가 없어서 그러니 여기 공자님과 합석을 해주시면 안 되겠습니까?"

모용천은 채 씹지도 못한 음식들을 한꺼번에 삼켰다. 두 번 비웃음을 사고 싶지 않았던 것인데, 수고로움이 무색하게도 '공자님'은 그의 맞은편에 바로 앉아버렸다.

모용천은 어쩐지 억울한 기분이었지만 여기서 뭘 따지는 게 더 우습고 모양새가 좋지 않았다. 그렇게 마음을 고쳐먹고 있으니, 맞은편에 앉은 '공자님'이 말을 걸어왔다.

"돈을 주고 먹으라고 해도 먹지 못할 것처럼 생겼는데 맛은 겉보기와 전혀 딴판인가 봐요?"

모용천은 손등으로 입가를 닦으며 겨우 시선을 맞은편으로 돌렸다.

나이는 이제 열여섯이나 되었을까? 소년은 한 손으로 턱을 괴고 미소 띤 얼굴로 모용천을 바라보고 있었다.

커다란 두 눈은 장난기로 가득하고 초승달처럼 구부러진 눈썹은 얇다. 턱을 괴고 한쪽 뺨을 감싼 손가락은 곱고 가늘어, 저보다 무거운 물건을 들어본 적이 없을 것만 같다.

하지만 소년이 귀한 신분일 거라는 짐작은 굳이 손을 보지 않아도 할 수 있다. 그가 입은 붉은 비단옷은 누가 봐도 알 수 있는 상등품(上等品)이다. 더구나 이 객잔은 모용천의 주머니 사정에 딱 들어맞은 보기 드문 곳이다. 자연 손님들의 행색도 가게의 격과 구색이 맞아떨어지니, 닭 우리 안의 공작처럼 소년의 옷차림은 누가 봐도 돋보이는 것이었다.

"그게 그렇게 맛있나요? 어디!"

소년은 자리에 앉을 때와 마찬가지로 모용천의 허락도 구하지 않고 고기 한 점을 날름 집어먹었다. 그리고 곧바로 인상을 찌푸리며 바닥에 뱉어버렸다.

"에이, 퉤!"

"이보시오! 지금 뭐 하는 거요?"

무례한 행동에 모용천이 다소 화를 내며 말했다. 그러나 소년은 들은 척도 않고 엽차로 입을 헹구었다.

그 모습이 모용천의 화를 돋우었다.

"이것 보시오!"

"캑, 캑! 에잇, 입을 버릴 뻔했군! 당신, 지금 날 독살하려던 건가요?"

"그게 무슨 말이오? 내가 왜 일면식도 없는 사람을 독살한단 말이오?"

"음식이라는 칭호가 아까운 이런 물건을 그렇게 맛있게 먹어댔으니, 나를 죽이려는 속셈이 아니면 뭐냔 말이에요. 하마터면 같은 걸 시킬 뻔했잖아요. 내가 미리 먹어봤기에 망정이지 안 그랬으면 정말 돈을 날릴 뻔했지 뭐예요!"

"……."

모용천은 할 말을 잃고, 더불어 주문을 받기 위해 기다리던 점소이도 말을 잃었다.

소년은 두 사람의 반응에 아랑곳하지 않고 당당히 말했다.

"하긴, 이런 곳에서 제대로 된 요리를 기대하는 게 잘못이지요. 이봐요, 소면이나 하나 말아주세요."

얼빠진 점소이가 돌아가고 모용천도 소년에게 신경을 쓰지 않으려 했다. 그런데 다시 젓가락질을 하다 보니 허기가 가셨기 때문인지 아니면 소년에게 그런 말을 들은 탓인지 영 다른 맛이 나는 것이다.

세가가 몰락하고 살림이 어려웠다고는 하나 품격마저 잃어버린 것은 아니었다. 아니, 유 총관이 명문의 격을 갖추려 애썼기 때문에 없는 살림이 더 빈곤했는지도 모를 일이다.

어쨌든 생활이 어려워도 과거 명문 세가의 품격을 갖추어야 한다는 것이 유 총관의 방침이었고, 덕분에 모용천의 취향도 아주 싸구려로 전락하는 것은 막을 수 있었다. 그렇다 하여 곧 까다롭다는 이야기는 아니지만 음식의 맛을 판별하는 기준이 일반의 그것보다 높은 게 사실이다.

모용천은 눈앞의 요리들을 반쯤 남긴 채 결국 젓가락을 놓았다. 그 모습을 보고 소년이 웃으며 말했다.

"그것 보세요. 역시 사람이 먹을 게 못 되죠?"

의기양양하게 웃는 소년의 얼굴이 썩 마음에 들지는 않았지만 묘하게 미운 구석도 찾을 수 없었다. 모용천은 어쨌든 배도 채웠겠다, 여유를 가지고 말했다.

"공자의 말이 맞긴 맞소. 하지만 이 객잔에서 공자와 같은

귀인(貴人)의 기준을 제시하는 것은 어울리지 않는 일이라고
생각하오. 그러려거든 애초에 이 객잔에 오질 말았어야지."

그러자 소년이 묘하게 웃으며 대답했다.

"지금 날더러 길을 잘못 들었다고 나무라는 건가요?"

"생선 가게에서 고기를 찾지 말라는 거요."

"남 말할 처지는 아닌 것 같은데요?"

소년은 얼굴을 갸우뚱거리며 말했다. 그 궁금해하는 표정과
몸짓이 무척이나 작위적이어서 모용천은 다시금 기분이 언짢
아졌다.

"그게 무슨 뜻이오?"

"당신도 마찬가지라는 거예요. 행동거지나 말하는 품새를
보면 그 사람의 성품을 대충은 알 수 있잖아요? 나처럼 비싼
옷을 입지 않아도 말이에요."

"……."

"나의 무엇을 보고 귀인이라고 하는지 모르겠지만 나는 결
코 그런 사람이 아니에요. 방금 내가 한 행동만 봐도 뻔히 알
수 있지요. 나는 귀인은커녕 한 점의 교양도 없는 걸요. 귀인
이라고 하면 오히려 당신 같은 사람을 말하는 거지요."

"그게 무슨……."

소년의 말은 종잡을 수가 없었다. 그게 무슨 말이냐 반문하
려 했으나 점소이가 소면을 가져오는 바람에 모용천은 말허리
를 끊었다.

소년은 젓가락을 들고 실실 웃으며 말했다.

"그게 무슨 소리냐고요? 며칠 씻지도 못하고 옷도 남루한 당신은 이 객잔에 어울리지 않는 사람이고, 나는 이렇게 얼굴이 멀끔하고 비단옷을 입었어도 속은 천박하기 짝이 없어 여기에 어울리는 사람이라는 거죠. 간단하죠?"

"……."

소년의 말은 그가 짓는 미소만큼이나 묘한 구석이 있었다. 말은 거침없으면서도 거칠지 않고, 스스로를 낮게 평가하면서도 비하하지 않으며, 모용천을 높이 평가하면서도 부풀리지 않았다. 그런 담백한 면이 의도치 않게도 듣는 이에게 신뢰를 가져다주는 것이다.

'무례하기는 해도 나쁜 사람은 아니구나.'

첫인상이 썩 좋지는 않았지만 모용천은 그런 것에 구애받는 성격이 아니었다. 눈앞에서 소면을 후루룩 들이켜는 소년에게 어쩐지 호감이 가자 모용천이 웃으며 말했다.

"참 재미있는 사람이구려."

그러자 소년이 고개를 들고 말했다.

"당신은 무림인인가요?"

모용천은 고개를 끄덕였다.

"그렇소. 뭐… 얼마 안 된 강호초출(江湖初出)이기는 하지만."

"나도 이제 막 강호에 나와본 거예요. 그러고 보니 집안사람이 아닌 무림인을 만나 이야기를 나누어본 건 처음이군요."

"나 역시 처음이오, 소형제가 무림인이라면."

모용천이 순순히 대답하자 소년이 짐짓 놀라는 표정을 지으며 말했다.

"강호초출의 두 사람에게 서로가 처음 만난 무림인이라니! 이것 참 대단한 일이군요!"

모용천은 무엇이 그렇게 대단한지는 알 수 없었다. 하지만 소년이 한창 흥을 내고 있는데 찬물을 끼얹고 싶지는 않았다.

"그렇다면 이것도 인연인데 통성명이라도 하지요. 나는 심양 출신으로 모용천이라고 합니다."

모용천은 적당히 장단을 맞춰주어 포권의 예를 취하고 자신을 소개했다. 그러자 소년도 마주 포권의 예를 취하며 말했다.

"심양의 모용이라면 저 모용세가를 가리키는 것이로군요. 모용 형은 모용세가의 사람인가요?"

모용세가가 일선에서 물러난 지 오래라 일반 백성이라면 방금 전의 위병처럼 모르는 것이 당연했다. 하지만 무림인이라면 이름이나마 알고 있는 게 당연하다.

모용천이 고개를 끄덕이자 소년의 입가에 흐뭇한 미소가 번졌다.

"역시 내 눈이 틀리지 않았군. 내가 뭐랬어요? 모용 형이야말로 귀인이라지 않았나요. 역시 명문 출신은 다르다니깐."

모용천은 쓰게 웃었다. 귀인은 무엇이고 명문은 또 무엇인가? 모용천은 지금껏 한 번도 스스로를 그런 식으로 생각해 본

적이 없었다.

다 쓰러져 가는 가문 안에서 할 수 있는 것은 오로지 검을 휘두르는 일뿐이었다. 교양? 글은 가문의 무공서를 읽을 줄 아는 수준이었고, 사서(四書)를 두어 번 훑어본 것에 불과하다. 당연 시서화(詩書畵)를 짓기는커녕 감상할 줄도 모르는데 무슨 교양을 말할 것인가?

"과거에는 몰라도 지금은 명문이라 할 처지가 아니오. 그보다 그쪽의 이름을 듣지 못했는데?"

"나는 서해영(西諧瑛)이라고 해요. 나는 올해 열일곱인데, 아무래도 모용 형보다 어릴 테니 어떻게 불러도 상관없어요."

소년이 이름을 밝히고 싹싹하게 나오니 모용천은 기꺼이 대답했다.

"나는 올해로 스물이니 앞으로 동생이라 불러도 되겠군."

서해영은 활짝 웃으며 대답했다.

"강호에 나오자마자 좋은 형을 알게 되어 기분이 무척 좋군요! 이렇게 좋은 날 술이 없어서야 되겠어요? 이봐요! 여기 술이나 가져와요!"

탕탕—

서해영은 호기롭게 탁자를 두드리며 외쳤다. 알았다는 점소이의 대답이 들려오자 서해영은 기다리는 시간조차 아깝다는 얼굴로 엽차를 마셨다.

"술은 무슨 술입니까?"

한껏 들뜬 서해영의 목소리와 대조적으로, 불만이 가득한 목소리가 끼어들었다.

　모용천이 놀라 고개를 들어보니 잘생긴 청년이 팔짱을 끼고 목소리처럼 불만이 가득한 얼굴로 서해영의 뒤에 서 있는 게 아닌가?

　"허익!"

　서해영은 모용천의 열 배는 놀란 듯, 이상한 소리를 내며 마시던 엽차를 사방으로 뿜어냈다.

　휘익!

　모용천은 의자와 함께 이동해 서해영이 뿜어낸 엽차 파편을 피했다. 그 모습을 보고 청년은 한심하다는 듯 훈계조로 말하기 시작했다.

　"대체 이런 곳에서 뭘 하고 계신 겁니까? 멋대로 제 눈을 피해 돌아다니는 것도 모자라 이런 천박한 객잔에서 개도 안 먹을 걸 시키지 않나! 제가 아버님께 혼나는 걸 그렇게 보고 싶으신 겁니까?"

　"콜록콜록!"

　서해영은 대답하지 못하고 눈물을 찔끔거리며 기침을 해댔다. 그 모습이 안쓰러워 모용천이 일어나 청년에게 말했다.

　"서 아우가 사레에 들린 것 같으니 잠시 기다리는 게 어떻습니까?"

　그러자 청년이 눈살을 찌푸리며 말했다.

　"서 아우?"

　모용천은 청년에게 포권의 예를 취하고 다시 말했다.

"아, 이거 초면에 결례를 범했습니다. 서 아우의 지인이라면 저에게도 지인이 되는 셈이지요. 저는……."

"모용 형, 그만두세요. 지인은 무슨 지인입니까?"

아직도 진정이 덜 됐는지 서해영은 목을 만지며 찡그린 얼굴로 모용천을 만류했다. 그 말을 들은 청년이 찌푸린 미간을 더욱더 좁히며 냉소를 던졌다.

"모용 형? 서 아우? 내 눈을 피해 도망쳐서 하는 짓이라는 게 웬 시정잡배 앉혀놓고 의형제 맺기 놀이랍니까? 정말 재밌게 놀고 계셨군요?"

"시정잡배라니? 너 그게 무슨 말버릇이야! 당장 사과하지 못해?"

"사과는 무슨! 놀이도 그만하면 됐습니다. 아버님께서 아시면 경을 칠 일이니 이만 하고 돌아가는 게 서로에게 좋은 일 아닙니까?"

좌악!

시원한 소리가 나고, 객잔의 시선이 일순한 한곳으로 모였다. 서해영이 들고 있던 엽차를 청년의 얼굴에 끼얹은 것이다.

"서 아우, 그게 무슨 짓인가!"

모용천이 놀라 소리쳤다.

"보고도 몰라요? 물을 부었잖아요."

"누가 그걸 몰라서 묻는가?"

"걱정할 필요 없어요. 이래도 아무 말 못할 놈이니까. 왜? 내 말이 틀렸어?"

반쯤 마시던 엽차의 양은 얼마 되지 않았지만 청년의 얼굴과 앞섶을 적시기에는 충분했다. 그러나 청년은 아무렇지도 않은 듯 흐르는 엽차를 닦지도 않고 말했다.

"이만 하면 충분히 노셨지요? 자, 이제 돌아갑시다."

"싫어. 난 아직 멀었어."

서해영이 거부 의사를 밝히며 고개를 돌리자, 청년이 눈을 부릅떴다. 날카로운 눈매가 더욱 예리해져, 그를 보는 모용천으로 하여금 시선으로 사람을 벨지도 모른다는 터무니없는 감상이 일게 했다.

"적당히 하십시오. 이런 거지 소굴에 있는 것만으로도 제 인내심은 벌써 바닥이 나 있으니까요."

한없이 높은 자존심. 차라리 오만하다고 해야 할 것이다.

청년이 입은 옷은 서해영에 비해 조금도 뒤질 게 없었다. 문외한의 눈으로도 상등품임을 알아볼 수 있는 비단과 보이지도 않을 만큼 정밀한 바느질이 그랬다. 그러면서도 서해영의 옷처럼 화려하기보다는 수수한 문양의 절제미를 갖추어 오히려 그 속에서 기품이 드러나는 것이었다.

모용천이 호기심을 가지고 다시 보니 옷만이 아니었다. 청년의 풍채는 당당하고 눈빛은 흔들림이 없었으며, 스스로에 대해 끝없는 확신으로 가득 차 있었다. 어설픈 자존심 따위가 아니라 태어날 때부터 벼려진 순도 높은 자기 확신인 것이다.

물론 그것이 지나치면 지금처럼 타인을 비하하게 된다. 하지만 비하당한 대표라고 할 수 있는 모용천이 그런 줄도 모르고 서해영이 청년을 대하는 태도가 지나치다며 동정을 금치 못하고 있었는데, 싸잡아 욕을 먹은 객잔의 손님 중에서 불만을 터뜨리는 자가 있었다.

"너 이 자식, 말 다했어?"

"뭐 이런 싸가지 없는 새끼가 다 있어?"

"야! 너 이리 와봐!"

몇몇 덩치 큰 자들이 일어나서 화를 냈다. 그러나 청년은 아랑곳하지 않고 말했다.

"이것 보십시오. 저렇게 상스러운 것들과 같은 공기를 마신다고 생각하면 소름 끼치는 일 아닙니까? 자, 어서 돌아갑시다."

"뭐라고? 이 새끼, 어디 그 상스러운 것들한테 죽어봐라!"

일어난 자들 중 한 사내가 소리치며 달려들었다. 산만 한 덩치가 앞뒤 안 가리고 달려드는 기세가 무서웠는데, 청년은 눈하나 깜짝하지 않고 오른손을 들었다. 지척에 다다른 사내가 웬만한 사람 머리만 한 주먹을 치켜세웠을 때, 청년이 탄금을 하듯 손가락을 튕겼다.

타앙!

"……!"

순간 객잔 안이 찬물을 끼얹은 듯 고요해졌다. 청년의 손가락 하나에 거구의 사내가 날아가 버린 것이다.

우당탕탕탕!

거구의 사내는 자신의 진로를 방해하는 기물들을 부숴가며 날아가 벽에 처박히고 말았다. 함께 일어나 욕을 했던 자들 중 일부는 믿을 수 없는 광경에 놀라 할 말을 잃었고, 나머지는 슬그머니 자리에 앉았다.

그러나 청년은 그들의 동향에 전혀 관심이 없는 것처럼 보였다. 청년은 품에서 손수건을 꺼내 사내를 날린 검지를 닦으며 말했다.

"흥! 보십시오. 이 얼마나 추한 꼴입니까? 이런 곳에 있다가는 머리가 이상해질지도 모르겠군요. 어서 함께……!"

냉정하게 말하던 청년이 놀라 몸을 뒤로 빼며 두 손을 허리 뒤로 물렸다. 청년의 손이 있던 자리를 뒤늦게 서해영의 손이 지나쳤다.

"이, 이게 무슨 짓입니까!"

붉게 상기된 얼굴로 청년이 소리쳤다. 서해영이 흥분한 청년에게 코웃음 치며 말했다.

"흥! 배짱도 없는 게 힘없는 자들 상대로 큰소리만 칠 줄 아는군! 내 손을 만질 용기도 없으면서, 스스로에게 부끄럽지도 않아?"

"당신……!"

청년은 화가 머리끝까지 치밀어 오른 듯 말을 잇지 못했다. 청년을 노골적으로 무시하는 서해영과 조롱거리가 되었으면서도 화를 억누르는 청년의 모습이 모용천에게 궁금증을 불러일으켰다.

서해영이 청년을 당황케 한 방법은 별것이 아니었다. 모용

64

천의 눈이 정확하다면, 서해영은 단순히 청년의 손을 잡으려 했을 뿐이다. 그런데 청년이 대경하며 손을 허리 뒤로 감추었으니, 그 안에 어떤 연유가 숨어 있는지 알 길이 없었다.

'서 아우도 약간이나마 무공을 익힌 것 같지만 저자와 비교할 수준은 아니다. 두 사람이 말하는 것을 보면 특별히 신분의 고하가 있는 것처럼 보이지도 않는데, 대체 무슨 관계이기에 저러는 걸까?'

모용천의 눈에 비친 청년은 상당한 고수였다.

사실 모용천이 이제껏 상대해 본 무림인이라고는 벽암당의 살수들이 전부였기 때문에 '상당한 고수'라는 평가에 썩 확신이 있지는 않았다. 하지만 적어도 이 청년이 보여준 한 수는 모용천이 겪어본 상대 중 가장 강했던 칠각에 뒤지지 않았던 것이다.

모용천이 이리저리 생각을 하고 있으니, 청년이 입술을 깨물며 말했다.

"그렇게 돌아가지 않겠다고 버티신다면 나도 방법이 있소!"

청년이 일갈하고 겉옷을 벗었다.

"옷을 벗어서 뭘 하려고?"

서해영의 비웃음을 무시하고 청년은 한쪽 소매를 잡고 겉옷을 휘둘렀다.

휘리릭!

청년의 겉옷이 서해영의 몸을 감싸 돌더니 나선의 형태로 서해영을 구속하기 시작했다. 매듭을 묶지도 않았건만 부드러운 천이 서해영의 팔다리를 꽁꽁 동여맨 것이다.

'절묘하구나! 저런 식으로 쓸 수도 있군!'

이 한 수에 들어 있는 내력의 운용법이 실로 절묘해 모용천은 속으로 감탄을 금치 못했다. 한낱 겉옷을 통해 발휘되기에는 아까울 정도였다.

포승줄도 아니고 옷가지에 묶인 서해영은 당황해하며 빽 하고 소리를 질렀다.

"뭐 하자는 거야? 이거 안 풀어?"

"당신이 '그렇게' 나오셨으니 맞춰 드리는 겁니다."

청년은 그렇게 얘기하고 서해영을 어깨 위에 짊어졌다. 손발이 묶인 채 청년의 어깨 위에 올라간 서해영은 몸을 비틀어가며 소리쳤다.

"뭐? 당신? 야, 좋은 말 할 때 내려놔! 너, 죽고 싶어?"

일일이 대응하지 않는 게 편하다고 생각했는지 청년은 입을 다물고 걸음을 옮겼다. 그러나 채 두 걸음을 가지 못하고 멈춰야 했는데, 그 앞을 모용천이 막아선 것이다.

"죄인도 아닌데 그렇게까지 할 필요가 있소? 서 아우가 무슨 잘못을 했는지 모르겠지만 내려놓고 말로 하는 게 좋을 것 같소만."

서해영과 청년이 본래 아는 사이이고, 사정을 모르는 외인으로 함부로 나설 수 없어 물러나 있던 모용천이다. 하지만 사람을 강제로 끌고 가려는 것까지 좌시할 수는 없었다.

"서 아우?"

청년은 모용천의 말을 되풀이하며 가소롭다는 듯 조소했다.
그러자 서해영이 몸을 격렬히 흔들며 외쳤다.

"모용 형! 물러나세요! 이 녀석……!"

서해영의 외침이 끝나기도 전에 한줄기 빛이 번쩍였다.

촤라라락!

눈 깜짝할 사이 청년이 한 자루 검을 내지른 것이다.

"……!"

맨몸이었던 청년의 손에 검이 들려 있는 모습도 기이했지만, 그 발검의 동작을 제대로 본 자도 없었다. 그러나 신속한 발검이 무색하게도 모용천은 검극으로부터 불과 일 촌(寸) 정도 떨어진 곳에 위치해 있었다.

"다짜고짜 살수를 쓰다니! 내가 피하지 못했으면 어쩔 뻔했소?"

모용천이 화를 내며 소리쳤다.

청년의 검은 연검(軟劍)의 일종으로 허리띠 안에 숨겨져 있었다. 그에 신속한 발검의 동작이 더해져, 모용천이 아니었다면 무슨 일이 일어났는지도 모른 채 당할 것이 분명했다.

쉬익!

청년의 검신이 흔들리더니 검극이 살아 있는 것처럼 휘어져 모용천의 미간을 노리고 들어왔다.

"이런, 또!"

모용천이 대경하며 멀찍이 물러났다.

지척에서 연검이라는 생소한 병기에 대응하기란 쉬운 일이 아니다. 더구나 객잔 안에 즐비한 탁자와 의자들 탓에 마음먹은 대로 움직이기가 힘든 것이다.

그러나 모용천이 청년의 연검을 피해 물러나는 움직임은 물 흐르듯 자연스러웠다.

그제야 청년은 모용천을 향해 말했다. 두 번이나 자신의 검을 피하자 비로소 말이 통하는 상대로 인식한 것이다.

"이제 보니 어디서 주워들은 게 있는 놈이로군!"

물론 그 인식이라는 게 길가에 널린 돌덩이에서 네발짐승쯤으로 올라선 수준이다.

"모용 형! 내 걱정 말고 어서 피하세요! 이래 봬도 무서운 놈이에요, 이놈!"

어깨 위에서 버둥거리며 서해영이 소리쳤다. 손발이 묶인 채 안간힘을 쓰는 서해영의 모습이 갓 잡아 올린 생선 같다는 생각이 들어 모용천은 빙그레 웃었다.

"걱정 말게, 서 아우! 금방 내려줄 테니."

"아이고, 지금 그런 말 하고 있을 때가 아니라니깐!"

답답해 죽겠다는 서해영의 말을 귓등으로 흘리며 청년이 조소했다.

"얌전히 죽는 게 좋았다고 생각하게 해주……?"

모용천의 신형이 흔들리더니 청년의 시야에서 사라졌다. 무슨 일이 일어난 건지 몰라 당황한 청년의 눈앞에 갑자기 모용천이 나타났다.

퍼억!

둔탁한 소리와 함께 청년의 몸이 반으로 접혔다. 놀랄 틈도 주지 않고 파고든 모용천의 주먹이 청년의 복부에 꽂힌 것이다.

"꺼, 꺼억!"

신음 소리를 내며 청년이 무릎을 꿇었다. 청년의 내력을 잃은 겉옷이 바닥으로 떨어지고, 서해영이 두 발로 내려섰다.

두 발로 내려선 서해영에게 모용천이 말했다.

"두 사람 다 너무 흥분한 것 같으니 머리들 식히고 다시 이야기하면 괜찮을 걸세."

배를 감싸 쥐고 바닥에 엎드린 청년을 제외하고, 객잔의 그 누구도 모용천의 움직임을 보지 못했다. 서해영도 얼빠진 얼굴로 모용천을 바라볼 뿐이었는데, 모용천의 말을 듣자 정신을 차렸는지 입을 열었다.

"이야기? 날 강제로 데려가려는 수작을 못 봤어요?"

"그래. 그건 과한 행동이었지. 하지만……."

"하지만은 무슨 하지만이에요?"

서해영은 묶여 있을 때보다 더 답답하다는 표정이었다.

"너, 너 이 노옴……!"

서서히 아픔이 가시는지 엎드린 청년의 입에서 말이 새어 나왔다. 서해영은 청년을 한 번 보고 인상을 쓰며 모용천의 손을 잡았다.

"어쨌든 여기 더 있어봤자 좋은 꼴 못 봐요."

모용천은 서해영의 손에 이끌려 객잔을 나섰다.

몇 개인가 골목을 거쳐 장터에 들어서고서야 서해영은 모용천의 손을 놓아주었다. 오가는 사람들 속에서 서해영이 웃음을 터뜨렸다.

"으흐흐훗! 아유, 고소해라! 그 망나니 녀석, 지금쯤 약이 바짝 올라 있겠지? 정말 깨소금 맛이다! 으히히힛!"

웃음의 소재가 썩 순수하진 않았지만 아직 어린 나이 탓일까? 서해영의 웃는 얼굴은 더없이 해맑았다. 모용천은 저도 모르게 따라 웃으며 말했다.

"내가 그자에게 한 방 먹인 것이 그렇게 고소한가? 나보다는 그자와 더 오래 알고 지낸 사이 같던데."

"오래 알고 지냈다 해서 다 친한 법은 없죠. 그 녀석과 나는 견원지간이 따로 없는 사이인 걸요?"

"대체 무슨 사이기에 그런 말을 하는가?"

"무슨 사이냐고요? 음… 그건 비밀이에요."

서해영은 한쪽 눈을 찡긋 감으며 말하는데, 그 모습과 말투가 여간 귀여운 것이 아니었다.

솜털이 보송보송한 소년이라지만 열일곱이면 장가를 들어도 될 나이다. 그렇지만 모용천의 눈에 비친 서해영은 도저히 사내아이라고는 믿을 수 없을 만큼 애교가 넘쳐흐르고 있었다.

"그나저나 모용 형, 대단한 고수였군요?"

인파에 섞여 한가로이 걸으며 서해영이 말했다. 모용천은 그를 따르며 대답했다.

"그렇게 보였나?"

"그럼요! 아까 그 녀석이 성격은 그래도 무공은 상당하거든요. 아니, 뭐 내가 확실히 아는 건 아니지만… 그래요. 상당한 고수일 거예요. 뭐라 해도 그 녀석은…….."

신나게 말을 하던 서해영이 문득 곤란한 얼굴로 입을 닫았다.

누가 강요한 것도 아니고 스스로 말을 꺼냈으면서 다시 닫아야 한다는 게 마음에 들지 않았을까? 말을 하고는 싶은데 할 수 없는 사정이 있는 걸까?

"강호의 사람들은 쉽게 자기 이야기를 하지 않는다고 들었네. 서 아우가 곤란하다면 하지 말게나."

"모용 형은 정말 사람이 좋군요."

서해영이 얼굴을 펴고 엄지손가락을 내밀었다. 그 천진난만함에 모용천은 절로 웃음이 나왔다.

"그런데 모용 형은 어째서 그런 허름한 객잔에 있었던 거죠? 지금 차림도 그렇고, 겉만 보고 누가 명문의 자제라 생각하겠어요?"

"모용세가가 명문을 자처할 수 있었던 것은 예전 일일세."

모용천은 서해영에게 모용세가의 지난날을 간략히 설명했다. 이야기를 다 들은 서해영이 눈을 동그랗게 뜨고 말했다.

"설마! 아무리 그래도 강호에 나서는 아들에게 노잣돈 정도는 후하게 쥐어주셨을 것 아니에요? 모용세가쯤 되는 집안에

그 정도 재산도 남아 있지 않단 말이에요?'

모용천은 고개를 흔들었다.

그럴 재산은 남아 있지 않다. 하지만 돈은 있다. 선조의 유산이 아니라, 모용천 자신의 목숨을 담보로 벽암당에게 뜯어낸 위약금이 금화로 만 오천 냥이 고스란히 있는 것이다.

그 돈에 생각이 미치자 모용천은 주먹을 불끈 쥐며 치를 떨었다. 유 총관이 생각난 것이다.

'이 여우 같은 노인네!'

몰락한 세가를 되살리기 위해 필요한 것은 두 가지. 강호 사람들의 인정과 이름에 걸맞은 규모를 갖추고 유지하기 위한 자금이다.

그중 두 번째 문제를 해결한 뒤, 모용천은 한시라도 빨리 세가를 벗어나지 못해 안달이 나 있었다.

온전치 못한 정신으로 몇 년째 병석에 누워 있는 아버지.

무조건적인 애정을 쏟는 유 총관.

그 무게를 어린 시절부터 받아왔기에 익숙해졌을 뿐이지, 과도한 기대를 감당하기에 모용천의 어깨는 아직 여리기만 했다.

유 총관은 그 사실을 잘 알고 있었다는 듯 모용천에게 즉시 출도를 허락하였다. 마치 작은 주인의 마음을 깊이 이해하는 것처럼 말이다.

그러나 유 총관의 진의는 다른 곳에 있었다.

앞선 두 가지 조건 중 충족되지 못한 하나, 즉 과거의 명성을 되찾기 위해서는 모용천이 자신의 무위를 떨쳐야 한다. 그러나 무작정 강호에 나간다고 그럴 기회가 주어지는 것은 아니다.

배경도 없는 신출내기가 기존 고수와 정당히 겨룰 수 있는 자리가 어디 그리 쉽게 나겠는가? 비무라 함은 어느 정도 격이 맞는 상대여야 이루어지는 법이다.

물론 무공이 뒷받침해 준다면 강호에 이름을 떨치는 것은 쉽다. 협행(俠行)이 백 리를 가는 동안 악행(惡行)은 천 리를 간다. 명성을 날리고자 한다면 방법은 얼마든지 있는 것이다.

하지만 유 총관의 바람은 모용세가의 명성을 되찾는 것이다.

모용세가의 명성이 무엇인가? 오대세가의 일원으로 구파일방에 비견할 수 있는 명문 중의 명문이라는 긍지가 바로 그것이다.

악인을 벌하고, 의인을 살린다.

의를 행함에 한 치의 주저함도 없다.

그것이야말로 모용세가를 명문정파의 일원으로 만든 단 하나의 가치였다. 따라서 유 총관이 원하는 모용의 명성도 마땅히 그러한 맥락에서 이루어져야 한다.

물론 유 총관은 모용천이 천하에 다시없는 천품무골이라고 굳게 믿고 있었다. 낭중지추(囊中之錐)라, 언제가 되었든 모용천의 이름은 강호에 높이 울려 퍼질 것이다.

그러나 마냥 그때를 기다릴 수는 없었다. 유 총관은 나이가 너무 많고, 가주인 모용담은 언제 숨을 거두어도 이상하지 않을 상태였다.

그런 때에 유 총관에게는 더없을 낭보가 들어왔다. 바로 권왕 우진이 영웅연을 개최한다는 소식이었다. 더구나 후기지수들의 비무대회를 겸하는 자리도 마련하였다 하니 이보다 더 좋은 기회가 있을 수 없었다.

유 총관은 이를 두고 시운(時運)이라 했다.

"모용 형도 무한으로 가는 길이었군요?"

무한은 권왕 우진이 세운 신창권문(神槍拳門)이 있는 곳이다. 모용천은 고개를 끄덕이고, 서해영에게 불평을 털어놓았다.

"그 영웅연인지 뭔지에 시간을 맞추기 위해 보내는 걸 가지고 날 위하는 척 생색내는 건 이해할 수 있네. 하지만 말 한 마리 살 돈을 아끼려는 건 정말……."

심양에서 무한까지는 약 사천 리가 넘어 준마를 타고 쉼없이 달려도 스무 날이 족히 걸린다. 그러나 굳이 그렇게 달리지 않아도 충분할 만큼 시간이 넉넉했는데, 유 총관은 말이라는 탈 것을 생략하고 넉넉한 시간을 촉박하게 만든 것이다.

세가를 떠난 첫날 밤, 모용천은 봇짐 속에 들어 있던 유 총관의 전서를 읽고 나서 일의 앞뒤를 알게 되었다.

도보로 심양에서 무한까지 영웅연의 날짜에 맞추려거든 당장 길을 떠나야 한다는 사실을 까맣게 몰랐던 모용천은 한시라도 빨리 세가를 벗어나고픈 자신의 투정을 유 총관이 받아준 것이라 생각했다. 심지어 어리광을 부렸다 하여 스스로 부끄러워하기까지 했으니, 이를 누구에게 호소한단 말인가?

그나마 노자라도 충분했다면 덜 억울했을 것이다. 유 총관이 쥐어준 돈은 금전으로 닷 냥에 불과해, 이제껏 모용천은 노숙을 밥 먹듯 하였고 정주에 와서도 되도록 싸게 묵을 곳을 찾아 돌아다닐 수밖에 없었던 것이다.

"정말 대단하네요!"

모용천의 이야기를 들으며 서해영은 다시금 엄지손가락을 치켜세웠다. 모용천이 고개를 저으며 말했다.

"유 총관에게는 어쩔 수가 없어. 그 노인네는……."

"아니, 아니. 내가 대단하다는 건 그분이 아니라 모용 형을 두고 하는 소리예요."

"내가 대단하다고?"

"그래요. 아까도 말했지만 모용 형은 정말 사람이 좋다니까요. 역시 내 눈은 틀림이 없어요."

"뭘 보고 그런 말을 하는 거지?"

"생각해 봐요. 그 유 총관이라는 사람이 편지로 언제까지 무한으로 가서 영웅연에 참가하라고 지시했다죠? 그런데 그게 무슨 상관이에요? 그 사람이 계속 쫓아다니면서 감시할 것도 아니고, 아니, 그보다 먼저 유 총관은 고용인이고 모용 형은 주인이잖아요. 모용 형이 그 사람의 말을 들을 필요가 하나도 없

75

잖아요."

"뭐, 그렇기는 한데……."

"게다가 그는 고용인의 신분으로 주인을 속이고, 그것도 모자라 이제 좀 자유로운 삶을 누려보려는 모용 형을 자기 마음대로 움직이려고 하잖아요. 이게 얼마나 큰 죕니까? 안 그래요?"

가뜩이나 높은 목소리로 쉴 새 없이 말을 쏟아내자 모용천은 정신이 없었다. 모용천은 미간을 찌푸리며 말했다.

"마음대로가 아닐세. 유 총관이 사사로운 마음을 먹었다면 지금껏 세가에 있지도 않았어. 어디까지나 세가를 위해서 하는 일이고 지시일 것이니 내가 따르지 않을 이유가 없지."

모용천이 단호하게 대답하자 서해영이 방긋 웃으며 말했다.

"그러니까 내가 모용 형이 대단하다는 거예요. 힘들다고 투덜거리면서도 착실히 무한으로 가는 것도 그렇고, 불평을 하면서도 유 총관을 좋아하는 것도 그렇고. 어쩜 그렇게 사람이 착할 수가 있어요?"

"착하다니… 그렇게 생각해 본 적은 한 번도 없네."

"그럼 지금부터 스스로 착하다고 생각하세요. 제가 하는 말이니까 틀림없다니까요?"

모용천은 대답하지 못하고 헛웃음을 지었다. 서해영이 그를 보고 장난스럽게 말했다.

"하지만 강호에서는 착하다는 게 꼭 좋은 말이 아니죠."

말이 끝나기가 무섭게 서해영이 모용천의 손목을 덥석 잡았다. 객잔을 나올 때도 그랬지만 맨살에 닿은 서해영의 손은 무척 따뜻했다.

서해영은 모용천의 손목을 잡고 사악한 얼굴로 말했다.

"강호는 험난한 곳이에요. 정파를 자처하는 인물들이라도 그 속은 얼마나 음험한지 모른답니다. 어제의 친구가 오늘의 적이 되는 일도 비일비재. 그런 곳이 바로 강호라지요."

모용천이 웃으며 대답했다.

"말만 들으면 강호를 주유한 지 십 년쯤 된 중견 고수라 해도 믿겠군. 하지만 자네도 나와 마찬가지로 강호초출의 신세가 아닌가?"

"그러니까 모용 형이 착하다는 거예요. 통성명을 하고 호형호제를 했다고 해서 오늘 본 사람을 그렇게 믿다니, 그래서는 강호에서 살아남기 힘들다니까요. 아까 그 녀석이 제 손에 잡히지 않으려고 하는 거 못 봤어요?"

그랬지. 모용천은 고개를 끄덕였다.

"사실 나는 극악한 독공(毒功)을 익혔어요. 내 손에 닿으면 누구라도 중독을 피할 수 없지요."

"그런가?"

모용천이 아무렇지 않게 대응하자, 서해영이 입술을 깨물며 말했다.

"아니, 정말이라니까요? 지금도 내가 마음만 먹으면 모용 형쯤은 문제도 아니에요. 온몸이 녹아내려 흔적도 없이 사라질 걸요?"

"알았네, 알았어."

말은 그리했으나 모용천의 얼굴은 평온하기만 했다. 서해영은 모용천의 손목을 힘주어 잡고 말했다.

"내 말을 믿는다면서 어째 두려워하는 기색이라고는 보이지 않으니, 이것도 다 허풍이라고 생각하는 거 아닌가요?"

"내가 믿는 건 서 아우일 뿐이네. 날 죽이려 들었다면 벌써 죽이고도 남았을 것 아닌가? 난 자네가 나에게 독공을 펼칠 마음이 없다고 믿는 걸세."

"까르르르—"

평온한 얼굴의 모용천과 그의 손목을 잡은 채 할 말을 잃은 서해영. 시선을 마주한 채 멈춰 버린 두 사람을 사이에 두고 한 무리의 아이들이 지나쳐 갔다.

'깔깔깔깔—'

가장 큰 아이가 모용천의 허리에나 올까, 어린아이들은 뭐가 그리 좋은지 소리 높이 웃어대며 복잡한 저잣거리를 헤집고 달려 다시 사람들 속으로 사라졌다.

"······."

"······."

아이들이 남기고 간 웃음소리의 여운이 번잡스러운 거리로 흩어지고도 한참이 지날 때까지 서해영은 모용천의 손목을 놓지 못하고 있었다. 모용천은 굳이 손목을 빼려 하지 않았고, 자신을 보는 서해영의 시선을 피하지 않았다.

잠시 후, 서해영은 모용천의 손목을 놓아주고 두 손을 들며 말했다.

"농담이에요, 농담. 내가 무슨 수로 그런 독공을 익혔겠어요? 그런데 참⋯⋯."

서해영은 잠시 숨을 고르고 커다란 두 눈을 굴리며 말했다.

"강호에 나와 모용 형 같은 사람을 알게 되어 정말 다행이에요."

"나도 서 아우를 만나 기쁘다네."

모용천의 대답을 듣고 서해영은 기쁜 듯, 슬픈 듯 복잡한 표정을 지었다. 모용천은 그런 서해영의 얼굴을 보며 생각했다.

'서 아우가 아직 어려서 그런지, 감정의 기복이 심한 게 꼭 여인네 같구나.'

모용천이 그렇게 실없는 생각을 하고 있는데, 서해영이 굳은 얼굴로 말했다.

"모용 형, 이제 무한으로 가시는 거죠?"

모용천은 고개를 끄덕였다. 서해영은 잠깐 주저하다 멈췄던 걸음을 다시 옮기며 말을 이었다.

"모용 형, 아까처럼 지금도 나를 믿을 수 있나요?"

"물론이지."

모용천은 조금의 주저함도 대답했다. 만약 서해영이 처음부터 그런 말을 들었더라면 모용천이 성급하고 스스로 책임지지 못할 말을 쉽게 내뱉는 사람이라고 생각했을 것이다.

"좋아요, 그럼 말하죠. 모용 형이 만약 강호에 명성을 날리고 싶다면 제 말이 더없이 좋은 기회가 될 수 있어요. 단……."

"단?"

서해영은 검지로 목을 자르는 시늉을 하며 말했다.

"명성은커녕 개죽음당하기 딱 좋은 일이기도 해요. 아아, 모용 형의 무위가 어느 정도인지도 모르는 내가 왜 이런 이야기를 하는지 모르겠네요. 아니, 아니에요. 지금 얘기는 듣지 않은 걸로 하세요."

"사실 나도 내 무위가 어느 정도인지 모르는데 서 아우가 어찌 알겠어? 하지만 내 한 몸 지킬 정도는 되니까 크게 걱정하지 않아도 될 거야."

"……."

모용천이 다정스레 말했지만 서해영은 대답하지 않았다. 왜 말문을 닫은 건지 알 길이 없었다.

"…잠깐."

돌연 모용천이 걸음을 멈췄다.

"왜 그래요?"

서해영이 무슨 일인가 싶어 묻는데, 모용천이 한 팔로 그를 제지하고 한 발 앞으로 나섰다.

모용천이 낮은 목소리로 말했다.

"저 앞에 누군가 있네. 이유는 모르겠지만 어쨌든 우리를 기다리는 것 같군."

살기가 없는 무형의 기운이 모용천을 향해 쏟아져 들어오고 있었다. 이런 기운의 주인이라면 모용천이 일찍이 만나지 못한, 벽암당의 칠각과 비교조차 할 수 없는 고수일 것이다.

모용천은 안력을 돋우었다. 잠시 후 거리를 오가는 사람들 틈으로 열 장쯤 떨어진 곳에 서 있는 사내와 눈이 마주쳤다.

천으로 감싼 기다란 것을 어깨에 메고 선 검은 옷의 장년인.

저이가 이 기운의 주인일 것이다.

모용천의 시선을 따라 서해영도 사내를 보았는지 한숨을 푹 쉬고 중얼거렸다.

"절창(絶槍)……."

'아는 사람인가?'

모용천은 서해영의 중얼거림을 듣고 저 사내도 객잔의 청년과 마찬가지로 그를 데리러 온 자임을 직감했다. 저 정도의 고수가 무형의 기운을 내뿜는데 살기가 없다면 쓸데없는 다툼을 원치 않는다고 봐야 할 것이다. 사실 모용천은 서해영과 만난 지 한 시진도 되지 않아 그의 거취에 참견할 이유가 없었다.

서해영은 아직 어린 소년이었고, 그가 원한다 하여 반드시 옳은 길이라는 보장도 없었다. 객잔에서의 대화를 돌이켜 보면 서해영이 일행을 버리고 멋대로 돌아다니는 말썽을 피우는 중이라고 보는 게 당연하다.

사실 청년이 살수를 펼치지 않았다면 모용천은 객잔에서 이미 서해영을 잘 타일러 돌려보냈을 것이다.

조심스럽게 서해영이 입을 열었다.

"저자, 어떻게 생각해요?"

"어떻게 생각하다니?"

"무림인에게 무엇을 물어보겠어요?"

모용천은 솔직히 대답했다.

"음, 이렇게 멀리서 보는 것만으로 상대의 무위를 어떻게 알수 있겠어? 하지만 무시무시한 고수라는 건 알 수 있을 것 같군. 그래… 지금껏 만나본 자들 중 가장 강할 걸세."

"모용 형, 자신과 비교해 보면요?"

"글쎄, 알 수 없지. 드러내지 않은 부분을 가늠하기란 쉬운일이 아니니까. 그렇지만 결코 나보다 아래는 아닌 것 같아."

모용천이 생각을 그대로 말하자 서해영이 놀라 대답했다.

"모용 형, 저자가 누군지 알고 하는 말이에요?"

"난 이제 강호에 처음 나온 셈이고, 강호의 이야기도 아는바가 없어. 그런데 내가 어찌 저 사람을 알겠는가?"

서해영은 처음 보는 생물인 양 신기한 눈으로 모용천을 뜯어보다 다시 큰 한숨을 쉬었다.

"휴우, 그래요. 나를 데리러 왔나 본데, 저자가 움직였으니더 이상 형과 있을 수 없네요. 그만 돌아가 봐야 해요."

"그래, 많이들 걱정하는 것 같으니 돌아가는 게 좋을 걸세."

"정말, 당신이라는 사람은…….."

서해영은 무언가를 말하려다 멈추고 다른 말을 했다.

"모용 형, 저자는 절창 기소위(杞素衛)라는 자예요. 시간이 없으니 이것만 말할게요. 저자에 대해 알아본 뒤에도 형보다 아래는 아니겠다는 정도라고, 그때에도 절창이 그 정도라고 생각된다면 이십일에는 기현(杞縣)에서 팽가를, 이십삼일에는 영릉(寧陵)에서 종리가를 구하세요. 그렇게 되면 형은 권왕의 영웅연에 참가하지 않아도 이름을 날리게 될 거예요."

"그게 무슨 말인가?"

"잠깐이지만 즐거웠어요. 모용 형, 잊지 마세요."

자신을? 아니면 당부를?

무엇을 잊지 말라는 건지 말하지 않고 서해영은 앞으로 달려나갔다. 마지막 말을 곱씹으며 멈춰 선 모용천의 시야에서 서해영의 뒷모습이 사람들 사이로 사라져 갔다.

아련히 꿈에서 깨어난 듯 허전한 가슴을 모용천은 달랠 길이 없었다.

第三章
하북팽가, 종리세가

"크아아악!"

중천에 오른 햇살도 쉽게 범접치 못하는 잡목림이 처절한 단말마를 집어삼켰다.

후두둑—

동시에 푸른 잎사귀들 위로 붉은 피가 흩뿌려진다. 잔가지로부터 돋아난 잎들은 비릿한 점성이 괴로운 듯 몸을 흔들어 댔다.

"어디냐!"

"잡아야 한다!"

한낮이지만 높이 솟은 나무들로 인해 사위가 어둡다. 밤처럼 어두운 것은 아니지만 오히려 제대로 보이는 것이 없다.

"하아! 하아!"

심장을 두드리는 거친 숨소리가 과연 내 것이 맞는지조차 확신할 수 없다. 하북팽가(河北彭家)의 작은 주인 팽가력(彭可力)은 극도의 혼란 속에 있었다.

"여기다!"

소리는 숲 속을 맴돌아 방향을 가늠하기 어려웠다. 동시에 수풀 속에서 튀어나온 그림자가 셋!

"하압!"

팽가력은 반사적으로 허리를 비틀었다. 그를 지렛대 삼아 팽가력의 손에 들린 한 자루 보도(寶刀)가 반원을 그렸다.

"크헉!"

"크아악!"

보도가 지나간 길을 피가 따르고, 두 개의 그림자가 넷으로 나뉘어 땅에 떨어졌다. 팽가력의 일도가 두 사람의 허리를 끊어놓은 것이다.

"차앗!"

그러나 튀어나온 그림자는 모두 셋. 팽가력의 보도가 둘을 베는 동시에 남은 하나의 그림자로부터 몇 개인가 빛줄기가 날아들었다.

팽가력은 반사적으로 보도를 세워 몸 앞으로 끌어당겼다.

채채챙!

금속성의 소리를 내며 암기들이 넓은 도신에 튕겨 나갔다. 도신을 타고 손으로 전해지는 진동은 암기들이 정확히 팽가력의 기문(氣門)과 당문(當門)을 노리고 있었음을 알려왔다.

그 악랄함에 분노할 여유는 없었다. 두 사람의 목숨과 암기가 벌린 틈으로 남은 하나의 그림자가 파고들었다.

서걱—

불같이 뜨거운 통증이 허벅지를 엄습했다. 그림자는 몸을 한껏 낮추어 지면을 스치듯 하며 팽가력의 허벅지를 벤 것이다. 팽가력은 입술을 깨물며 보도를 세운 그대로 내리찍었다.

"……!"

도수(刀首:손잡이 끝)에 목 뒤를 찍힌 괴한은 그대로 바닥에 쓰러졌다. 비명조차 지르지 못한 즉사. 부러진 목은 불가능한 각도로 꺾여 있었다.

"헉, 허… 큭!"

숨을 몰아쉬던 팽가력은 신음 소리를 내며 오른쪽 허벅지를 내려다보았다. 자상으로부터 꾸역꾸역 흘러나오는 피가 바지를 붉게 물들이고 있었다.

팽가력의 몸은 이미 자잘한 상처투성이였다. 벌써 몇이나 되는 괴한을 베었던가. 그 수가 열은 족히 넘을 것이다.

팽가력은 비틀거리며 가까운 나무에 몸을 기대어 숨을 골랐다. 그제야 주변의 정경이 눈에 들어왔다.

널브러진 시체가 모두 일곱 구. 그중 자신이 벤 자는 다섯이다. 나머지 온몸의 피를 대지에 빼앗긴 두 구의 시체는 팽가력의 친구들이었다.

"젠장……!"

친구들의 시체를 확인한 팽가력의 두 눈에 핏발이 섰다. 누가 감히 도왕(刀王) 팽요색(彭曜塞)을 무시하고 자신을 습격한단 말인가?

당금무림에 감히 측량할 수 없는 고수가 열 있어, 세간에서는 그들을 일컬어 십왕이라 했다.

십왕.

정(正)과 사(邪), 중원(中原)과 새외(塞外)를 막론한 열 명의 절대고수.

하북팽가는 강호 오대세가의 일원으로 오랜 역사를 자랑하는 명문이다.

세가의 독문 절기인 팽가도법(彭家刀法)은 무림의 대표적인 도법으로 명성이 높았다. 특히 이들은 다른 병기나 장법, 권법을 마다하고 오직 도 하나에 담긴 무리를 수 세대에 걸쳐 탐구해 왔고, 당대에 이르러 마침내 결실을 맺게 되었다. 현 가주 팽요색이 팽가도법 하나로 당당히 십왕의 한자리를 차지한 것이다.

팽가력은 바로 그 도왕 팽요색의 외아들, 하북팽가의 작은 주인이다.

떡 벌어진 어깨와 당당한 체구는 갓 약관을 넘긴 젊음으로 빛나고 있다. 명문무가의 차기 주인이자 도왕의 아들이라는 자부심은 한시라도 무공 수련을 게을리하지 못하도록 오히려 그의 정신을 팽팽하게 당겨왔다.

이 젊은이의 야심은, 위대한 아버지가 무색하도록 거대했다. 십왕이 아니라 단 한 사람. 팽가력은 십왕의 시대를 종식시키는 자신을 꿈꾸고 있었고, 목표를 향한 첫걸음으로 권왕 우진의 영웅연을 택하였다.

권왕 우진은 영웅연을 개최하고 중원의 명숙들을 불러 모았다. 영웅연을 여는 명목은 그가 신창권문을 세운 지 십 년이 되는 해를 기념하는 동시에 최근 감지되는 사파 무림인들의 심상찮은 행보를 논의코자 함이었다.

물론 의도와 명목이 반드시 일치할 거라고 믿는 이는 아무도 없었다. 하지만 팽가력에게 그런 건 아무래도 상관없었다. 그의 관심을 끄는 것은 영웅연에서 벌어질 후기지수들 간의 비무였으니까.

그 자리에서 다른 신진 고수들을 꺾고 우승을 차지할 수 있다면 팽가력의 이름은 그 자리에서 중원 전역으로 퍼져 나갈 것이다. 그러기 위해 자신을 따르는 친구들을 모아 무한으로 향한 것이다.

그런데 지금 이 꼴은 무엇인가? 세가를 떠난 것이 엊그제거늘, 출발할 때의 호기로움은 간데없고 상처만이 남아 있다. 열 놈을 넘게 베었다지만 고수라고 할 놈은 없었고, 더욱이 그 대가로 따르던 친구들을 잃었다. 아끼는 애마도 잃은 채, 어딘지 모를 잡목림까지 쫓겨온 것이다.

더 분통이 터지는 일은, 이놈들이 대체 누구이며 무슨 목적으로 자신을 습격했는지 알 수가 없다는 것이다.

"우아아아아악!"

팽가력은 분을 참지 못하고 크게 울부짖었다. 스무 살 젊은 이의 것이라고는 믿을 수 없이 중후한 내공이 잡목림을 뒤흔들었다.

"이 새끼들아! 나 여기 있다! 이 팽가력, 더 이상 도망치지도, 숨지도 않을 테니 썩 나와라!"

쏴아아아―

팽가력의 분노에 호응하듯 나무들은 잔가지를 흔들었다. 얼마 지나지 않아 빽빽이 자라난 나무들 사이로 괴한들이 하나둘 모습을 드러냈다.

잿빛 옷을 입은 괴한들은 체형이나 체격도 대동소이할 뿐 아니라 복면을 뒤집어써서 각각의 인물을 구별하기가 쉽지 않았다. 복면은 얼굴을 가리기 위한 용도가 아니라, 이들을 하나의 집단으로 만들기 위함인 듯 보였다.

괴한들은 곧 팽가력을 빙 둘러싸고 포위망을 좁혀왔다. 그 수가 보이는 것만 삼십을 족히 넘었다.

지금까지 습격한 놈들과 비슷한 수준이라면 머릿수야 문제 될 게 없다. 문제는 팽가력의 손에 죽어간 놈들이 모두 죽음을 두려워하지 않았다는 점이다. 하나의 상처에 자신의 목숨을 바꿀 수 있는 자들이라면 제정신이 아니라고 봐야 할 것이다.

지금 모여든 놈들이 모두 죽음을 불사하고 달려든다면? 거기에 암기를 섞어 쓴다면 이미 많은 상처를 입고 진기가 흐트

92

러진 팽가력이 당해낼 수 없는 일이다.

팽가력은 질끈 어금니를 깨물고 보도를 들어 외쳤다.

"어디에 뭐 하는 놈들인지 모르겠지만, 어디 와봐라! 같이 죽어보자!"

그러자 팽가력의 정면에 있던 괴한들이 자리를 조금씩 좌우로 옮겼다. 느슨해진 포위망을 좌우로 물리고 한 사내가 나타났다.

"키키킥! 다 죽어가는 놈이 입만 살았구나!"

팽가력을 비웃으며 나타난 사내는 눈 밑에는 검은색 물감을, 입가에는 붉은색 물감을 칠하고 있었다. 얼핏 보면 떠돌이 광대의 분장과 유사하나, 그 모습이 보는 이로 하여금 웃음보다 혐오감을 주는 것이었다.

더구나 채색이 과도하여 본 얼굴이 숨어버린 것은 복면을 쓴 자들과 다를 바 없었다.

하지만 지금 이 사내가 복면인들을 통솔하고 있음은 명백했다.

"애송아, 너 하나 죽이려거든 뭐 하러 이리 귀찮은 일을 했겠느냐? 아무렴 내가 너를 두려워했겠느냐?"

"그럼 지금이라도 나서보아라! 네가 누군지 모르겠지만, 이 팽가력! 하북팽가의 차대 가주이며 도왕의 전인이다! 결코 쉽게 죽이지는 못할 것이다!"

"키킥! 키키킥!"

팽가력의 말이 끝나기도 전에 사내가 기분 나쁜 웃음을 흘렸다. 붉게 칠한 입가가 일그러지고, 사내는 웃음을 멈췄다.

"이 어른의 말씀을 제대로 듣지 않았구나. 누가 너를 죽인다는 게야? 죽는 게 무서워 귀라도 먹은 거냐? 그렇다면 무서워하지 않아도 된다. 이 어른은 너를 산 채로 잡으러 온 거지, 죽이러 온 게 아니니까."

사내가 말하는 품이 팽가력을 독 안에 든 쥐보다도 쉽게 생각하는 것 같았다. 팽가력은 태어나서 한 번도 받아본 적이 없는 대접에 발끈하여 소리쳤다.

"네놈이 뭐 하는 놈인지 모르겠다만 어디 한번 해보자. 내가 죽어도 네놈은 데리고 갈 것이다!"

"키킥! 킥! 도왕의 품에서만 지냈으니 뭘 몰라도 한참 모르는구나. 이 섭영귀(聶零鬼)가 너 같은 애송이와 손을 섞으면 그것만으로도 강호의 웃음거리가 될 게다! 키키킥!"

"섭영귀!"

팽가력은 자신도 모르게 탄성을 질렀다.

섭영귀라면 귀주(貴州)의 마두이다. 안면을 항상 물감으로 칠하고 다녀 아무도 본 얼굴을 본 사람이 없지만, 그렇기 때문에 그를 알아보는 것은 누구보다 쉽다는 자였다.

그러나 안면을 남달리 꾸미는 것만으로 섭영귀라는 이름이 악명을 떨치는 것은 아니었다. 그는 오음멸독수(五陰滅毒手)라는 강호에 보기 드문 금나수법으로 일가를 이루었는데, 그 수법이 지극히 악랄하기로 이름이 높았다. 섭영귀만의 금나수법이 독특할뿐더러 양손이 마음먹기에 따라 독공을 펼칠 수 있었으니, 함부로 그와 손을 섞었다가 중독당해 낭패를 본 자가 셀 수 없이 많았다. 더구나 귀주성에는 이렇다 할 정도무림의 문파도 없어 그의 악행을 저지할 자가 없었던 것이다.

그러나 섭영귀는 근거지인 귀주성을 벗어나지 않는 것으로 알려져 있었다. 그런 자가 이곳 하남성 기현에는 왜 나타났단 말인가? 그리고 왜 팽가력을 생포해 가겠다고 한단 말인가?

팽가력이 말이 없자, 섭영귀가 웃으며 말했다.

"키키킥! 그래, 이 어른이 누구인지 알았다면 쓸데없는 짓은 하지 않는 게 좋다는 것도 알았겠지? 이 어른도 필요 이상으로 수하들을 잃고 싶지는 않구나. 순순히 나를 따라오면 피차가 편할 것이다."

섭영귀는 팽가력과 격이 다른 고수였다. 하지만 그 기준이라는 게 결국 배분과 간접적인 승패의 산물일 수밖에 없는 이상, 실제로 겨루어보면 어떤 결과가 나올지는 아무도 장담할 수 없는 일이다.

그러나 세간의 평가라는 것은 의외로 정확하게 마련이다. 팽가력은 애써 외면하고 있었지만 섭영귀에게서 느껴지는 기운만으로 그가 자신보다 한참 위에 있음을 느낄 수 있었다.

'세가에는 웬만한 장로들도 이 정도의 기운을 발할 분이 안 계시다. 과연 헛된 명성이 아니구나!'

그러나,

팽가력은 섭영귀에게 보도를 겨누고 소리쳤다.

"네가 정녕 섭영귀라 해도 나를 산 채로 잡아갈 수는 없을 것이다! 나는 오늘 이곳에서 죽을 것이다!"

팽가력이 비록 진기가 흐트러지고 많은 피를 흘렸지만 기백만큼은 하북팽가의 차기 가주로 손색이 없었다. 섭영귀의 목적이 무엇인지는 모르지만 살아서 욕을 보느니 차라리 죽음을 택하겠다는 각오가 비장했다.

그 모습을 보고 섭영귀가 혀를 찼다.

"끌끌! 정파 놈들은 하여튼 이게 문제야! 애송아, 그런 말도 힘이 있어야 할 수 있는 거다. 약자가 강자 앞에서 명예를 이야기하는 것처럼 허무한 게 어디 있더냐?"

"닥쳐라!"

팽가력이 일축하자, 섭영귀는 코웃음을 쳤다.

"흥! 그러면 좋을 대로 해라. 숨만 붙어 있으면 되겠지. 뭣들 하느냐!"

섭영귀가 소리치며 손짓을 하자 팽가력을 둘러싼 수하들이 일제히 암기를 발출했다.

쉐에에엑!

손톱보다 작은 크기의 철 구슬 수십 개가 팽가력에게 날아들었다.

"이익!"

팽가력은 진기를 끌어올리며 보도를 휘둘렀다.

카카카캉!

일부는 도풍에 날려, 일부는 직접 도신을 맞고 튕겨 나갔다.

그러나 수십 개의 손이 사방에서 동시에 뿌리는 작은 구슬을 칼 한 자루로 막기란 불가능에 가까웠다.

"크윽!"

고통스러운 신음 소리와 함께 팽가력은 보도를 떨어뜨리고 무릎을 꿇었다. 맨살이 드러난 부분은 전부 검붉게 멍이 들어 있었다. 옷에 가려진 부분도, 아니, 전신이 같은 상태일 것이다.

"젠장!"

다가오는 섭영귀를 보며 팽가력이 소리쳤다. 사지가 마비된 아찔한 고통 속에서도 정신만은 온전한 것이 감탄스러울 정도였다.

그러나 섭영귀는 그런 감상과는 거리가 먼 얼굴로 다가와 허리를 굽혔다. 섭영귀는 바닥에 떨어진 구슬을 한 알 주워 팽가력의 눈앞에 갖다 대고 말했다.

"킥! 이것 봐라. 이 사람 하나 죽이지 못하게 생긴 걸 말이야. 독을 바른 것도 아니고, 이게 무슨 암기란 말이냐! 정말 멍청한 짓거리란 말이야. 뭐 하러 이런 수고를 하는지… 끌끌."

섭영귀는 구슬을 버리고 몸을 돌렸다. 팽가력은 눈앞에 드러난 섭영귀의 등을 보며 움직이지 않는 팔다리를 원망해야 했다. 휘두를 힘만 있다면 두 쪽을 낼 텐데!

"자, 할 일을 마쳤으니 그만 돌아가자! 이놈 죽지 않게 잘 챙겨라!"

재빛 옷의 수하들은 섭영귀의 지시가 떨어지자 곧 팽가력에게로 몰려들었다. 섭영귀는 그 자리를 등지고 나와 뒷짐을 지고 혀를 찼다.

"쯧쯧쯧. 평생 남을 죽여만 온 사람한테 산 채로 잡아오라는 지시를 하다니, 나 원 참. 왜 이런 번거로운 일을 시키는지 모르겠군."

누구에게인지 모를 불평을 하며 섭영귀는 입맛을 다셨다. 사람 목숨을 파리보다 하찮게 여겨온 자신에게 주어진 임무치고는 싱겁기만 하다.

'소 잡는 칼을 닭 잡는 데 쓰는 꼴이지. 빌어먹을!'

팽가력이 제법 애를 먹이긴 했어도 섭영귀의 눈에는 미숙하기만 한 애송이에 불과했다. 고작 이런 일이나 하려고 먼 길을 왔느냐는 회의감이 들어 섭영귀는 땅 위로 튀어나온 나무뿌리를 발로 찼다.

"으악!"

분풀이라도 하듯 나무뿌리를 걷어찬 순간, 등 뒤에서 비명 소리가 터졌다. 곧 기절해도 이상하지 않을 놈인데 마지막 힘이라도 쥐어짰나? 대수롭지 않게 생각하고 돌아본 섭영귀의 눈에 뜻밖의 광경이 들어왔다.

웬 놈이 포위망을 뚫고 팽가력의 앞에 서서 검을 놀리는 게 아닌가?

"크헉!"

"크아악!"

순간이라고 해도 좋을 시간에 벌써 세 구의 시체가 늘어났고, 수하들은 팽가력에게 다가서지 못하고 멈춰 서 있었다.

돌아서 있던 섭영귀는 물론, 수하들마저 이 상황을 이해할 수 없었다. 땅에서 솟은 것도 아니고 하늘에서 떨어진 것도 아닌데, 팽가력의 앞을 막아선 놈이 어디서 튀어나왔는지 본 자가 없었던 것이다.

삼십이 넘는 자들이 모두 눈 뜬 장님이 되어버린 당혹감은 마른 벌판에 불처럼 번져 갔다. 수하들의 동요를 감지하고 섭영귀가 나서서 호통을 쳤다.

"웬 놈이냐!"

얼핏 팽가력과 비슷한 연배로 보이는 청년은 섭영귀를 무시하고 고개를 돌렸다. 팽가력 역시 귀신에 홀린 얼굴로 청년을 올려다보고 있었다.

"팽 형이오?"

"그, 그렇소."

팽가력이 대답하자 청년은 놀라움과 감탄이 섞인 얼굴이 되었다. 청년, 모용천의 생각은 드러난 그대로였다.

'서 아우의 말대로구나!'

"이십일일에는 기현(杞縣)에서 팽가를, 이십삼일에는 영릉(寧陵)에서 종리가를 구하세요. 그렇게 되면 형은 권왕의 영웅연에 참가하지 않아도 이름을 날리게 될 거예요."

두서도 없고 근거도 없었지만 말하는 서해영의 눈은 결코 거짓이 아니었다. 모용천은 '구하라'는 말이 무엇을 뜻하는지 모르면서도 기현으로 향했고, 근처를 돌아다니다 우연히 팽가력의 고함 소리를 들었던 것이다.

"나는 모용천이라 하오. 긴 말을 할 여유는 없을 것 같으니 일단 자리를 피합시다. 움직일 수 있겠소?"

모용천이 묻자 팽가력은 고개를 저으며 말했다.

"호의는 고맙지만 한 발짝도 움직이기 힘드오. 나 혼자 목숨을 부지하기에는 죽어간 친구들을 볼 염치가 없소."

모용천이 말했다.

"진퇴를 가리는 것도 장부의 조건이라 했소. 살아서 훗날을 도모하는 것은 고통스럽지만 죽음은 편하니 팽 형은 편한 길을 택하시려오?"

모용천의 말이 이치에 어긋남이 없어 팽가력은 고개를 숙였다. 모용천은 그를 보고 말했다.

"어쨌든 이 자리를 벗어납시다. 움직일 수 없다면 업히시오."

"이놈이 보자 보자 하니 방자하기가 하늘을 찌르는구나! 네가 감히 이 섭영귀에게서 벗어날 거라 생각하느냐?"

섭영귀가 크게 소리치자 팽가력도 고개를 들어 말했다.

"저자는 섭영귀요. 모용 형 혼자 어찌할 수 있는 상대가 아니니 나는 두고 피하시오. 모용 형의 의기는 잘 알겠으니."

그러나 모용천은 섭영귀가 누구인지 알 리 없고, 관심도 없었다. 모용천은 억지로 팽가력을 들쳐 업었다.

모용천이 팽가력을 업고 일어서자 당황한 것은 섭영귀였다. 아무리 잘 쳐줘도 서른을 넘었다고 보기 힘든 애송이가, 자신이 누구인지 알면서도 저런 행동을 취한다는 게 이해할 수 없었다. 아니, 아무리 강호의 일을 모르는 풋내기라도 팽가력을 업고 삼십 명이 넘는 포위망을 뚫을 수 있을 거라 생각할 리 없다.

"미친놈이구나!"

섭영귀가 일갈하고 손을 들어 수하들을 움직였다.

쉐에에엑!

섭영귀의 지시에 따라 잿빛 복면인들이 철 구슬을 날렸다. 어쨌든 산 채로 잡아가야 할 팽가력을 업고 있으니 섣불리 살수를 쓰게 할 수 없었다.

채채채채챙!

순간 모용천의 신형이 빛에 휩싸이고, 구슬이 사방으로 튕겨 나갔다.

"으헉!"

튕겨 나온 구슬을 맞고 몇몇 수하들이 쓰러졌다. 그 가운데 한 손에는 검을, 다른 손에는 팽가력의 보도를 든 모용천이 멀쩡한 모습으로 서 있었다.

한 쌍의 도검으로 수백이 넘는 구슬을 완벽히 쳐낸 것이다.

"……!"

놀란 팽가력에게 모용천이 말했다.

"꽉 잡으시오."

말이 끝나기가 무섭게 모용천의 신형이 화살처럼 쏘아져 나갔다. 그 앞에는 섭영귀가 있었다.

"이런 미친놈이!"

섭영귀가 울분을 터뜨렸다. 자신이 진로를 막은 게 아니라 모용천이 자신을 향해 오는 것이다.

섭영귀라는 이름이 이렇게 가벼웠는가? 듣도 보도 못한 애송이가 두려움없이 달려드는 모습만으로도 그에게는 충분한 굴욕이었다.

"이노오옴!"

분노로 말꼬리를 길게 늘어뜨리며 섭영귀가 공력을 끌어올렸다. 내민 두 손이 검게 물들었으니 바로 귀주 무림을 공포에 떨게 한 오음멸독수였다.

독으로 검게 물든 두 손이 어지러이 움직인다. 동시에 모용천의 검도 고개를 들었다.

서걱!

팽가력을 업은 모용천의 신형이 섭영귀를 지나치고도 다섯 장을 더 가서야 멈췄다.

지나쳤다?

섭영귀의 오음멸독수는 무림에 일가를 이룬 금나수법이다. 그 손에 잡히지 않고 지나칠 수 있다니, 평범한 경신술로는 꿈도 꾸지 못할 일이다. 그것도 자신과 같이 건장한 사내를 업은 채로 말이다.

그러나 멈춰 선 모용천의 중얼거림은 이미 놀란 팽가력을 더욱 경악케 했다.

"그걸 피하다니……."

툭—

둔탁한 소리가 청천벽력처럼 귀를 때렸다.

땅에 떨어져 아직 생명의 끈을 놓지 못하고 경련하는 검은 손.

"네, 네놈이……!"

피가 쏟아지는 팔목을 부여잡고 분노에 떠는 섭영귀가 눈에 들어왔다. 단 일합으로 모용천은 섭영귀의 오른손을 벤 것이다. 그러나 모용천의 의도는 섭영귀를 베는 것이지, 오른손을 떼어내는 것이 아니었다. 모용천의 중얼거림은 실패한 의도에 대한 자책과 한 손과 목숨을 맞바꾼 섭영귀의 판단력에 대한 감탄, 그리고 섭영귀의 무위가 생각보다 높음에 대한 놀라움이 한데 엉켜 있었다.

그러나 팽가력은 모용천의 말과 눈앞에 벌어진 상황을 하나로 묶지 못하고 혼란스러울 뿐이었다.

"일단 자리를 옮기지요."

담담한 모용천의 목소리도 팽가력에게는 현실과 동떨어진 것이었다.

손바닥만 한 창으로 겨우 들어오는 빛에 의지한 방 안은 어둡고 건조했다.

사각형의 방 안, 두 벽을 메운 장, 그 안에 빽빽이 들어찬 서랍들. 셀 수 없이 많은 서랍에는 모두 익숙한 이름이 쓰여져 있었다. 강활(羌活), 유계(柳桂), 통초(通草), 마선(馬先)……. 모두 약재(藥材)의 이름이다.

그 커다란 서랍장이 전부가 아니었다. 일정한 양으로 나뉘어 종이에 싸인 약재는 방 안에 가득했고, 어떤 것은 천장에 매달려 있기도 했다.

수백, 수천 가지 종류의 약재들은 저마다 다른 효능만큼이나 다른 향을 내겠지만 의원이 아닌 이상 그것을 구별할 능력도, 필요도 없다. 대부분의 경우 말린 약재들의 향은 하나로 뭉뚱그려지기 쉽다.

모용천 역시 그러했다. 그저 익숙한 이름들일 뿐, 구별하지 못하는 모용천에게 방 안에 가득한 향은 약재라는 범주로 묶여진 하나의 향에 불과했다.

그것도 좋지 않은 기억을 불러오는.

향은 후각을 일깨우고, 감각은 기억을 불러일으키며, 기억은 언제나 감정을 동반한다.

시간의 흐름에 씻겨 사라진 감정은 이렇게 단순한 과정을 통해 되살아난다. 그러나 되살아난 감정의 대부분은 괴로움이다.

부친 모용담이 주화입마에 빠져 병석에 누웠을 때 모용천은 아직 어린 나이였다. 어린아이의 기억이 정확할 수는 없다. 하지만 그 인상만큼은 아직도 또렷하게 기억하고 있었다.

　과거의 영광을 붙잡으려 애쓰던 가주는 세가 최후의 보루였다. 모용담이 쓰러지자 기다렸다는 듯 사람들은 떠나고, 남은 것은 유 총관 혼자였다.

　많은 이들이 떠나간 자리를 메운 것은 어린아이가 좋아할 리 없는 약재들의 향이었다. 당시 유 총관은 주화입마에 빠진 가주를 위해 용하다는 의원, 좋다는 약재를 닥치는 대로 수집했고, 이는 고스란히 세가에게 타격으로 돌아왔다.

　그 덕에 모용담은 목숨이나마 건질 수 있었지만, 모용천에게 당시는 두 번 다시 돌아가고 싶지 않은 시절로 남았다.

　강한 향이 억지로 끄집어내는 유년기의 기억을 곱씹으며 모용천은 방 안에 홀로 앉아 있었다.

　얼마나 기다려야 할까? 슬슬 견디기 힘들어지던 참에, 방문이 열리고 백발의 의원이 들어왔다.

　모용천은 자리에서 일어났다. 그를 보며 의원이 말했다.

　"할 수 있는 처치는 다 했소. 가벼운 내상을 입었지만 진기가 손상되지는 않았으니 스스로 충분히 치유할 수 있을 게요. 문제는 외상인데, 워낙 몸이 튼튼하니 별문제는 없을 거요."

　"감사합니다."

　모용천은 가벼이 목례하고 의원을 따라 방을 나왔다. 안내를 받아 방을 옮기자, 전신에 천을 감은 팽가력이 누워 있었다.

　"냄새가 좀 지독할 것이오. 허허."

의원의 말대로 고약한 냄새가 코를 찔렀다. 전신에 약을 발랐기 때문이라는 설명을 남기고 의원이 방을 나가자 팽가력이 눈을 떴다.

모용천이 물었다.

"몸은 좀 괜찮소?"

"덕분에."

팽가력은 짧게 이야기하고 상체를 일으켰다.

"모용 형이라 하였소? 경황이 없어 미처 인사를 하지 못했구려. 구해줘서 정말 고맙소."

"별말씀을."

모용천의 대답은 겉치레가 아니라 정말로 별일이 아니라는 뜻이었다.

"끄응."

팽가력은 한쪽 팔로 상체를 지탱하고 앉아 말했다.

"그나저나 그놈들은 대체 누구요? 왜 나를 습격한 것이오?"

"팽 형이 말해주지 않았소? 그 얼굴을 보기 싫게 칠한 자가 섭영귀라는 자라고 말이오."

"섭영귀가 누구인지도 모른단 말이오? 그럼 나를 어떻게 알고 구하러 왔소?"

귀신처럼 나타난 모용천이 가장 먼저 한 일은 팽가력을 확인하는 일이었다. 그것은 섭영귀의 습격이 언제 어디서 이루어질지 사전에 알았다는 뜻이다. 때문에 팽가력은 모용천이 섭영귀의 의도를 알고 있을 거라 생각했는데, 이제 보니 그는 섭영귀가 누구인지도 모르는 눈치였다.

"팽 씨를 구하라는 말을 들었을 뿐이오."

"그 말을 누구에게 들으셨소?"

"서 아우에게 들었소.

"서 아우라는 분은 또 누구요?"

"서 아우는……."

모용천이 서해영과 함께 있었던 시간은 불과 한 시진 남짓이었다. 이름을 제외하면 모용천이 그에 대해 아는 게 없으니, 자연 남에게 설명할 것도 없었다.

하지만 팽가력은 모용천이 진실로 아는 게 없어 말하지 못한다고 생각할 수 없었다. 무언가 말하기 힘든, 숨기는 구석이 있다고 생각하자 의구심이 일었다.

"어쨌든 나를 구했으니 하북팽가에서 크게 사례를 할 것이오."

팽가력의 말을 듣고 모용천이 말했다.

"아! 팽 형은 하북팽가의 사람이오?"

모용천의 말이 또 한 번 팽가력을 놀라게 했다.

"날더러 팽가냐고 물어보지 않았소!"

"팽 씨가 어디 하북팽가뿐이오?"

팽가력은 모용천이 자신을 놀리고 있는 건지도 모른다는 생각을 했다. 하지만 모용천의 얼굴에 전혀 그런 기색이 없어, 팽가력은 얼굴을 찡그릴 뿐이었다.

"끄응……."

말문이 막힌 팽가력은 신음하며 몸을 뉘었다.

팽가력이 하북팽가의 사람이라는 걸 안 모용천의 심경도 복잡했다.

귀에 딱지가 앉도록 들어온 그 이름, 오대세가.

자식에게 눈길 한 번 주지 않고 무공 연마에 매달리던 아버지가 원했던 것도, 쓰러진 아버지를 대신해 세가를 꾸려가면서 유 총관이 어린 모용천에게 끊임없이 말해왔던 것도 결국은 하나이다.

오대세가로의 복귀.

지나간 영광의 수복이라는 막연한 목표가 구체화되는 지점이 바로 오대세가로의 복귀였다.

오로지 개인의 무위를 숭상하고 무리 짓기를 꺼려 하는 사파인들의 성향상 무림의 세력 분포도는 정도인을 중심으로 짜여 있었다. 그중 가장 대표적인 세력이 구파일방(九派一幇)이며, 그다음으로 꼽히는 것이 오대세가이다. 그 외에 북해빙궁(北海氷宮)과 서장화산(西藏火山), 중원인들에게 마교라 불리는 정교(貞敎) 등을 손꼽을 수 있다. 하지만 이들은 모두 새외에 위치해 사실상 중원무림의 판도에 큰 영향을 주기 어려웠으니 논외로 치는 게 보통이었고, 어디까지나 무림의 세력은 구파일방과 오대세가를 중심으로 움직여 온 게 사실이다.

물론 그 외에도 무림에는 수많은 문파가 명멸해 왔다. 당장 지금 구파일방과 오대세가 어느 쪽에도 들지 않은 신창권문이라는 신흥 문파가 권왕의 힘 아래 지대한 영향력을 행사하고 있지 않은가?

하지만 명문이라는 이름은 당대의 힘으로 얻을 수 있는 것이 아니다. 오랜 세월 묵묵히 쌓아 올린 것들이야말로 정녕 그들의 힘이니, 구파일방과 오대세가의 자리는 원한다 하여 쉽게 가질 수 없는 것이다.

과거 모용세가가 오대세가의 자리에서 물러난 것도 지극히 이례적인 일이었다. 방심한 모용세가와 기회를 노리며 힘을 키워온 종리세가의 자리바꿈이라는 식으로 간략화하기에는 많은 일이 있었다. 그만큼 굳어진 자리를 바꾸는 것은 어려운 일이다. 그리고 한 번 빼앗긴 자리를 되찾는 것은 더욱 힘든 일이다.

물론 반드시 종리세가를 밀쳐 내고 그 자리에 들어가야 하는 것은 아니다. 어쨌든 유 총관의 바람은 오대세가로의 복권이다. 어디든지 과거의 모용세가처럼 몰락해 주기만 하면 상관이 없으니 팽가력의 하북팽가도 예외는 아니다.

그러니 팽가력도 언젠가 다른 형태로 만나게 될지 모른다. 모용천은 그렇게 생각하며 말했다.

"하북팽가라면 북경에 있지 않소? 이곳에는 무슨 일이오?"

팽가력은 누운 채로 대답했다.

"무한으로 가는 길이었소. 권왕께서 개최하는 영웅연에 참가하기 위해…….."

"팽 형도 그 뭐냐, 가장 빼어난 후기지수를 가리는 비무에 참가하려는 참이었소?"

"물론이오. 모용 형은 무림의 다른 일에는 관심이 없으면서 그런 것은 알고 있구려."

"이십삼일에는 영릉(寧陵)에서 종리가를 구하세요."

서해영의 목소리가 머릿속을 크게 흔들었다. 모용천은 팽가력에게 물었다.

"그 종리세가에서도 영웅연에 참가하는지 아시오?"

"당연하오! 천하 영웅들이 그날만큼은 무한으로 몰려들 것이오. 종리세가의 사람들이 그런 자리에 빠지는 것 봤소? 젠장, 상웅 그 얼빠진 자식도 참가한다는데 이런 곳에 누워 있어야 한다니……."

종리세가의 사람들이 어떤 성격인지 모용천이 알 리 없다는 것도 모르는지 팽가력이 소리쳤다. 고함 소리에 힘이 넘쳐 침상에 누워 있는 환자라고 생각하기 힘들 정도였다.

하나 목소리가 크다고 부상이 깊지 않은 것은 아니다. 목숨이 위급한 중상은 아니지만 하루 이틀 만에 회복할 정도로 가볍지도 않았다. 최소 사흘은 꼼짝 말고 누워 있어야 한다는 게 의원의 진단이었다.

따라서 팽가력이 팔월 초하루, 아흐레밖에 남지 않은 영웅연에 참가하기란 불가능한 일이 되었다. 아니, 영웅연이야 참가할 수 있겠지만 비무에 출전할 수는 없는 것이다.

기대가 큰 만큼 실망도 클 것이다. 하지만 따르던 친구들이 모두 살해당한 마당에 비무의 참가 여부를 가지고 마음 상해하는 것은 철이 없다고밖에 할 수 없다.

그러나 팽가력이 비무에 참가하고 못하고는 모용천이 알 바 아니었다. 모용천의 관심사는 서해영이 남긴 말이었다.

"…그 종리도 종리세가를 가리킴인가?"

"응? 뭐라 하였소?"

새어 나온 혼잣말을 듣고 팽가력이 물어왔다. '아무 일도 아니오' 모용천은 그렇게 대답하고 다시 생각에 잠겼다. 알 수 없는 일들과 알고 싶은 일들이 산처럼 쌓여, 확실한 것은 하나뿐이었다.

팽가력이 그랬던 것처럼 종리세가의 누군가도 위험한 상황에 처하리라는 것.

팽가력을 구한 날이 이십일이고, 습격당한 곳으로부터 멀리 떨어진 마을의 의원을 찾느라 하루를 허비했다. 서해영이 말한 날짜는 이틀밖에 남지 않았다.

"팽 형, 비무는 언제라도 할 수 있으니 너무 조급해하지 말고 몸조리 잘하시오. 사정이 있으니 팽 형을 두고 가야 할 것 같소."

팽가력은 침상 언저리에 놓아둔 보도를 들고 말했다.

"내 걱정은 하지 마시오. 내 몸뚱이 하나는 알아서 지킬 테니!"

침상에 누워도 기개만큼은 꺾이지 않는 모습이 보기 좋았다. 모용천은 옅은 미소를 보이며 말했다.

"꽤 오래 달렸으니 그들이 쉽게 찾지는 못할 것이오. 의원과 주변 사람들에게 입단속을 시키고 북경에 사람을 보내 팽 형이 여기 있음을 알릴 테니 너무 걱정하지 마시오."

둥— 둥—

폐문을 알리는 북소리가 붉은 저녁 하늘로 퍼져 나간다.

하루 일과를 끝내고 그만 노곤한 몸을 누이라는 신호가 주민들을 위한 것만은 아니다. 사방으로 난 영릉의 성문도 이제 빗장을 걸고 출입을 금할 시각인 것이다.

끼이익—

낡은 소리를 내며 성문이 닫히기 직전, 급한 외침이 위병들의 귀를 때렸다.

"잠깐! 잠깐만 기다려 주시오!"

바닥이 드러난 샘처럼 말라 갈라진 목소리가 성문 안으로 들이닥쳤다. 성문을 닫던 위병들은 익숙한 상황이라는 듯, 서로를 보고 웃으며 고개를 빠끔 내밀었다. 그러나 성문 밖에는 아무도 보이지 않았다.

"뭐지? 누가 장난친 건가?"

한 위병이 고개를 갸웃거렸다. 문을 닫지 말아달라는 당부가 장난치고는 너무 간절했던 것이다. 그때 다른 위병이 말했다.

"저거… 누가 오는 것 같은데?"

"어디, 어디?"

황혼이 내려앉아 시계가 가려진 저편에서 흔들리는 점 하나가 보였다. 점은 눈 깜짝할 사이 사람의 형체로 바뀌었고, 곧 흙먼지를 수반하며 맹렬한 기세로 달려오는 청년이 되었다.

쉬이익!

청년의 모습을 보는 위병들은 눈을 의심해야 했다. 멀리서부터 달려와 성문 안으로 들어온 청년의 빠르기가 도저히 사람의 두 다리로 가능한 게 아니었던 것이다. 아니, 설령 준마를 탔다 해도 믿기 힘든 일이었다.

아슬아슬하게 입성한 청년, 모용천은 숨을 몰아쉬며 위병에게 물었다.

"하아, 하아! 기다려 줘서 고맙소. 여기가, 그, 후우."

모용천은 말을 맺지 못하고 다시금 호흡을 조절했다.

"여기가, 그, 영릉이 맞습니까?"

얼이 빠져 있던 위병은 모용천이 묻자 고개를 흔들어 정신을 차리고 대답했다.

"맞소."

그 말을 듣자 모용천은 한숨을 푹 쉬고 자리에 주저앉았다.

'찾아오긴 제대로 찾아왔구나! 세상에…….'

영릉은 기현에서 동쪽으로 약 오백 리 정도 떨어져 있는, 하남성의 중심부에서 약간 치우친 곳에 위치한 작은 도시였다.

팽가력을 구한 곳은 기현 근처였지만 모용천은 추적을 피하고 안정된 치료를 받기 위해 그를 업고 한나절을 달렸다. 때문에 팽가력을 맡긴 의원에서 영릉까지는 거의 천 리 가까이 멀어져 있었다.

모용천이 운 좋게 팽가력을 발견하긴 했으나 그를 제외한 일행이 모두 목숨을 잃은 뒤였다. 모용천이 조금이라도 일찍 발견했다면 그들을 구할 수 있었을 것이다.

팽가력 한 사람을 구해낸 것도 천우신조라고밖에 할 수 없었다. 말이 기현에서 팽가를 구하라는 거지, 기현 어디인 줄 알고 한 사람을 찾는단 말인가? 기현이 정주와 같은 대도시가 아니고 다수의 타지 사람이 보이는 것이 흔한 일도 아니지만 크게 눈에 띄는 일이라고 할 수도 없었다.

그런 일들을 감안해서 모용천은 한시라도 빨리 영릉에 도착하는 길을 택했다. 천 리나 되는 길을 단 하루에, 말도 없이 두 다리로 주파한 것이다.

'서 아우는 이십삼일에 종리가를 구하라 했다. 이제 이십이 일 밤이니 여유가 있구나. 서두르길 잘했다.'

안도의 한숨을 쉬자 억눌러 왔던 피곤이 봇물 터지듯 쏟아졌다. 모용세가의 무학 중 경신술이 있긴 했으나 지극히 기초적이고 원론적인 수준에 그쳐 있다. 더구나 역대 가주에서 가주에게로 전해져 온 심득(心得)은 모용담의 대에서 끊어진 것이나 마찬가지였다.

검법이나 장법과 마찬가지로, 모용천의 경공 역시 세가의 비전(秘傳)에 개인적인 깨달음이 추가된 것에 지나지 않았다. 그런 수준으로 하루 밤낮을 달렸으니 내공의 극심한 손실이 불가피했다.

'일단 어디에서든 좀 쉬어야겠다.'

모용천은 노잣돈을 아끼지 말고 어디든 가장 먼저 눈에 띄는 곳에 방을 잡아야겠다고 결심했다. 팽가력의 치료비도 모용천이 냈기 때문에 유 총관이 준 노잣돈은 얼마 남지 않아 있었다.

"뭐, 어떻게든 되겠지."

하지만 앞날도 당장을 넘겨야 오는 것이다. 모용천은 일단 몸을 눕지 않으면 내일이 오지 않을 거라고 중얼거리며 무겁게 걸음을 옮겼다.

하지만 이미 땅거미가 길바닥을 점령해 길을 물어볼 만한 사람도 보이지 않았다. 무작정 객잔을 찾아 나서야 하나? 모용천이 어떻게 할까 망설이고 있는데, 휑하니 빈 거리에 사람의 그림자가 하나 나타났다.

"길 좀 물읍시다. 혹시……."

몸이 마음을 따라서 너무 급했던 탓일까? 몇 장이 넘는 거리를 순식간에 따라붙어 길을 묻자 상대는 비명을 질렀다.

"꺄악!"

귀가 찢어질 듯 높은 소리는 여인의 것이었다. 모용천이 물러나며 놀라게 한 것을 사과하려 하는데, 여인이 다짜고짜 화를 내며 달려드는 것이 아닌가?

쉐엑!

매서운 손바닥이 모용천의 뺨을 노리는 것이 아니었다. 서늘한 금속의 기운. 바로 검극이 모용천의 목을 노리고 들어왔다.

모용천이 대경하며 검을 피했다.

"죽어라! 이 음적(淫賊)아!"

여자는 크게 소리치며 계속해서 검을 뿌렸다. 썩 숙련된 실력은 아니었지만 초식과 보법 모두 이치에 맞아 상승 무학의 단면이 엿보이는 검이었다.

하지만 그것뿐, 모용천에게 위협은 되지 않았다.

"……!"

여자의 검이 움직임을 멈췄다. 가느다란 검신이 모용천의 두 손가락에 잡혀 버린 것이다.

그제야 모용천은 여자의 모습을 제대로 볼 수 있었다.

나이는 열일곱, 혹은 여덟. 보통 사람보다 작은 얼굴 안에 보통보다 큼지막한 눈, 코, 입이 꽉 들어차 있다. 살짝 치켜 올라간 눈매가 매력적인 소녀였다.

소녀는 작은 입을 앙다물고 검을 빼내기 위해 애쓰고 있었다. 그 모습을 보고 모용천은 손목을 살짝 비틀었다.

"이런!"

모용천이 손목을 비튼 것만으로 검은 소녀의 손을 빠져나갔다. 소녀는 낭패 섞인 탄성을 지르고, 모용천은 한 걸음 뒤로 물러났다.

물러나는 모용천을 보며 소녀는 분한 듯 소리쳤다.

"검을 내놔라, 이 음적!"

물론 늦은 시각, 홀로 가는 소녀에게 기척도 내지 않고 접근한 것이 잘못이라면 잘못일 수 있다. 그러나 모용천은 아무리 생각해봐도 자신이 음적으로 매도당할 만한 일을 한 기억이 없었다.

아니, 오해를 살 만한 일을 했다고 쳐도 다짜고짜 살수를 펴는 것은 이해할 수 없었다.

모용천은 검을 돌려주며 말했다.

"놀라게 한 점 사과하오. 길을 물어보려 했을 뿐, 다른 의도는 없었으니 오해하지 마시오."

소녀는 검을 받아 들고 냉랭히 받아쳤다.

"흥! 오해인지 아닌지는 본인밖에 모르는 일이지! 내가 무공을 할 줄 몰랐다면 손쉽게 네 욕심을 채웠을 수도 있지!"

'내가 정말 그런 마음을 먹었더라면 네 실력은 무공을 모르는 것이나 마찬가지였을 것이다.'

모용천은 억울하긴 했어도 속으로 분을 삼켰다. 상대를 가리지도 못하고 성급히 살수를 쓰는 모습이나, 일의 앞뒤 연유도 살피지 않고 상대의 말에 귀 기울이지도 않는 모습이 소녀의 성격을 어느 정도 짐작케 했던 것이다.

'더 말을 섞어봐야 나만 피곤하겠구나.'

"어쨌든 그만둡시다. 다른 사람을 찾아볼 것이니 소저도 가던 길이나 가시오."

당장에라도 길바닥에 드러눕고 싶은 충동을 참으며 모용천은 점잖게 얘기하고 돌아섰다.

쉬익—

소녀의 검극이 다시 모용천의 목 뒤를 향했다.

카앙—

날카로운 소리와 함께 소녀의 검이 하늘 높이 날았다. 언제 뽑았는지도 모르게 모용천은 검을 들고 있었다.

모용천은 다시 땅으로 떨어지는 소녀의 검을 자신의 검으로 받았다. 검신 위에 나란히 누운 소녀의 검이 소녀를 향하고, 모용천이 입을 열었다.

"내 분명 오해라고 했을 텐데!"

아직 어리다고 생각하려 했지만, 벌써 두 번이나 살수를 펼치는 마음이 악독하였다.

하지만 소녀는 화가 난 모용천을 무시하고 오히려 웃으며 자신의 검을 회수했다. 등을 돌린 자에게 살수를 뿌려놓고도 태연하게 웃는 모습이 어이가 없었다. 모용천이 가만히 노려보고 있자니 소녀가 말했다.

"무공에 자신이 있긴 있는 모양이군? 오해였다는 걸 믿어줄 테니 대신 나를 좀 도와주지 않겠어?"

"도와달라니?"

모용천이 반문하자 소녀가 대답했다.

"사람을 찾고 있는데, 그걸 좀 도와달란 말이야. 보아하니 썩 좋은 곳 출신은 아닌 모양인데, 이 아가씨에게 잘 보여서 손해될 건 없을걸."

평상시라면 모를까, 피로가 쌓여 예민해진 터. 사람을 내려다보는 소녀의 말이 모용천의 신경에 거슬렸다.

"소저가 얼마나 좋은 곳 출신인지는 모르겠지만 사람 목숨이 얼마나 귀한지도 가르치지 않는 곳이라니 보지 않아도 알 것 같소. 나는 지금 몹시 피곤하고, 내일 할 일이 있어 당장 잘 곳을 찾아야 하니 더는 상대할 일이 없겠소. 조심히 가시오."

모용천이 그렇게 말하고 등을 돌리자 소녀가 말했다.

"흥! 고작 나 같은 계집아이 하나 이겼다고 기고만장하기는! 내 성이 종리라는 걸 알아도 네가 그리 뻣뻣하게 굴 수 있을까?"

피곤에 절어 있는 모용천의 귓가에 소녀의 말이 천둥처럼 울렸다.

"지금 뭐라 했소?"

모용천이 다시 몸을 돌려 묻자, 소녀는 한껏 비웃음을 머금고 말했다.

"흐응! 문중의 이름을 들으니 마음이 달라졌나 보지? 똑똑히 들어! 종리세가의 가주가 바로 우리 아버님이란 말씀이야!"

"그게 정말이오?"

모용천이 눈에 불을 켜고 물었다. 소녀의 말이 사실이라면 잠도 자지 않고 달려온 보람이 있다. 아니, 그 정도로 그칠 일이 아닌 것이다.

모용천이 되묻자 소녀는 기분이 상한 듯 성난 목소리로 대답했다.

"감히 어떤 간 큰 놈이 세가의 이름을 사칭하겠어? 어쨌든 나를 도와주면 내 아버님께 잘 말씀드려 상을 내리게 할 것이다. 어때?"

소녀는 거절당할 것이라고는 생각도 않는 눈치였다. 모용천이 보아하니 자신도 강호초출이지만 이 소녀는 아예 자신의 집에 있을 때나 강호에 나왔을 때나 다른 게 없는 것이다. 그녀가 종리세가의 사람이 맞는지 아닌지를 떠나서 너무나 무방비한 점이 모용천의 마음에 걸렸다.

"무슨 일인지 말이나 들어봅시다."

소녀는 현 가주인 종리창(綜理昌)의 차녀로, 이름은 종리부용(綜理芙蓉)이라 했다. 어두운 데에다 남녀가 유별하니 모용천은 일정 거리를 두고 종리부용을 따르며 물었다.

"종리세가는 강소성 남경(南京)에 있는 걸로 아는데, 어찌 이런 곳까지 오셨소? 그것도 혼자 몸으로……."

"당신, 무림인이 맞긴 맞아? 내가 이런 곳에 왜 와? 지나는 길에 들른 거지."

"그럼 어디로……."

"아, 거 말 많네! 당신은 내가 시키는 대로만 하면 되는 거야! 뭐 그렇게 알고 싶은 게 많아? '호기심은 만악의 근원' 이라는 말도 몰라?"

"아니, 그래도 뭘 알아야 도와줄 것 아니오?"

"⋯⋯."

모용천은 종리부용을 만난 지 얼마 되지 않았지만 그녀가 어떤 환경에서 자랐는지 알 수 있을 것 같았다.

모용천 자신을 대하는 것만으로 전부를 단정 지을 수는 없었지만, 적어도 짐작은 할 수 있었다. 종리부용은 특별히 모용천이라서가 아니라 타인을 비하하거나 무시하는 데 익숙한 사람이었다. 실제로 종리부용은 모용천이 자신보다 무공이 조금 뛰어나다는 정도로 효용을 인정했을 뿐, 그의 이름조차 묻지 않았다.

정말 지독하게 자기중심적이다.

웬만큼 떠받들어 키워진 것이 아니라면 이러기도 힘들 것이라고 모용천은 생각하고 또 생각했다.

완연한 밤이 되었는데 종리부용을 따라가는 길은 점점 밝아졌다. 하나둘 등불만이 아니라 거리를 지나는 사람들도 늘어나고 있었다. 그리고 밤공기를 타고 독한 주취와 달콤한 분내가 넘실거리기 시작했다.

종리부용이 모용천을 데리고 온 곳은 도시의 뒷골목, 해가 져야 살아나는 유흥가였다. 종리부용은 걸음을 멈추고 모용천을 돌아봤다. 얼굴에 드리운 붉은 등불 때문일까, 세상 두려울 것 없다는 얼굴로 사람을 내려다보던 교만함은 사라지고 소녀다운 수줍음이 대신하고 있었다.

"저기."

종리부용의 손가락이 가리킨 곳에는 '청화루(青花樓)'라는 간판이 빛나고 있었다. 색색의 등불 아래 웃음을 파는 여인들이 손님을 끄는 곳.

"저기는 기루가 아니오? 소저가 저런 곳은 왜?"

모용천이 의아해하며 물었다. 그러자 종리부용은 잠깐 떠올랐던 수줍음을 지우고 본래의 표정으로 돌아와 말했다.

"아까 말했지? 사람을 찾고 있다고."

"기억하고 있소."

"그 사람이 저런 기루에 있을 거란 말이야. 당신 말대로, 내가 어떻게 저 안에 들어가 사람을 찾겠어? 그러니까 당신더러 도와달라는 거지."

"흐음."

모용천은 고개를 끄덕였다. 아무리 안하무인인 종리부용이라 해도 기루 안에 들어가 사람을 찾아다닐 수는 없을 것이다.

"그런데 저 안에서 대체 누구를 찾으려는 거요?"

종리부용은 대답 대신 품 안에서 무언가를 꺼내 내밀었다. 모용천이 받아보니 흰 종이에 먹으로 젊은 사내의 초상이 그려져 있는데, 마치 살아 있는 것처럼 생생한 것이 아닌가?

모용천은 그 솜씨에 감탄하여 탄성을 질렀다.

"이야, 정말 이 사람이 눈앞에 있는 것 같구려! 이건 누가 그린 것이오?"

종리부용은 얼른 대답하지 않고 머뭇거렸다. 그 모습을 보
자 모용천이 채근하며 말했다.

"돈을 주고 화공에게 부탁한 것이오? 그리고 이 잘생긴 남
자는 누구요? 혹시 정인이오?"

모용천의 말을 듣고 종리부용이 얼굴을 확 붉혔다.

"쓸데없는 소리! 누가 그렸든 무슨 상관이야? 그리고 그 사
람은 내 오라버니니 허튼 생각은 하지 마!"

"소저의 오라버니라면 종리세가의 소가주요?"

"그래! 오라버니는 아버지의 진전을 이어받아 이미 세가의
무학을 오 할 이상 익힌 고수야. 당신 같은 자는 열 사람이 덤
벼도 상대가 안 될 걸?"

"어쨌든, 이 기루에 오라버니가 있으니 찾아오라는 것이
오?"

모용천이 초상화를 보며 물었다. 종리부용은 고개를 저으며
대답했다.

"그건 몰라."

"모르다니, 그럼 여기는 왜 왔소?"

종리부용은 팔짱을 끼고 대답했다.

"여기가 맞는지는 모르겠지만 어쨌든 기루에 있다는 건 확
실해. 그러니까 여기부터 쭉 찾아볼 거야."

"그럼 지금 나더러 영릉에 있는 기루를 모두 돌아다니며 소
저의 오라비를 찾으라는 거요?"

모용천이 기가 막혀 묻자, 종리부용이 빽 소리를 질렀다.

"이 좁쌀만 한 곳에 기루가 몇 개나 있다고 불만이야, 불만이! 싫으면 그냥 가버려!"

성난 고함 소리에 지나던 사람들이 모두 종리부용을 돌아봤다. 종리부용은 그들에게 소리쳤다.

"뭘 봐! 사람 처음 봤어?"

그 모습이 얼마나 사나운지, 초저녁부터 진탕 마셔댄 취객도 고개를 절레절레 흔들며 가던 길을 되돌아갔다.

"안 할 거면 내놔!"

종리부용이 화를 내며 손을 뻗었다. 모용천은 그녀의 손을 피해 초상화를 빼돌리고 말했다.

"누가 안 한다고 했소?"

第四章

역학자 혹은 점쟁이

"정말 기루에 있는 게 확실하오?"

"확실하다니까. 내가 확실하다는데 왜 그렇게 말이 많아?"

청화루부터 시작하여 여섯 군데의 기루를 돌았지만 종리부용의 오라비라는 자는 찾을 수 없었다.

여섯 번째, 낙화루(落花樓)에서 나온 모용천의 어깨는 축 늘어졌고 발걸음은 무거웠다. 기녀들이 쓰는 사향이 옷에 배었는지 이제는 기루를 나와도 코에서 떠나질 않았다.

체력적으로나 정신적으로나 모용천은 그 어느 때보다 극심한 피로를 느끼고 있었다. 하지만 종리부용은 아랑곳하지 않고 그를 다그쳤다.

"그 인간이 장로님 몰래 숙소에서 사라졌는데, 생전 처음인

곳에서 기루 아니면 갈 데가 없어. 그나저나 손바닥만 한 마을에 웬 기루가 이렇게 많아? 하여튼 남자들이란… 끌끌."

종리부용은 혀를 차며 모용천을 바라봤다. 생략된 말이 무엇인지, 종리부용의 눈초리가 무슨 뜻을 담고 있는지 짐작이 갔지만 모용천은 애써 부정하지 않았다. 부정해 봤자 무시당하거나 몇 배로 부풀려져 돌아올 것이 뻔했고 또 아니라고 말하기조차 귀찮을 만큼 피곤했기 때문이다.

"대체 이렇게까지 해서 오라비를 찾으려는 이유가 뭐요?"

주제 넘는 참견이라며 성을 내거나, 혹은 무시하거나, 모용천은 둘 중 하나의 반응을 예상하며 물어보았다. 그러나 기대와 달리 종리부용은 모용천의 얼굴을 똑바로 보고 대답했다.

"당신 같은 자와는 상관이 없는 얘기겠지만 우리 남매는 무한에서 열리는 권왕의 영웅연에 초청을 받아 가는 중이란 말이야. 우리 남매뿐 아니라 다른 오대세가, 구파일방의 젊은 고수 모두에게 초청패가 돌았지. 바로 그 후기지수들 간의 비무대회가 권왕의 영웅연에서 열린단 말이야. 그게 무슨 뜻인지 알아?"

모용천은 고개를 저었다. 종리부용은 허리에 손을 짚고 자랑스레 이야기했다.

"그 비무가 바로 당금무림의 명숙들이 모두 모인 자리에서 펼쳐진다는 뜻이야. 빼어난 솜씨를 보이면 전 무림에 위명을 날리는 건 금방이고, 만약 우승이라도 하면 가문의 위상이 달라질걸?"

"소저와 소저의 오라비도 대회의 우승을 노리는 거구려."

듣기 좋으라고 한 말이건만 종리부용은 한심하기 이를 데 없다는 표정으로 대답했다.

"당신, 무림인 맞아? 다른 놈들은 몰라도 남궁세가와 사천당가, 하북팽가의 자제들도 온단 말이야."

종리부용의 이야기를 듣자 모용천은 고개를 갸웃거렸다. 이 자부심으로 똘똘 뭉친 소녀의 입에서 나온 말치고는 지나치게 비관적인 것이다. 모용천의 표정을 읽었는지 종리부용은 스스로도 민망한 듯 헛기침을 하며 덧붙였다.

"흠, 흠! 뭘 그런 눈으로 쳐다봐? 그들은 십왕의 진전을 받았을 텐데 우리가 무슨 수로 이기겠어? 그저 망신만 당하지 않으면 다행이지."

종리부용의 말은 대체로 합당하여 누구나 고개를 끄덕일 것이다. 종리세가가 비록 오대세가의 일원이기는 하나 그 무학의 깊이가 다른 세가에 비해 손색이 있었다. 더구나 상대할 자들이 십왕의 후예라면 시작하기도 전에 주눅이 든다 한들 탓하는 사람도 없을 것이다.

그러나 모용천은 종리부용의 말에 수긍할 수 없었다. 마음으로부터 지고 들어간다면 뭐 하러 무한에 간단 말인가? 속으로 고개를 저으며 모용천은 유 총관을 생각했다.

봇짐에 넣어둔 서신에 쓰여 있는 유 총관의 지시는 무한으로 가 비무에 참가하라는 얘기에 그쳐 있었다. 하지만 그것이 참가에 의의를 두라든지, 모용천에게 부담을 주고 싶지 않아서는 아니다. 유 총관은 모용천을 절대적으로 신뢰하고 있었고, 두 사람이 공유하는 절박감을 굳이 필설로 나눌 필요도 없었기 때문이다.

모용천의 어깨를 짓누르는 세가의 숙원, 오대세가로의 복귀. 영웅연의 비무대회는 그를 위한 첫걸음에 불과하다. 하지만 첫걸음을 제대로 내딛지 못하고서 어찌 먼 길을 가겠는가?

어느 정도의 성과로는 한없이 부족하다. 유 총관이 원하는 대로 단번에 명성을 떨치려거든 그 자리에서 날고기는 강호의 후기지수들을 모두 꺾어야 한다. 또한 그 승리에 압도적이라는 단서를 붙여야 비로소 거대한 명성을 얻을 수 있는 것이다. 그렇지 못할 경우 세가의 숙원을 이루기 위한 모용천의 길은 멀고 험해질 것이 틀림없었다.

사실 모용천은 유 총관만큼 스스로에게 확신을 가질 수 없었다. 큰 도시의 한가운데에서, 그럼에도 불구하고 심산유곡에 틀어박힌 것처럼 외부와 단절된 채 홀로 수련해 온 무공이다. 스승이 있어 길을 알려준 것도 아니다. 달이 뜨지 않은 밤처럼 한 치 앞도 보이지 않는 가운데 세가의 비전이라는 희미한 등불에 의지해 왔을 뿐이다.

그 희미한 등불을 따라 하염없이 걷기를 십 년.

자연히 모용천은 자신이 제대로 된 길을 가고 있는지, 그렇다면 얼마나 멀리 온 것인지 가늠할 수 없었다. 그의 상대는 의뢰비로밖에 설명할 수 없었던 벽암당 살수들과 그런 기준조차 제시받지 못했던 섭영귀뿐이었다. 그들을 재는 잣대는 모용천 자신밖에 없으니 가늠할 수 있다면 그것은 교만일 뿐이다.

"어머, 처음 뵙는 공자님이네? 어서 오세요!"

다르지만 같은 얼굴, 같은 목소리. 이들은 모두 다른 사람이며, 다른 말을 하지만 동시에 한 사람인 듯 느껴진다. 모용천은 오늘 하루에만 여섯 곳의 기루를 전전하였지만 그를 맞이하는 기녀들은 하나같이 두꺼운 분칠 위로 거짓 웃음을 지어 보이고 있었다.

십대의 어린 기녀들은 모용천의 양팔에 매달리듯 그를 안으로 이끌었다. 그 동작은 신속할 뿐 아니라 확고하기까지 하여 모용천에게 말할 틈도 주지 않는 것이었다.

모용천의 앞에 중년의 미부가 서자, 어린 기녀들은 모용천의 팔을 놓고 어디론가 사라졌다. 중년의 미부는 허리를 굽혀 인사했다.

"귀하신 분, 야우당(夜雨堂)에 들러주셔서 참으로 영광입니다. 소첩은 이 야우당의 아이들을 관리하고 있는 가엽(佳葉)이라고 하옵니다."

자신을 가엽이라 소개한 부인은 예를 차리면서도 눈으로 모용천의 아래위를 훑어보았다. 말라붙은 땀과 달라붙은 흙먼지로 인해 지금 모용천의 행색은 결코 좋게 봐줄 수 없는 것이었다. 그것은 이전에 들렀던 기루의 대접을 통해 모용천도 잘 알고 있었던 사항이다.

하지만 방을 잡고 씻을 틈도 없거니와 기녀들에게 손님 대접을 받을 일도 없었으니 모용천은 가히 괘념치 않았다. 그네들에게 어떤 푸대접을 받든 자신은 종리상웅, 종리부용의 오라비를 찾기만 하면 되는 것이다.

"사람을 찾고 있소만……."

모용천이 운을 띄우자 가엽이라는 미부는 웃으며 말했다.

"어떤 아이의 소문을 듣고 오신 겝니까?"

"아니, 나는 여인과 술을 마시러 온 게 아니오. 종리 성을 가진 내 또래의 사내를 찾고 있는데, 손님 중에 혹시 그런 자가 있소?"

"저희 집은 많은 분이 드나드는 곳으로, 각자 사정은 다르나 모두 일상의 노곤함을 풀고자 하는 바는 같다고 할 수 있사옵니다. 따라서 오시는 분들에 관한 신상은 설령 관아의 명이라 해도 원칙상 알려 드릴 수 없으니 부디 헤아려 주십시오."

미부가 말하는 품이 정녕 미안해하는 기색이 역력하니, 모용천은 도리어 미안해지는 것이었다.

미부가 차라리 이전의 기루들에서처럼 모용천을 홀대하고 내치려 했다면 마음 편히 기루를 뒤졌을 텐데, 막상 예를 갖추어 나오니 그럴 수가 없게 된 것이다.

"손님 중에 이렇게 생긴 자를 보았는지 이거라도 좀 봐주시오."

모용천은 종리부용이 그린 초상화를 내밀었다. 가엽은 초상화를 받아 들고는 펴보지도 않고 웃으며 말했다.

"소첩의 반응을 살피어보려는 겝니까? 공자님과는 어울리지 않는 치졸한 수로군요. 소첩이 보지 않으면 억지로라도 펴 보이시렵니까?"

당연히 모용천은 가엽을 처음 보는 것이고, 이전에 두 사람이 만난 일은 없었다. 그럼에도 가엽은 모용천을 마치 오래전부터 알았다는 듯이 말을 하였으나, 어쩐지 그 말이 허투루 들리지 않는 것이었다.

"소첩이 비록 천한 계집이나 술을 팔아온 지 이십 년이 넘었습니다. 술이라는 물건이 신통한 것은, 의지를 거두고 사람의 본성을 드러내는 재주를 가졌기 때문입니다. 본성을 드러낸 사내들 틈바구니에서 이십 년을 굴렀으니, 사내를 보는 눈이야 자연히 길러졌겠지요."

가엽은 모용천이 무슨 생각을 하는지 아는 듯 이야기했다.

"공자께서 비록 행색이 남루하나 예와 의를 갖추었음은 알아볼 수 있답니다. 그 정도도 몰라서야 장사를 할 수 있겠습니까?"

"이것 참, 미안하게 됐소."

모용천은 머리를 긁적이며 사과했다. 아직 어린 티를 벗지 못한 약관의 청년이 쉽게도 미안하다는 말을 하였기 때문일까? 가엽은 들고 있던 부채로 입을 가리고 웃었다.

"호호호홋! 그렇게 물러남이 쉬워서야 모진 세상 어찌 헤쳐 나가시렵니까?"

"그러게 말이오. 나도 걱정이 많소."

손님을 비웃는 일은 큰 결례이지만 모용천은 오히려 맞장구를 쳤다. 지금 기루를 드나들며 사람을 찾는 고생을 하는 것도 모용천이 자초한 일이니 절로 쓴웃음이 나오는 것이었다.

"그림은 돌려주시오."

어쨌든 그림은 돌려받아야겠거니 손을 내미는데, 가엽이 그를 무시하고 흥미로운 얼굴로 말했다.

"소첩의 말을 허투루 들으셨습니까? 장부의 물러남이 그리 쉬워서야 무슨 일을 하겠습니까?"

"그럼 알아봐 주겠단 말이오?"

가엽의 말에 모용천이 두 눈을 크게 뜨고 물었다. 가엽은 가볍게 웃고 말했다.

"세상에 대가없이 구할 수 있는 건 아무것도 없지요. 공자께서 알고 싶으신 게 있다면 소첩의 청을 하나만 들어주소서."

"청이라니?"

"허리에 칼은 보기 좋으라고 채우신 게 아니겠지요? 소첩의 눈에 공자께서는 무공을 익힌 무림인으로 보입니다만."

가엽의 사람을 보는 눈은 과연 정확했지만 모용천은 감탄보다 걱정이 앞섰다.

"그 말이 맞소."

그러자 가엽은 미간을 찌푸리며 말했다.

"실은 삼 일 전부터 저희 집에 살다시피 하는 자가 있는데, 돈도 없이 눌어붙어 이만저만 문제가 있는 게 아니랍니다."

"강제로 끌어내면 될 것 아니오?"

"글쎄, 몇 번이나 시도를 해보았는데 도통 힘으로는 어쩔 도리가 없지 뭡니까? 그런 사소한 말썽을 처리하기 위해 고용한 자들도 도무지 손쓸 도리가 없다고 하더이다. 그들도 나름 무공을 익혔는데 말이지요."

모용천은 한숨을 크게 쉬었다. 종리부용도 그렇고 이 여인도 자신을 이용하려는 건가 싶으니 한숨이 절로 나오는 것이었다.

"미안하지만 나는 지금 몹시 피곤하고 시간도 없소. 그리고 만약 그자를 끌어내는 데 성공했다 해도 나에게 보장된 게 없지 않소? 내가 찾는 이가 이 기루에 있는지조차 확실치 않으니 말이오."

그러자 가엽은 지체하지 않고 손에 든 종이를 펼쳐 보았다.

"짐작은 하고 있었습니다. 찾으시는 분, 저 명문 종리세가의 도련님이시지요? 한 시진 전부터 저희 집에 와 계시지요."

가엽은 초상화를 보자마자 단호하게 말했다. 뜻밖의 행동에 놀란 모용천이 말했다.

"아니, 그걸 말해주면……."

"공자께서 소첩의 청을 들어준다는 보장이 없다고 말씀하시려는 건가요?"

"……."

"보장이 왜 없겠습니까? 소첩의 안목이, 공자께서는 약속을 지키지 않을 사람이 아니라고 보장해 주고 있답니다. 호호호!"

가엽은 다시 부채로 입을 가리고 길게 웃었다. 모용천은 웬

만한 사내 뺨치는 그녀의 배포에 놀라고 자신을 향한 은근한 질책에 살짝 부끄러워졌다. 하지만 그런 느낌도 잠시였고, 곧 형언키 힘들면서도 어딘지 익숙한 부조리함에 몸을 떨어야 했다.

'아니, 애초에 난 약속한 게 없는데?'

모용천과 함께 계단을 오르는 사내는 어깨가 모용천의 두 배는 되어 보이는 거한이었는데, 자기 말로는 소림의 속가제 자에게서 소림오권을 전수받아 일대에 적수가 없다고 했다.

"그 점쟁이는 정말 이상합지요. 팔이든 다리든 잡기만 하면 기름을 발라놓은 양 미끄덩거리면서 빠져나간다니까. 그 뭐라 그러지? 미추공?"

"니추공(泥鰍功) 말이오?"

"니추공인가? 어쨌든 그 미꾸라지를 본떠 만들었다는 무공을 익힌 것 같았단 말이외다. 그것만 아니어도 내 이 주먹맛을 벌써 봤을 텐데 말이지."

이 기루, 야우당의 고용 무사인 거한은 머리통만 한 주먹을 들어 보였다. 크기도 크거니와 곳곳에 있는 단련의 흔적이 마냥 허풍만은 아닌 듯 보였다.

"공자는 무슨 무공을 익히셨수? 외공을 수련한 것 같지는 않은데, 설마 그 검으로 위협하겠다는 생각은 아니지?"

"……"

"그럴 거라면 일찌감치 포기하는 게 좋수다. 검이 아니라 도

끼로 찍어도 찍히지 않을 물건이니까."

"……."

모용천이 대답하지 않자 거한은 코웃음을 치고 말하기를 그쳤다. 자신도 끌어내지 못하는 거머리 같은 자를 이런 애송이에게 처리해 달라고 하다니, 기루의 운영자인 가엽도 어지간히 급한 모양이다. 그에 심술이 나 조금 겁을 줬더니 금방 입을 다물어 버리는 이 애송이가 무슨 수로 그를 끌어낼 것인가?

"……."

그러나 모용천이 말을 하지 않는 것은, 아무래도 지금부터 해야 하는 일이 마음에 들지 않았기 때문이다. 일신의 무공을 믿고 배짱을 부리는 자도 문제는 문제이지만 피해를 보는 자가 마냥 당할 수밖에 없는 약자는 아니지 않은가?

모용천을 안내하는 고용무사도 있고, 적법한 절차를 거쳐 관부에 도움을 청하는 방도도 있을 것이다. 가엽의 말대로 이곳에 신분을 밝히기 꺼리는 손님들이 드나든다면 그것만으로도 힘이라 할 것이다.

그러니 기루를 위해 골치 아픈 손님을 처리해 주는 것은 정파의 무림인보다 길바닥 싸움패에 어울리는 일이라는 생각을 지울 길이 없는 것이다.

"다 왔소이다."

두 층을 올라 비로소 거한은 발을 멈추었다. 모용천은 가볍게 고개를 끄덕이고, 색색의 비단이 쳐져 있는 문을 열었다.

커다란 상 위에는 빈 접시와 요리의 잔해가 가득했다. 바닥에는 셀 수도 없이 많은 술병이 굴러다니고, 곳곳에 술과 요리를 엎지른 흔적이 역력했다.

한마디로 이런 고급 기루에 어울리지 않는 난장판 속에서 드러눕다시피 앉아 있는 한 노인이 모용천을 보고 손을 들어 반갑게 말했다.

"여어! 와까 식힌 료리, 벌써, 딸꾹! 가져온나?"

삼 일 밤낮을 쉬지 않고 측간에도 가지 않은 채 먹고 마시기만 했다더니, 딱 그 꼴이었다.

검은색과 흰색이 반반씩 섞인 머리는 잔뜩 풀어헤쳐 있었고, 양 볼은 붉다 못해 새색시마냥 연지를 찍어놓은 듯했으며, 두 눈은 이미 초점을 잃고 풀려 있는 상태였다. 모용천에게 한 말도 혀가 잔뜩 꼬부라져 무슨 뜻인지 알아듣기 힘들었다.

온전치 못하나마 정신을 차리고 있는 게 용한 것 같으니 모용천은 뒤를 돌아봤다. 모용천의 시선을 받은 거한은 무슨 말을 하고 싶어하는지 안다는 듯 어깨를 들썩이며 말했다.

"저게, 삼 일 전 우리 집에 처음 왔을 때부터 저 모양이었수다. 저 꼴로 이 방을 차지하고 앉아서 나갈 생각도 않고 행패를 부리니 속이 탈 노릇이지. 암."

모용천은 다시 고개를 돌려 노인을 보았다.

노인이라 해도 그렇게 나이가 들어 보이는 것은 아니었다. 많아야 육십이 되지 않았을 것이다. 하지만 앉은 것도 아니요, 누운 것도 아닌 자세로 바닥에 붙어 있는 모습에서는 한 움큼의 생기도 찾아볼 수 없었다.

모용천은 성큼 다가가 한쪽 무릎을 꿇고 앉았다. 그 모습을 본 노인이 환하게 웃으며 말했다.

"료리가 아니라, 딸꾹! 술, 딸꾹! 술칭구를 데려완구만! 반가워, 반가워! 이거 한잔 들게!"

술에 취해 꼬부라져 있던 혀가 펴졌는지 노인은 올바른 발음으로 말을 마쳤다. 그러면서 들고 있던 술잔을 내밀었는데, 내미는 팔이 심하게 떨리면서도 한 방울 흘리는 술이 없었다.

"노인장, 저는 술을 마시러 온 게 아니라……."

"어허, 어른이 주는 술은 사양하는 게 아니야."

노인은 막무가내로 술잔을 모용천의 입에 드밀었다. 모용천은 얼굴을 찡그리고 노인의 손을 옆으로 밀어냈다.

"……!"

그런데 놀랍게도 거한의 말처럼 노인의 팔이 미끄러지듯 모용천의 손을 휘감으며 제자리로 돌아오는 것이 아닌가! 잔을 가득 채운 술이 찰랑거리고 그 파동을 탄 술 냄새가 코끝을 확 찔렀다.

종리부용을 쉽게 만난 것은 행운이었지만, 어영부영 그녀에게 휘둘려 팔자에 없는 기루를 드나드는 것은 원치 않은 일이었다. 종리부용도 모자라 지금은 가엽이라는 여인의 말에 놀아나 삼류 건달패나 할 법한 취객 상대를 하고 있으니 자신이 얼마나 한심할까!

더구나 모용천은 꼬박 하루를 쉬지 않고 달려 당장에라도 쓰러져 잠을 청하고 싶을 정도였다. 그런 상황에서 이 노인이 억지로 술—그것도 마시던 잔으로—을 권하니 짜증이 확 나는 것이었다.

"이러지 마십시오!"

모용천은 단호히 말하고 노인의 손목을 움켜쥐었다. 이번에는 놓치지 않도록 힘을 꽉 주었는데, 노인이 술잔을 놓고 손을 뒤로 빼더니 번개 같은 솜씨로 허공에 뜬 술잔을 다시 낚아채는 것이 아닌가?

"……!"

놀라는 모용천의 눈에 술잔을 들고 배시시 웃고 있는 노인의 얼굴이 들어왔다.

"자, 어서 들게."

웃는 얼굴에 침 못 뱉는다는 말이 있다지만 모용천의 눈에 비친 노인은 한 바가지라도 뱉어줄 수 있을 만큼 얄미운 얼굴을 하고 있었다.

"아, 어서! 늙은이 팔 빠지겠네!"

노인은 유들유들하게 웃으며 술잔을 모용천의 입에 갖다 댔다. 모용천은 얼굴을 돌려 그를 피하고 왼손을 뻗었다.

"어딜!"

노인이 가볍게 비웃으며 역시 왼손으로 모용천의 손을 막았다. 그러나 모용천의 손은 막으러 온 노인의 손목을 잡고 꺾어 돌려 단숨에 제압하는 것이 아닌가!

"허어?"

모용천의 금나수법에 노인이 나지막한 탄성을 질렀다. 동시에, 노인의 눈앞에 술잔이 다가왔다.

왼손과 왼손이 얽히는 동시에 모용천은 오른손으로 노인에게서 술잔을 빼앗은 것이다.

"노인장, 더 이상 술은 없습니다."

노인의 얄미운 모습에 심술이 났던 터라 모용천은 굳이 필요없는 말을 하고 노인의 눈앞에서 술잔을 뒤집었다.

그러나 기대와 달리 일그러져야 할 노인의 얼굴은 어린아이처럼 활짝 펴졌다. 뒤집어진 술잔 밑에는 언제 풀었는지 모용천의 왼손에서 벗어난 노인의 왼손에 들린 술병이 기다리고 있었다.

차라락!

술잔으로부터 떨어지는 술은 고스란히 술병의 좁은 주둥이 속으로 빨려 들어갔다. 눈 뜨고 당한 격이라, 모용천이 멍하니 있는 사이 노인은 술병을 입으로 가져가 꿀꺽꿀꺽 한입에 해치우고 말했다.

"캬아! 이 좋은 걸 왜 버리려고 하나? 그러다 벌 받어, 벌!"

이래저래 몸도 피곤하고 짜증도 난 상태에서 잔뜩 취해 있는 노인을 경시한 것이 사실이다. 이곳에 종리부용의 오라비 종리상웅이 있다는 것을 알았으니 귀찮은 일을 어서 끝내고 보자는 마음이 굴뚝같았다.

한데 지금 보니 이 노인, 범상치 않은 솜씨를 가지고 있다.

"……."

모용천은 대꾸하지 않고 뒤로 한 걸음 물러나 노인을 보았다. 그러나 가까이에서 본들 멀리서 본들, 흘린 술과 안주 자국이 선명한 옷에 코끝이 붉게 달아오른 이 술꾼에게서 무학 고수의 자취는 발견할 수 없었다.

물론 무림의 고수들이 모두 내가 고수랍시고 기운을 흘뿌리고 다니는 것은 아니지만 강호 경험이 일천한 모용천에게는 의아한 일이었다. 고수라면 그에 합당한 기도를 갖추고 있어야 할 터인데, 그렇지 않아 그 깊이를 가늠하기 힘든 상대는 처음 만난 것이다.

노인은 빈 술병을 내던지고 다른 술병을 찾았다. 그러나 이미 방 안에는 빈병만이 가득했다. 노인은 몇 차례 허탕을 치고는 병을 내려놓고 모용천에게 말했다.

"그러고 보니, 끄윽! 아까 주려던 잔이 마지막이었구먼. 끌끌, 그걸 사양하다니… 술 귀한 줄 모르는구먼? 음?"

말을 하다 말고 노인은 고개를 앞으로 쭉 빼더니 미간을 모으며 모용천의 얼굴을 뜯어보기 시작했다.

"뭡니까, 남의 얼굴을 그렇게 보고?"

노인의 시선이 부담스러워 모용천은 눈살을 찌푸렸다. 그러나 노인은 아랑곳하지 않고 이젠 아주 잡아먹을 기세로 모용천의 얼굴을 보더니 고개를 절레절레 흔들었다.

"끌끌, 내 보다 보다 이런 관상은 처음이다. 하늘도 무심하시지, 어쩌다 이런 상을 내셨을꼬!"

"무슨 소리를 하는 겁니까?"

"나는 하늘의 뜻을 읽고 땅의 소리를 들어 사람의 일을 헤아리지. 소위 역학자(易學者)라고 하는 사람일세."

"점쟁이라고는 저 사람에게 들었습니다."

모용천이 심드렁히 대꾸했다. 가끔 유 총관 몰래 세가를 나와 노닐다 보면 흔히 볼 수 있는 것이 시책(蓍策:시초를 말려 만든 가는 막대기. 점을 칠 때 사용한다)이나 서죽(筮竹:대나무를 쪼개 가늘게 만든 것. 역시 점을 칠 때 사용한다)을 놓고 사람을 현혹하는 점쟁이들이었다.

"점쟁이라니, 젊은 친구가 뭘 모르는군. 나를 시장통에 좌판을 깔고 앉은 치들과 동류로 보면 곤란하다네. 나는 어디까지나 역학을 학문으로 보고 접근하는 사람일세. 부자(夫子:공자를 높여 부르는 말)께서도 역을 얼마나 탐독하셨던지 책을 맨끈이 열 번이나 끊어졌다지 않은가?"

"위편삼절(韋編三絶)이라는 말이 있는데, 열 번이 아니라 세 번 아니오?"

"열 번이든 세 번이든! 어쨌든 나를 그런 어설픈 지식으로 입만 살아서 혹세무민하는 얼치기 점쟁이들과 한데 묶어서 보면 큰 실수 하는 걸세!"

"제가 알기로는 역경에 관상 보는 법은 없을 텐데요?"

"만류귀종(萬流歸宗)! 깊은 공부를 하다 보면 곁가지는 따라오는 법이지!"

모용천은 노인의 뻔뻔함에 질려 입을 다물었다. 하지만 노인은 모용천이 자신의 말에 수긍한 줄 아는지 흐뭇한 미소를 띠며 말했다.

"여하튼 자네 관상을 보아하니 영······. 내 꿈자리가 다 사나울까 걱정이구먼. 어쩌다 그런 운을 타고났나? 아주 고생의 연속이야, 연속. 하루도 편할 날이 없어."

우리 생이 고통의 연속임은 석가의 가르침이 아니었던가? 장담하던 것과 달리 노인의 입에서 나온 말은 흔한 점쟁이의 그것과 다를 게 없었다.

"집안에 우환도 있네그려. 집안 어른 중에 병석이 계신 분이 있잖은가? 그것 때문에 걱정이 많지? 지금 아주 어두워, 어두워!"

"예, 예. 집안 어른이 모두 강녕하신 집보다는 안 그런 집이 더 많지요. 노인장, 저는 술을 마시러 온 것도 아니고, 관상을 봐달라고 온 것도 아닙니다. 이 집 주인의 청을 받아 왔으니 저와 함께 나가주셔야겠습니다. 술도 마실 만큼 마신 것 같은데 이만 일어나시지요."

"이런, 이런. 내 한마디를 얻고 싶어 안달이 난 사람이 얼마나 많은지 아나? 한 줄로 세워보면 천 리도 더 갈 걸세. 자네는 지금 자신이 얼마나 귀한 말을 듣고 있는지 꿈에도 모르고 있구먼. 하긴, 금덩이도 알아보지 못하면 길가의 돌이지."

모용천은 더 이상의 대화를 포기하고 두 손을 뻗었다. 노인은 얄밉게 웃으며 몸을 피하는데, 예상이라도 한 듯 그 앞을 모용천의 손이 가로막았다.

"허어!"

감탄인지 탄식인지 모를 소리를 지르며 노인의 깡마른 두 손이 모용천의 손을 잡았다.

네 개의 손이 허공에서 서로 얽히고, 스무 개의 손가락이 각자 살아 있는 듯 움직인다. 점과 점, 면과 면이 교차하고 단순한 손짓 하나에 천변만화가 숨어 있다. 서로를 해하겠다는 살기는 없었으나 어떻게든 잡겠다는 의지와 절대 잡히지 않겠다는 의지가 충돌하니 한순간도 방심할 틈이 없었다.

문 앞에 서서 지켜보던 거한은 무슨 일이 벌어지는지도 모르는 듯, 입을 크게 벌리고 멍하니 바라볼 뿐이었다.

순식간에, 겨우 한 호흡 고를 사이 빠르게 십여 초를 교환한 두 사람의 손이 멈추었다. 모용천이 노인의 양 손목을 잡은 것이다. 노인의 얼굴에서 미소가 사라지고, 모용천은 눈에 힘을 주어 말했다.

"그만하고 저와 같이 나가시지요."

그러나 다시 한 번 꽉 잡은 모용천의 손아귀에서 노인이 두 손을 쉽게 빼는 것이 아닌가? 이번엔 놓치지 않겠노라며 단단히 방비를 했건만.

'이 늙은이가 술이 아니라 참기름을 퍼마셨나?'

그러나 손을 빼낸 노인도 썩 좋은 얼굴이 아니었다. 노인은 두 눈을 좌우로 굴리면서 말했다.

"자네는 대체 뭔가?"

"제가 물건도 아니고, 뭐냐고 물어보시면 뭐라고 대답해야 합니까?"

모용천의 대답은 그답지 않게 날이 서 있었다. 하지만 노인은 크게 개의치 않는 듯 다른 말을 했다.

"흐음…… . 뜻하지 않게 일이 풀릴 수도 있겠군."

　이쯤 되자 모용천도 절로 오기가 일었다. 모용천이 무공을 익히기 시작한 이래, 무학에 있어 자신의 뜻대로 되지 않은 적이 없었다. 군이 꼽아보자면 팔 하나를 주고 목숨을 건진 섭영귀 정도일까? 하지만 그 역시 모용천이 제어할 수 있는 범위 안에서의 오차에 불과했다.

　그런데 이 노인은 두 번이나 모용천의 금나수법을 무위로 돌려 버렸으니 오기라는 낯선 감정이 이는 것도 당연했다.

　'어디, 누가 이기나 해보자!'

　모용천이 이를 갈며 다시 금나수법을 펼치려는데, 누군가가 문 앞을 막고 선 거한을 밀치고 방 안으로 들어왔다.

"모용 공자!"

　방 안에 들어온 이는 바로 가엽이었다. 손을 거두고 고개를 돌린 모용천에게 가엽이 다급히 말했다.

"찾으시는 분, 그, 종리 성을 가진 손님이 사라졌습니다!"

"사라졌다니? 그게 무슨 말이오?"

　뜻밖의 말에 모용천이 놀라 되물었다. 계단을 뛰어올라 왔는지 가엽은 가슴에 손을 얹고 대답했다.

"말 그대로 사라졌습니다. 어서 와보십시오."

"이 노인장은……?"

"됐으니까 놔두고 따라오십시오."

모용천은 가엽을 보고 다시 노인을 보았다. 노인은 왜 자신을 보느냐는 눈빛을 하고 있었다.

"…알았소."

휘이이잉.

가엽을 따라 종리상웅이 있었다는 방 안으로 들어오자 활짝 열린 창문으로 거센 바람이 들이닥쳤다. 가엽은 소매를 들어 얼굴을 가리고 모용천은 주위를 둘러봤다.

방 안은 온통 난장판이었다. 술상은 다리가 부러져 주저앉았고 바닥에는 갖은 요리와 접시, 술병과 잔들이 널브러져 있었는데, 흙 묻은 발자국이 어지러이 그 틈을 메우고 있었다.

그리고 한쪽에는 종리상웅의 시중을 들던 세 명의 기녀가 선 것도, 앉은 것도 아닌 어정쩡한 자세로 굳어 있었다.

도로로로로—

옆으로 누운 술잔이 바람에 밀려 발치로 굴러왔다. 모용천은 술잔을 발로 세우고 기녀들에게 다가갔다.

"……."

기녀들은 몸만 굳었을 뿐인지 눈동자를 굴리며 답답함을 호소하고 있었다. 그를 본 가엽이 애타게 말했다.

"너희들, 왜 이러니? 공자님, 이게 대체 무슨 일입니까?"

"혈도를 눌린 것 같소."

모용천은 짧게 말하고 한 기녀에게 다가가 해혈을 했다. 하지만 일반적인 점혈법이 아닌지 기녀는 움직이지 않았다. 모용천은 다른 혈도를 차례로 눌러보았지만 역시 차도가 없었다.

"공자님……."

가엽이 떨리는 목소리로 부르는데 조금 전 모용천을 어르고 달래던 때와는 판이하게 달랐다. 동요하는 모습에서 굳어 있는 기녀들을 걱정하는 마음이 비치는지라, 그를 보는 모용천도 절로 안타까움이 일었다.

하지만 모용천으로서는 이것이 대체 어떠한 점혈 수법인지 알 길이 없었다.

"혈도를 눌렀다니요? 그러면 어찌 되는 겁니까? 설마 잘못되기라도 한단 말입니까?"

당장 해혈을 해주고 싶은 마음은 모용천도 마찬가지였다. 저녁 내내 고생을 해서 겨우 찾아낸 종리상웅인데, 옷자락도 못 보고 놓쳐 버렸으니 답답할 노릇이다. 이 기녀들에게 정황이라도 들을 수 있다면 좀 나을 텐데.

모용천은 자신의 일천한 점혈 수법을 개탄하며 대답했다.

"기의 흐름을 잠시 막아놨을 뿐이니 목숨에는 큰 지장이 없을 것이오. 일시적인 현상이니 너무 걱정하지 마시오. 시간이 흐르면 자연히 움직일 수 있게 될 것이오."

"아니지, 아니야!"

걸쭉한 목소리가 모용천의 말을 부정했다. 모용천과 가엽이 돌아보니 바로 아까까지 옷도 제대로 안 걸치고 술을 마시던 노인이 들어와 있었다.

겉옷이나마 대충 걸치고 나온 노인은 주위를 둘러보더니 바닥에 구르던 술병 하나를 들고 흔들었다. 남아 있는 술을 확인한 노인의 얼굴에 화색이 돌았다.

"뭐가 아니라는 겁니까?"

모용천이 묻자 노인은 술병째 들이키고, 때가 찌들은 소매로 수염을 닦으며 말했다.

"자신이 해혈하지 못하는 사람을 두고 시간이 지나면 나아질 거라니, 이게 얼마나 무책임한 소리인가?"

"그게……."

모용천은 반박을 하려다 입을 다물었다. 분하지만 노인의 말이 정론이다.

모용천이 반박하지 못하자 가엽이 끼어들었다.

"그럼 이 아이들은 어떻게 된다는 겁니까? 영영 이대로 살아야 하는 겁니까?"

"음… 어디 봐볼까?"

어울리지 않게 점잔을 떨며 노인은 한 기녀에게 다가갔다. 한데 노인의 두 손이 혈도가 아닌 둔부와 가슴을 주무르는 것이 아닌가?

"어디 보자… 허허! 이런, 이런!"

움직이지 못하는 기녀의 가슴을 문지르며 노인은 음흉한 웃음을 지었다. 반면 기녀의 얼굴이 수치심으로 물들어, 모용천은 도저히 두고 볼 수 없었다.

"이게 무슨 수작이오!"

모용천이 일갈하고 달려들자 노인은 슬쩍 뒤로 물러났다. 노인은 기녀의 앞을 가로막고 선 모용천에게 웃으며 말했다.

"수작이라니, 수작이라니! 이건 어디까지나 그 아이에게 펼쳐진 점혈 수법을 알기 위해서 행한 일일 뿐인데 수작이라니!"

"정말 뻔뻔하군요! 아녀자의 그… 그, 그!"

가슴을 만지다니! 이 말을 차마 하지 못하는 모용천을 외면하고 노인은 가엽에게 말했다.

"큰일이오, 큰일."

"벌써 움직이질 못하고 있는데 또 뭐가 큰일이란 말입니까?"

가엽이 떨리는 목소리로 묻자 노인이 대답했다.

"일반적인 점혈 수법이라면 방금 저자가 한 말이 맞소. 하지만 이 아이들이 당한 수법은 지극히 악랄한 것이외다. 혹시 관음지(貫陰指) 허규(許圭)라는 자를 들어보셨소?"

가엽이 고개를 흔들자 노인은 콧수염을 매만지며 말했다.

"어험! 관음지 허규는 사파의 이름난 고수요. 그의 별호는 자신의 성명절기에서 비롯한 것인데, 관음지는 아주 음한 기운이 일품인 지법이지. 그 지풍의 기운이 매섭기도 하지만 독특한 점혈 수법으로도 유명하다오."

"뭐가 다른 거지요?"

"허규의 점혈 수법은 나름 일가를 이룬 것인데 본인을 제외

150

하면 풀 수 있는 자가 없다고 봐야 하오. 더 무서운 건, 보통의 점혈 수법과 달리 제시간 안에 해혈하지 못하면 한 시진 동안 극심한 고통 속에 몸부림치다 결국 죽음에 이른다는 거요. 그 악랄한 수법에 목숨을 잃은 고수가 여럿이지."

"지금 이 아이들이 움직이지 못하고 있는 게 그자 때문이라는 말씀이신가요?"

"내가 지금 살펴보니 다른 누구를 생각할 수 없소. 이 아이들은 허규의 관음지에 당한 게 틀림없소이다."

"그럼……."

"언제부터 이러고 있었는지 모르겠지만 새벽이 오기 전에 목숨을 잃을 것이오."

털썩.

노인의 말이 끝나기도 전에 가엽이 제자리에 주저앉았다.

"어머니!"

뒤따라온 기녀들이 놀라며 외쳤다. 어머니라고 부르는 어린 기녀들의 부축을 받고 겨우 일어난 가엽은 창백한 얼굴로 말했다.

"그럼 저 아이들은 꼼짝없이 죽은 목숨이나 다름없다는 말씀이신가요?"

"허허… 그게 꼭 방법이 없는 것만은 아닌데……."

노인은 말끝을 흐리며 고개를 돌리고 발끝으로 바닥에 구르는 술병을 톡톡 건드렸다.

'뭐 하는 수작이야?'

의아해하는 모용천과 달리 가엽은 노인의 행동이 무엇을 의미하는지 바로 알아냈다. 가엽은 언제 주저앉았냐는 듯 팔을 저어 부축하는 기녀를 밀어내고 말했다.

　"대인, 세상에 사연없는 이가 있겠냐마는 웃음을 파는 계집보다 기구한 인생이 있겠습니까? 우리 집에 있는 아이들 대부분이 그렇듯, 아니, 소첩도 그랬듯이 한 줌의 쌀에 팔려온 불쌍한 아이들입니다. 대인께서 부디 저 아이들을 살려주신다면 그 은혜는 무엇으로도 갚지 못할 것입니다."

　"내가 삼 일간 먹어치운 술이 꽤 될 텐데……."

　가엽의 얼굴에 화색이 돌았고, 뒤늦게 깨달은 모용천은 어이가 없었다. 사람의 목숨을 두고 흥정을 하다니?

　물론 보통 무림인이 그렇듯 모용천 역시 눈앞의 상대에게 검을 겨누어 일말의 망설임도 가진 적은 없었다. 하지만 그것은 어디까지나 서로가 대등한 관계, 즉 상대도 나의 목숨을 취할 수 있다는 전제하에서만 성립된다. 그렇지 않은 자, 일반 백성을 대하는 방법에 따라 정사(正邪)가 나뉜다 해도 과언이 아니다.

　"이 아이들을 살려만 주시면 그까짓 술이 문제겠습니까?"

　가엽의 말이 끝나기가 무섭게 노인의 손이 움직였다. 그러자 굳어 있던 세 기녀의 몸이 한꺼번에 바닥으로 쓰러졌다. 가엽은 그녀들에게 뛰어가 말했다.

　"몸을 움직일 수 있겠느냐? 정녕 괜찮은 게냐?"

　해혈이 된 기녀들은 정작 스스로도 믿을 수 없는지 사지를 움직여 보았다. 동작에 무리가 없자 가엽은 감탄스러운 눈으로 노인을 우러러보고, 노인은 별일 아니라는 듯 짐짓 태연한 얼굴을 했다.

"대인, 하해와 같은 은혜를 무엇으로 갚으오리까? 정말 감사합니다. 감사합니다."

기녀들을 위해 머리를 조아리는 가엽의 모습은 가슴을 울렸지만, 그 대상인 노인의 모습을 보니 모용천은 순수하게 기뻐할 수 없었다.

하지만 이 마당에 무슨 상관이 있으랴. 모용천은 기녀 중 한 사람을 붙잡고 물었다.

"무슨 일이 있었는지 들려주시오."

"그게……."

놀란 가슴을 진정시키지 못했는지 기녀의 말은 앞뒤가 맞지 않았다. 하지만 모용천이 대충 맞춰보니 갑자기 창문이 열리고 누군가 뛰어들어 왔단다. 세 사람 모두 무슨 영문인지도 모른 채 몸이 굳었고, 뛰어들어 온 자는 술을 마시던 종리상웅을 제압하여 들쳐 메고 다시 창문으로 나갔다는 것이다.

"그게 얼마나 된 일이오?"

"그게… 일각은 되지 않았나 싶습니다."

"알겠소."

모용천은 고개를 끄덕이고 가엽에게 포권의 예를 취하며 말했다.

"나는 이만 가보겠소."

"부디 그분을 찾으시길 바랍니다."

가엽이 고개를 숙이며 대답하고, 모용천은 열려 있는 창문으로 뛰어내렸다. 기루의 맨 꼭대기, 삼층에서 뛰어내린 모용천은 사뿐히 착지해 주위를 둘러봤다.

이미 밤이 깊어 거리에는 어디선가 들려오는 취객의 콧노래뿐이었다.

'일각 전이라면 종리 소저가 봤을 것이다.'

그러나 기다리고 있어야 할 종리부용의 모습도 보이지 않았다. 모용천은 재빨리 야우당을 한 바퀴 돌았지만 역시나 허탕이었다.

종리상웅을 납치한 자를 보고 따라간 것일까, 아니면 그녀역시 함께 납치된 것일까?

마음이 급해진 모용천은 피곤함도 잊고 거리를 헤매어 다녔다. 하지만 종리부용의 모습은 눈에 띄지 않았고, 새벽이 가까워 올수록 초조함만 더해갔다.

'애써 알려준 서 아우를 볼 면목이 없구나.'

모용천에게 종리 남매를 구해야 할 의무나 이유는 없었다. 하지만 강호에 나와 처음으로 만난 또래의 아우가 남긴 당부였다. 서해영이 팽가력과 종리상웅에게 변고가 생길 것을 어찌 알았는지는 몰라도, 순수하게 모용천을 생각하는 마음에서 알려준 것임은 알 수 있었다.

하북팽가와 종리세가의 자제들이 괴한의 손에 납치되었다면 세간의 이목이 쏠릴 게 자명하다. 세가의 명예 회복을 원하는 모용천에게 이는 절호의 기회일 수밖에 없다. 모용천이 그들을 구해낸다면 무림인들 사이에 그 명성이 순식간에 퍼질 것이다.

여기까지는 모용천도 충분히 예상할 수 있는 일이다. 하지만 지금 모용천을 움직이게 하는 것은 예상대로 뒤따라올 명성을 위해서가 아니었다. 하루를 꼬박 달려온 피로도 잊고 종리 남매를 찾아 뛰어다니는 모용천의 머릿속에는, 이런 귀중한 이야기를 전해준 서해영의 마음을 헛되이 할 수 없다는 생각뿐이었다.

"……."

그렇지만 모용천이 사람인 이상에야 언제까지 뛰어다닐 수는 없는 노릇이다. 모용천은 어느 담벼락에 기대어 숨을 고르고, 이제부터 어떻게 해야 할지 머리를 굴려보았다.

그러나 한참을 생각해도 뾰족한 수가 떠오르질 않았다. 죽이 되든 밥이 되든 이대로 찾아다니는 수밖에.

"허참! 젊은 게 좋긴 좋구먼. 어떻게 한 번을 안 쉬나?"

머리 위에서 들려오는 목소리에 모용천은 깜짝 놀라 몸을 튕겼다. 한 장을 뛰어 돌아보자, 기대고 있던 담벼락 위에 야우당의 그 노인이 앉아 있질 않은가?

모용천은 놀랍기도 하고 화가 나기도 하여 복잡한 심경으로 말했다.

"절 따라온 겁니까?"

노인은 대답 대신 예의 얄미운 미소를 던졌다. 모용천은 한숨을 쉬고 말했다.

"아까는 그 부인의 청이 있어서라고 말씀드리지 않았습니까. 해결된 건 없지만 남아 있는 일도 없으니 노인장께 더는 볼일이 없습니다."

"허, 무슨 말을 그렇게 하나? 옷깃만 스쳐도 인연인데, 하물며 강호에 몸을 담은 이들끼리 손을 섞었으면 그만한 인연도 없는 법이지!"

"저를 혼내시려는 거라면 따로 약조를 잡으시지요. 지금은 그럴 여유가 없으니까요."

"허허, 혼을 내다니? 나는 그럴 생각도 없고 능력도 없네. 아니, 당금무림에 자네를 혼낼 자가 있기나 한가?"

그걸 내가 어떻게 알겠소? 모용천은 치밀어 오르는 말을 삼키고 노인의 말을 기다렸다. 과연 노인은 쉬지도 않고 말을 이었다.

"나는 궁금한 게 있으면 참지 못하는 성격이라네. 아까 기루에서 내가 물었지? 자네는 대체 뭔가?"

"지금 그걸 물어보러 오신 겁니까?"

노인의 말을 듣자 모용천은 맥이 탁 풀렸다. 무슨 대단한 이유가 있어 자신을 쫓아온 거라 기대한 것은 아니었지만, 이런 실없는 소리를 들으면 누구라도 힘이 빠질 것이다.

모용천은 다시 한 번 깊은 한숨을 쉬고 대답했다.

"그게 그렇게 궁금하면 대답해 드려야지요. 제 이름은 모용천이라 합니다. 요녕성 심양 출신이고, 이제 갓 강호에 나온지라 별호도 없고 보잘것없는 놈입니다. 됐습니까?"

"무공은 누구에게 배웠는가?"

"집안 어른께서 사사하셨습니다."

모용천은 철이 들 무렵부터 누구에게도 무공을 배워본 적이 없었다. 그러나 책으로나마 세가의 무학을 익혔으니 아주 틀린 말도 아니다.

"궁금한 게 있으면 빨리 물어보십시오."

"거참, 젊은 친구가 뭐 그리 급해서 그러나? 그 종리 머시기가 걱정인가?"

"……"

"그러면 걱정일랑 하지 말게. 허규가 어떤 인물인데, 한주먹 거리도 안 될 애송이를 데려다 해코지하겠나? 죽이려거든 그 자리에서 죽였겠지."

머리를 식히고 들어보니 노인의 말이 아주 틀린 것은 아니었다. 모용천은 자신이 하지 못했던 해혈을 노인이 아주 간단히 해낸 사실을 기억했다.

눈앞의 노인에게 선풍도골(仙風道骨)의 면모는 없더라도 나름 살아온 만큼의 지혜는 있지 않겠는가?

"그러면 제가 어찌하면 되겠습니까?"

"끌끌… 귀인을 이제야 알아본 겐가? 내 뭐랬나? 이 기명자(棄名子)의 말씀 한마디 얻어가려고 안달이 나 있는 자들이 장강을 메운다고 하지 않았나."

모용천은 그제야 노인이 기명자라는, 이름을 버렸다는 묘한 이름을 가지고 있음을 알았다. 물론 그것이 본명은 아니리라. 하지만 지금은 중요한 문제가 아니다.

기명자는 담벼락 위에서 뛰어내렸다. 두 발로 서서는 온몸을 비트는데, 삐걱거리는 소리가 모용천의 귀에까지 들렸다. 기명자는 몸통을 좌우로 돌리며 말했다.

"장담하건대 자네가 쫓는 놈은 내가 말한 허규라는 놈이 틀림없네. 한데 내가 알기로 그놈은 저기 사천이 본거지인데 하남 영릉까지 무슨 일로 왔겠는가?"

"무슨 일로 왔겠습니까?"

모용천이 묻자 기명자가 혀를 차며 핀잔을 주었다.

"끌끌, 내가 그걸 어찌 아나? 허규 놈 속에 들어갔다 나온 것도 아닌데."

"……."

"어쨌든, 그 종리 머시기를 죽이러 온 건 아닌 게 확실하고. 죽일 게 아니면 영릉에서 해결할 수 없는 일일 것 같지 않은가?"

"그러면……."

"어쨌든 장소를 옮기려면 성을 나가야 할 것이고, 성을 나가려거든 성문이 열리기를 기다려야 할 것이지."

머릿속이 확 트이는 기분이었다. 비약과 억지가 있을지언정, 지금의 모용천에게는 공명의 천하삼분지계를 능가하는 고견이었다.

"하지만 성문은 넷이고 제 몸은 하나인데, 어디로 나갈 줄 알아서 지키고 있습니까?"

"미련하기는, 내가 누구인지 벌써 잊었나?"

기명자는 자신있게 말하더니 소매를 걷고 손바닥을 폈다. 모용천도 지금만큼은 기명자의 심기를 거스르고 싶지 않아 목젖까지 차오른 점쟁이란 말을 삼켰다. 저리도 자신이 있는 걸 보면 점이든 뭐든 한번 믿어봐도 괜찮을 거라고 모용천이 생각한 순간이었다.

"퉤엣!"

기명자는 힘차게 자신의 손바닥에 침을 뱉었다.

짜악!

경쾌한 소리와 함께 두 손가락이 손바닥에 달라붙고, 고여 있던 침이 사방으로 튀었다. 그리고 개중 가장 큰 덩어리가 튄 방향으로, 기명자의 손가락이 향했다.

"저쪽일세!"

모용천은 즉시, 기명자를 향해 피어나던 일말의 믿음과 존경심을 회수했다. 불쌍한 기녀들의 목숨과 술값을 흥정할 때부터 알아봐야 했어!

"아니, 지금 그걸……!"

둥— 둥—

성난 모용천의 목소리가 커다란 북소리에 묻히고, 사방에서 그에 호응하듯 닭 울음소리가 하늘 높이 올라갔다. 어느새 새벽이 와 성문을 열 시간이 된 것이다.

북소리가 잦아들자 뒤이어 땅을 울리는 말발굽 소리가 울렸

159

다. 기명자가 가리킨 반대 방향이었다.

"……!"

지체하지 않고 모용천의 신형이 말발굽 소리가 향하는 성문을 향해 쏘아져 갔다. 논리나 근거는 없었지만 확신에 가까운 느낌이 들었다.

성문 근처에 다다른 모용천의 눈에 말을 타고 성문을 통과하는 한 무리가 들어왔다.

그 수가 스물? 혹은 서른?

무리 속에서 한 사내와 함께 말을 타고 있는 소녀의 모습이 보였다. 혈도를 눌린 듯 무력하게, 그러나 눈빛만큼은 죽지 않은 종리부용이었다.

"서라!"

모용천은 크게 소리치고는 있는 대로 진기를 끌어올렸다.

휘익―

좌우 풍경이 여러 겹의 색으로 뭉개지며 스쳐 지나가고, 순식간에 모용천의 신형이 말무리 끝에 달라붙었다.

"타앗!"

가벼운 기합 소리와 함께 모용천은 발끝을 튕겼다. 순간적으로 폭발한 속도를 살려 뛰어오른 모용천의 신형이 무리의 뒤에서 달리던 말 위를 덮쳤다.

'잡았다!'

속으로 쾌재를 부른 순간!

피잉―

한 가닥 날카로운 지풍(指風)이 허공에 뜬 모용천의 요혈을 겨냥해 왔다. 일찍이 경험해 보지 못한 냉기가 모용천을 사로잡았다.

"크윽!"

지지할 곳이 없으니 피할 수도 없다!

모용천은 몸을 비틀며 검을 뽑았다.

터엉!

모용천은 지풍을 검으로 막아내고 내려섰다. 음험한 기운의 지풍을 튕겨낸 검은 괴로운 듯 몸을 떨고 있었다. 그 떨림을 손으로 느끼며 모용천은 멀어지는 무리를 보고 분한 심정을 토해냈다.

"젠장!"

후미에서 달리던 말을 탈취하려 했건만, 뜻하지 않은 방해에 실패한 것이다. 이제 다시 뛰어봤자 한번 달리기 시작한 말을 따라잡기란 불가능한 일이다. 공력을 다해 발휘한 경공이 말보다 빠른 건 그야말로 한순간에 불과하다.

더구나 이제는 경공을 펼칠 힘도 없다. 이틀을 꼬박 뛰어다녔으니 당연한 일인 것이다.

모용천은 실망감에 고개를 숙였다. 앞서 가는 말들이 피워 올린 흙먼지가 바람을 타고 모용천을 덮쳤지만 피할 힘도, 그럴 마음도 나지 않았다.

그때, 흙먼지를 뒤집어쓴 모용천의 귀에 말이 투레질하는 소리가 났다.

투루루루루!

모용천은 뒤돌아보지 않고 옆으로 비켜섰다.

그런데 그의 옆으로 늙은 말 한 마리가 지나가더니 끌고 있던 낡은 마차를 세우는 게 아닌가? 말이 좋아 마차지, 달구지나 다름없는 수레 위에는 낯익은 얼굴이 고삐를 잡고 있었다.

"그러고 있으면 허규가 돌아오나?"

기명자였다.

"......!"

튀어나올 것 같은 눈으로 자신을 올려다보는 모용천에게 기명자가 웃으며 말했다.

"아니, 그러고 서 있으면 허규가 돌아오겠냔 말이야. 쫓아가야 할 거 아닌가."

"…그렇지요."

기명자는 예의 얄미운 웃음을 지으며 고갯짓을 했다. 모용천은 고민하지 않고 마차 위로 훌쩍 올라탔다.

이히히히힝!

모용천이 올라타자 말이 목을 크게 흔들었다. 금방 부서질 것 같은 마차도 말을 따라 흔들렸다.

"취명(取名), 이놈! 엄살 부리지 마라!"

기명자가 호통을 치자 말이 움직임을 멈췄다. 모용천이 신기한 듯 물었다.

"말을 알아듣습니까?"

기명자는 당연하다는 듯 대답했다.

"이놈도 나이를 먹을 대로 먹어서 웬만한 사람보다 낫지."

"그건 신통한 일인데 그렇게 늙은 말이 저까지 태우고 쫓아갈 수 있답니까?"

당연한 의문이었지만 기명자는 너털웃음을 터뜨리며 말했다.

"푸허허헐! 이 꽉 물게. 혀가 잘려도 책임 안 질 테니."

"……?"

"취명, 들었지? 이 어린 친구가 널 늙었다고 무시하는구나. 어디 한번 본때를 보여주려무나. 자, 달려보아라. 이랴!"

이히히히히힝!

기명자가 독려하며 고삐를 잡아채자, 취명이 목을 빼고 길게 운 뒤 달리기 시작했다.

"……!"

생각지도 못한 반동에 모용천의 몸이 뒤로 젖혀졌다.

뼈마디가 앙상하여 당장에라도 죽을 곳을 찾게 생긴 말이다. 아니, 이미 죽을 날이 지났어도 한참 지났을 것이다. 그런 취명이 두 사람을 태운 마차를 끌고 질풍처럼 내달리는 것이다.

덜컹! 덜컹!

풍랑을 만난 배 위가 이보다는 나으리라. 혀를 깨물지 않게 조심하라는 기명자의 말은 공연한 소리가 아니었다.

그만큼 취명은 빨랐고, 마차는 낡았다.

"어때, 혀는 무사한가?"

고삐를 늦추며 기명자가 물었다.

"……."

하지만 대답이 돌아오지 않았다. 마차에서 굴러떨어진 건 아닌가? 기명자가 뒤를 돌아보니 모용천은 쪼그려 앉아 눈을 감고 있었다.

"허어! 그새 잠이 들어?"

기명자는 잠든 모용천을 한참 들여다보다 투덜거리며 고개를 돌렸다.

덜컹! 덜컹!

말발굽 소리와 바퀴 소리, 낡은 마차가 삐걱거리는 소리에 늙은이를 두고 제 몸만 챙긴다는 기명자의 투덜거림까지. 귀청 떨어져라 시끄러운 가운데에서도 모용천은 세상모르고 잠들어 있었다.

요동치는 마차가 요람이라도 되는 듯, 편안히 잠든 모용천의 얼굴 위로 한줄기 미약한 햇살이 드리워졌다.

第五章

이름을 버리고 또 얻고

산서성 북동부에는 다섯 개의 봉우리가 솟아 있다. 산서성이 짚어진 형국의 봉우리들은 서로 이어져 있어 각기 다른 이름을 지녔으되 사람들은 오대산(五臺山)이라는 하나의 산으로 묶어 부르곤 하였다.

이 오대산은 당대(唐代)로부터 수많은 절이 세워진 불가의 성지였다. 나라의 입김을 받은 명승이 곳곳에 세워졌으니, 전국 각지에서 몰려드는 신도들의 발길이 끊이질 않았다. 산에게 입이 있다면 앓는 소리도 끊이지 않았을 것이다.

그러나 사람의 발길도 한계가 있다.

아니, 산짐승도 갈 수 없는 험악한 지형의 연속.

오로지 날짐승에게만 허락된 심처(深處).

그곳에서 올려다본 하늘에 한 마리 새가 맴돌고 있었다.

끼이이이익!

훈련이 잘된 전서구에게도 먼 길이었을까. 새는 성취감으로 가득한 울음소리를 내며 빠르게 낙하했다.

쉐에엑—

바람을 가르는 소리를 내며 내려온 새는, 그러나 익숙한 솜씨로 선회하며 정확한 착지점을 찾았다.

새가 선택한 착지점은 놀랍게도 커다란 건물 벽에 뚫린 여러 창 중 하나였다. 짐승도 쉬이 찾지 못할 심처에, 웬만한 성을 능가하는 규모의 건물이 지어져 있는 것이다.

날갯짓과 함께 창 안으로 들어온 전서구가 내려앉은 곳은 한 노인의 팔뚝이었다.

보호대도 하지 않은 팔 위에 전서구를 앉힌 노인은 이제 오십대 중반이 되었을까? 정갈히 말아 올린 머리카락은 젊은이의 것처럼 검고, 강인한 얼굴에 파인 주름은 보는 이로 하여금 연장자의 지혜만을 떠올리게 할 뿐이다. 두 눈은 형형히 빛나고 꽉 다문 입은 그 진중한 성격을 짐작케 한다.

겉으로 보아 나이를 가늠할 수는 있다. 그러나 눈으로 보이는 나이에 걸맞는 노회함을 느낄 수 없다는 위화감. 그것이 노인을 신비롭게 만들고 있었다.

팔 위에 얌전히 앉아 있는 새는 발목에 작은 죽통을 감고 있었다. 노인은 새의 발목에 감긴 죽통을 끌러내고, 옆에 걸려 있는 새장 안에 집어넣었다.

노인의 곁에는 몇 사람인가 흑의를 입은 사내들이 서 있었다. 노인의 입이 열렸다.

"먼 길을 온 아이다. 잘 보살펴라."

"존명!"

무릎 꿇은 사내들을 뒤로하고 노인은 문을 나섰다. 끝이 보이지 않는 복도와 양옆으로 늘어선 문. 지금 노인의 눈에 보이는 광경만으로는 도무지 이 건물의 규모가 어느 정도인지 짐작조차 할 수 없었다.

천천히 걸어가며 노인은 죽통을 들었다. 죽통은 전서구의 다리에 달아 보낼 만큼 작았지만 뚜껑을 여닫을 수 있도록 정교하게 만들어져 있었다.

노인은 뚜껑을 열고 들어 있는 서신을 꺼냈다. 손바닥보다 작은 종이는 글자로 가득했다.

"……."

노인은 문득 걸음을 멈추고 몸을 돌렸다. 몇 장이나 되는지 알 수 없이 긴 복도 위에 분명 노인 홀로 있었건만, 한 청년이 홀연히 나타나 서 있는 것이다.

나이는 이제 갓 서른이 되었을까. 날카롭게 찢어진 두 눈은 젊은이다운 야망으로 가득하고, 깔끔히 다듬은 수염 밑의 입술은 미소를 머금고 있었다.

큰 키와 당당한 체구. 한눈에 봐도 남성미가 물씬 풍기는 매력적인 청년이 노인에게 살짝 고개를 숙였다.

"오랜만이오, 부성주."

노인도 고개를 숙이며 대답했다.

"어느새 면벽을 마치고 또 한 번의 성취를 이루셨군요. 감축 드리옵니다, 소주(少主)."

소주라 불린 청년은 고개를 들고 아무렇지도 않은 얼굴로 말했다.

"이제 겨우 마천상야공(魔天常夜功)의 제사단계를 이루었을 뿐, 부성주는 너무 띄우지 마시오."

겸손한 말과 달리 청년의 얼굴에는 자부심이 가득했다. 그러나 그 말의 내용은 실로 무거운 것이었다.

마천상야공!

마왕(魔王) 황종류(黃宗琉)를 십왕의 일인으로, 아니, 실질적으로 절대자에 가장 가까운 거마(巨魔)로 키워낸 전설의 마공이 아닌가!

한때 온 무림을 공포에 떨게 했던 전설의 마두가 있었다.

도검불침(刀劍不侵), 만독무용(萬毒無用).

반보개세(半步蓋世), 일보경천(一步驚天).

당대에 적수를 찾을 수 없었던 마두.

그가 지나간 자리에는 생명의 씨가 말라 풀 한 포기 남지 않았다고 한다. 대신 흘러내린 피만이 대지를 적시고 그의 존재를 증명할 뿐이었다는 천년무림 최악의 마두는 불과 수 세대 전의 이야기였다.

그러나 세월의 강을 건너는 동안 두려움은 희석되고 그 이름을 기억하는 이도 하나둘 자취를 감추었다. 오늘날까지 인구에 회자되는 것은 무림 정종 소림의 열두 신승(神僧)이 연수하여 겨우 제압할 수 있었다는 그의 무위뿐.

그리고 그 평생의 깨달음을 기록한 절세의 마공이 어딘가 존재할 것이라는 막연한 믿음은, 저잣거리를 헤매는 호사가들의 안줏거리에 지나지 않았다.

바로 그 잊혀진 마공을 찾아 익혔다는 자가 비웃음이 아닌, 마왕이라는 이름을 얻기 전까지 말이다.

모두 열 단계로 이루어진 마천상야공을 사단계까지 익혔다는 청년의 말. 부성주라 불린 노인은 눈을 크게 뜨며 말했다.

"소주의 나이에 사단계를 이루었다는 것은 천부적인 재능 없이 불가능한 일입니다. 정말 대단하십니다."

"아버님께서는 내 나이에 이미 육단계를 이루셨다 들었소. 그것을 생각해 보면 성취라 할 수도 없는 것이오."

청년의 말에 노인은 고개를 저으며 말했다.

"주군은 하늘이 내린 인물로, 당대에 비교할 자가 없습니다. 그런 분을 기준으로 조바심을 내지 마십시오."

노인이 말하자 청년은 웃으며 화답했다.

"부성주께서 그렇게까지 소제를 생각하는 줄은 미처 몰랐소. 눈물이 다 나옵니다그려."

두 사람의 말은 일견 훈훈하였지만 그들을 둘러싼 공기는 험악하기 이를 데 없었다. 누군가 그 자리에 있었다면 두 사람이 자아내는 무형의 기운에 숨이 막혔을지도 몰랐다.

"마침 주군께 보고드릴 일이 있어 가는 길입니다. 같이 가시
겠습니까?"

"그럽시다."

청년은 흔쾌히 대답하고 노인과 어깨를 나란히 했다.

끝없는 복도를 걸어가며 청년은 아무렇지 않게 입을 열었
다.

"그러고 보니 내가 없는 동안 엽 아우를 통해 진행시키는 일
이 있다고 들었는데… 그 일로 가는 것이오?"

노인이 대답했다.

"예."

"꽤 중요한 사업이라던데, 왜 굳이 엽 아우에게 맡기셨소?
내가 부재중이라면 둘째인 극 아우가 나서야 하는 게 순리이
지 않소?"

"……."

노인은 대답하지 않고 걸음을 재촉했다. 청년이 보폭을 늘
려 따라오자 노인은 입을 열었다.

"다음 달에 열리는 권왕의 영웅연은 강호의 모든 이목이 집
중되는 행사이니만큼 우리 성을 알리겠다는 취지에 딱 맞는
자리입니다. 어쩌면 권왕이 우리를 위해 준비한 거라 여길 만
큼, 때와 장소가 이보다 더 적절할 수 없습니다. 이 진 모는 이
를 놓칠 수 없었을 뿐, 부러 소주의 면벽 수련을 노린 것은 아
니니 오해하지 마십시오."

"……."

이번에는 청년이 침묵할 차례인가. 말하지 않는 청년에게 노인이 다시 말했다.

"그리고 그 영웅연에서 열리는 비무대회는 어디까지나 강호의 후기지수를 가리는 자리. 이(二)공자의 나이가 벌써 스물여덟이고 마천상야공의 제삼단계를 이루었으니 어찌 조무래기들이 노는 자리에 끼겠습니까? 하물며 마왕의 장자이자 이제마성(諸魔城)의 다음 주인일 분과는 더더욱 어울리지 않는 자리이지요."

그러자 청년이 콧방귀를 뀌며 말했다.

"흥, 역시 말로는 당할 수가 없구려."

"당연한 말을 할 뿐입니다."

어느새 복도는 끝나 있었다. 막다른 지점에는 한 장이 넘게 큰 문이 두 사람을 기다리고 있었다.

문의 양옆에는 구 척은 됨 직한 흑의인들이 문지기인 양 서 있었다. 그들은 노인과 청년을 보자 아무 말 없이 문을 열었다.

문 안으로 들어선 두 사람의 눈에 한 장년인이 들어왔다.

눈처럼 흰 도포를 입고 있는 장년인.

얼핏 무공과 연이 없어 보이는 유약한 문사 같은 이 장년인이야말로 십왕의 한 사람.

그중에서 절대자에 가장 다가섰다 일컬어지는 자.

마왕 황종류였다.

173

황종류의 앞에서 노인과 청년은 동시에 무릎을 꿇고 고개를 숙였다.

"주군을 뵈옵니다."

무릎을 꿇은 두 사람을 보고 황종류는 웃음을 지었다.

"주군이라니, 듣는 나도 생소하군. 아들에게까지 주군이라 불리는 건 참으로 이상한 기분일세."

전설의 마공 마천상야공을 현세에 되살린 자.

사파 무림인 중 그 악명이 단연 첫 손가락에 꼽혀 마왕이라는 칭호를 획득한 자.

이 무시무시한 거마의 입에서 나온 말은 의외로 소탈했다. 그러나 그 앞에 엎드린 두 사람, 천리안(千里眼) 진첩결(秦捷抉)과 마왕의 장자(長子) 황무기(黃武器)는 추호도 방심할 수 없었다.

한없이 부드러우면서도 그 마성(魔性)을 자극한다면, 그것이 오른팔이나 다름없는 진첩결과 아들 황무기라 할지라도 예외를 두지 않을 자.

사람들이 왜 그를 마왕이라 부르는지 누구보다 잘 알고 있는 두 사람이었다.

"차차 익숙해지겠지. 일어들 나게."

황종류의 말에 이끌리듯 진첩결과 황무기가 몸을 일으켜 세웠다.

진첩결이 말했다.

"방금 관음지로부터 전서가 왔습니다. 사냥감을 포획하는

데 성공했고, 순조롭게 무한으로 향하고 있다 합니다."

황종류는 턱수염을 쓰다듬으며 진첩결의 말을 되뇌었다.

"관음지라……. 그가 분명 마지막이었지?"

"항불(抗佛), 요검(謠劍), 혈랑(血狼) 세 사람은 하루 앞서 포획에 성공했다는 보고가 들어왔습니다. 다만……."

"다만?"

황종류는 부드럽게 말꼬리를 흐리는 진첩결을 독려했다. 진첩결은 입안이 마르는 것을 느끼며 말했다.

"섭영귀는 실패를 만회하기 위해 아직 기령 일대를 뒤지고 있다 합니다."

"아직도?"

"…예."

"거 사람, 고집 하고는. 한 놈쯤 비어도 상관없지 않나?"

"……."

진첩결은 섣불리 대답하지 않았다. 비록 이 계획을 자신이 입안했다 하더라도, 승인한 이상 그것은 황종류의 것이다. 완벽주의자인 그는 단 하나의 실수도 용납하지 않을 것이다.

기다려도 대답이 없자 황종류는 몸을 돌려 자리에 앉았다. 탁자 위에 올라 있는 차를 한 모금 마시고 황종류가 다시 말했다.

"그보다 실패의 원인은 뭔가? 설마 도왕의 자식이 섭영귀의 역량을 능가했던 건 아니겠지?"

"그것은… 뜻하지 않게 방해를 받았다고 합니다."

"방해?"

황종류의 눈썹이 꿈틀거렸다.

꿀꺽.

마른침을 삼키고 진첩결이 대답했다.

"정확한 보고는 들어오지 않았습니다만 내부적 요인은 아닌 것 같습니다. 하지만 지금으로선 판단할 수 있는 근거가 부족합니다."

"……."

황종류의 침묵은 쇳덩이처럼 두 사람의 어깨를 짓눌렀다. 계획의 한 축이 어긋나고, 섭영귀로부터 그에 대한 보고가 미비하다는 점이 황종류의 심기를 건드리고 있었다.

진첩결은 서둘러 보고를 진행했다.

"섭영귀를 제외하고 다른 네 사람은 이제 준비를 마친 셈입니다. 무한에서부터는 삼공자가 그들을 지휘하고 거사를 진행할 것이니 괘념치 마십시오."

황종류는 고개를 갸웃거렸다.

"엽이 녀석이 잘해낼 수 있겠나?"

"삼공자가 비록 성정이 유약하나 능력은 의심할 바 없는 주군의 핏줄입니다."

"그대가 그렇게 말하면 틀림없는 일이겠지."

황종류의 말이 끝나자 진첩결의 등줄기에 한줄기 식은땀이 흘러내렸다. 얼핏 신뢰를 표하는 말 속에는 보이지 않는 칼이 담겨 있었다.

굳이 진첩결의 책임을 재확인함은 실패의 부담도 고스란히
안아야 한다는 경고였다.

"그것은… 틀림없는 일입니다. 절창이 있으니, 삼공자의 부
족한 부분을 보좌하여 반드시 거사를 성공시킬 것입니다."

황망히 부연하는 진첩결에게 황종류는 부드럽게 웃어 보였
다.

"그래, 그렇지. 그 녀석 곁에 절창이 있으니 걱정할 필요가
없지."

"예."

진첩결은 황망히 고개를 숙였다.

황종류의 시선이 그 옆에 선 황무기에게로 향했다.

"면벽 수련을 마쳤느냐?"

"예. 소자, 마천상야공의 사단계를 이루었습니다."

"네 나이가 올해로 몇이냐?"

"이제 서른입니다."

"서른이라……. 그래, 수고했다."

고개 숙인 황무기의 얼굴이 구겨졌다.

눈앞의 부친에 비해 자신의 성취가 미미함은 잘 알고 있다.
그러나 진첩결의 말대로 굳이 비교치 않으면 나이 서른에 완
성한 사단계의 마천상야공은 충분히 인정받을 만한 것이다.

하지만 그것이 황종류가 가벼운 칭찬 한마디 않는 이유일
수는 없었다. 그에게 있어 아들을 자신에 비교한다는 것은 있
을 수 없는 일이다.

그는 어디까지나 홀로 선 오만한 존재.

비교란 격이 어울리는 상대와 하는 것이다.

차가운 눈으로 바라보는 황종류의 머릿속에서 자신은 어디까지나 형제들과 비교당하는 존재일 수밖에 없음을. 그리고 이 순간, 황종류가 자신을 누구와 비교하고 있는지 황무기는 명확히 알고 있었다.

세 명의 부인에게서 나온 배 다른 네 명의 형제.

그중 장자인 황무기에 비할 자는 한 사람뿐이다.

셋째, 황지엽(黃志燁).

"무기."

황종류의 부름. 배다른 동생을 생각하던 황무기는 퍼뜩 정신을 차리고 대답했다.

"예."

"지금 당장 하남으로 가서 섭영귀를 복귀시키고, 그 수하들을 인수하여 실패의 원인을 조사해라."

"알겠습니다."

"실패의 원인이 부성주의 추측대로 외부의 방해라면, 보고와 처치의 선후(先後)는 너의 재량에 맡기겠다. 무슨 뜻인지 알겠느냐?"

"존명!"

포권의 예를 취하는 황무기의 옆에서 진첩결이 역시 포권의 예를 취하며 황종류의 판단에 금칠을 했다.

"주군의 탁월한 판단에 이 진 모, 감탄을 금치 못하겠습니다. 대공자가 마천상야공의 사단계를 이루었음은 본 성의 고수들과 어깨를 나란히 할 수 있는 역량을 갖추었음이니 이 어찌 주군의 복이 아니겠습니까?"

그러나 엄밀히 이 말은 황종류가 아니라 황무기를 겨냥하고 있었다. 진첩결이 꾸미는 일의 진행을 자신이 아니라 셋째인 황지엽에게 맡긴 것은 그가 아직 마왕의 아들에 머물러 있기 때문이라는 은근한 설명이었다.

이제 황무기는 섭영귀를 대신하여 임무를 수행할 한 사람의 고수로 인정받은 것이니, 쓸데없이 동생을 질시하고 그를 선택한 진첩결을 탓하지 말라는 의도인 것이다.

'능구렁이 같은 늙은이!'

진첩결의 의도를 알아챈 황무기도 물론 그를 곧이곧대로 받아들일 리 없었다.

"방해라……."

시선을 통해 보이지 않는 실랑이를 하고 있던 두 사람은, 황종류의 입에서 나온 한마디에 고개를 들었다. 그리고 곧 거대한 압박감이 두 사람을 엄습했다.

황종류의 얼굴은 여전히 평온했지만 그에게서 뿜어져 나오는 기운은 험악하기 이를 데 없었다.

마왕의 분노는 격정적이기보다는 차디찬 것이었다.

"방해도 실패도 있을 수 없는 일이지. 아니 그런가?"

황종류의 나지막한 말이 두 사람의 귀에 벽력처럼 꽂혔다.

"존명!"

그저 고개를 조아리며, 진첩결은 누군지 모르는 이에게 동정을 표했다.

섭영귀를 방해하여 마왕의 분노를 일으킨 자.

그 유일한 구원은 마왕이 아닌 이에게서 구하는 죽음이리라.

*　　　*　　　*

그러나 진첩결의 동정심이 모용천에게 닿을 리는 없었다. 물론 모용천도 자신을 증오하고, 또 동정하는 자가 있다고는 꿈에도 생각지 못할 것이다.

누군가에게는 이미 죽어 있는 모용천이었지만, 그의 마음은 오히려 어느 때보다 편안했다.

긴장이 풀린 탓인지, 기명자의 마차에 타자마자 곯아떨어진 모용천이 눈을 뜬 것은 한나절이 훌쩍 지나서였다. 해가 뜨지도 않은 새벽에 잠들어 땅거미가 다 지고서야 일어나다니 스스로도 믿지 못할 일이었다.

하지만 모용천은 세가를 떠난 이래 단 하루도 편안한 숙소에서 자본 일이 없었다. 그나마 숙소를 잡으려고 했던 두 번의 시도는 각각 서해영과 종리부용에 의해 무산되었던 것이다.

그렇게 피로가 누적된 상태에서 하루 열두 시진을 꼬박 달리고, 또다시 밤을 새워 뛰어다니기를 멈추지 않았으니 아무리 내공이 깊다 한들 쓰러지는 것이 당연하다.

어쨌든 모용천이 깨어났을 때, 취명은 언제 그랬냐는 듯 느긋하게 마차를 끌고 있었다. 모용천은 잠들어 버린 자신을 책망하고 기명자를 재촉했으나, 기명자는 이렇게 대답했다.

"그 종리 머시긴가 하는 걸 빼내는 거야 언제든 할 수 있지. 한데 그러면 재미가 없잖아? 자네 얘길 들어보니 팽가의 아들 놈도 납치당할 뻔했다는데, 내가 이제껏 강호를 떠돌면서 섭영귀와 관음지가 손을 잡았다는 소리는 들어본 적이 없거든. 아니, 애초에 그 두 놈이 같은 일을 할 거라고 상상이나 하겠나? 그러지 말고 이대로 놈들을 따라가 보자고. 더 재밌는 일이 있을지도 모르잖은가."

모용천은 되도록 빨리 종리부용과 종리상응을 구하고 싶었지만 기명자의 말도 일리가 있었다. 더구나 취명이 아무리 빠르다 해도 두 사람이 탄 마차를 끌고 있으니 저들을 따라잡기란 무리한 요구였다.

관음지 일행을 쫓기 시작한 지 사 일째.

길 위에서 밤을 맞은 기명자와 모용천은 여느 때와 마찬가지로 노숙을 선택했다. 그러나 기명자의 마차에는 거적이나마 덮고 잘 것이 있었으니, 모용천에게는 객잔에서 방을 잡은 것이나 마찬가지였다.

"배가 많이 고팠구나."

취명은 신통하게도 사람의 말을 알아듣는 재주가 있었다.

마구를 벗겨놓아도 멀리 가는 일이 없었고, 반드시 마차 주변에서 휴식을 취하곤 했다.

지금도 취명은 자유로운 몸으로 게걸스럽게 풀을 뜯고 있었다. 그 모습을 보고 모용천이 말을 걸자, 취명은 대답 대신 투레질을 했다.

투루루루루루!

"아하핫! 그래그래, 알았으니까 침은 튀기지 마라."

모용천은 웃으며 소매로 얼굴을 닦았다. 취명이 비록 말 못하는 짐승이지만 서로를 친구처럼 여기게 된 것이다.

모용천은 풀을 뜯는 취명의 갈기를 쓰다듬으며 말했다.

"너, 사실은 더 빨리 뛸 수 있지?"

취명은 아니라는 듯 고개를 흔들었다. 모용천은 갈기를 꽉 쥐며 윽박질렀다.

"거짓말하지 마, 인마."

이름을 버린[棄名] 주인과 이름을 얻은[取名] 말.

이 기묘한 인마(人馬)가 언제부터 함께해 왔는지 모르지만 함께한 시간만큼 서로를 닮아간다고, 취명은 주인 못지않게 뻔뻔하고 능청스러운 놈이었다.

마음먹고 달릴 때에는 정말 놀랄 만큼 빨라 천리마가 따로 없더니, 제가 내키지 않을 때에는 아무리 어르고 달래도 뛰지 않고 엄살을 부리기 일쑤였다. 첫날에는 한 시진 동안 멈춰 서서 한 발짝도 움직이지 않아 모용천이 크게 화를 낸 적이 있었다. 하나 그러면서도 관음지 일행과의 거리를 두 시진 정도로 유지하여 행적을 놓치지 않았으니, 결국 두 손 두 발 다 들고 네 멋대로 해라 인정할 수밖에 없었다.

취명을 부리는 기명자의 솜씨가 좋은 것인지, 아니면 비루먹은 말이 실제로 천리마인지, 혹은 인마가 짜고 모용천을 바보로 만드는 건지.

어쨌든 이제는 모용천도 취명의 성품을 어느 정도 파악했고 그 능력을 인정하여, 이 늙은 말이 달리지 않아도 마음을 느긋하게 다스리게 되었다.

포기하면 편하다는 진리를 깨달은 것이다.

모용천은 취명의 갈기를 몇 번 쓸어주고, 기명자가 앉아 있는 곳으로 돌아왔다.

때는 칠월이 끝나가는 시점으로 들판에 가을색이 만연해 밤공기가 서늘했다. 나뭇가지를 모아 작은 불을 피워놓고 앉은 기명자는 말린 고기를 안주 삼아 술을 마시고 있었다.

자신의 말에 따르면 기명자는 일정한 거처도 정해진 행로도 없이 그저 강호를 떠도는 역학자(!)에 불과하다. 하지만 그런 것치고는 짐이 단출하여 마차에 싣고 다니는 것이라고는 해진 거적과 낡은 역경 한 권이 전부였다.

그러나 이 단출한 구성에 최근 짐이 늘었으니, 바로 모용천과 술통이었다. 원래는 술을 가지고 다니지 않고 필요할 때마다 조달하던 기명자지만 야우당의 가엽이 안겨준 최고급 과일주를 마다할 수 없었다고 한다.

기명자는 취명이 곧잘 멈춰 서는 것도 두 짐이 늘어났기 때문이라고 설명했는데, 모용천으로서는 어디까지 믿어야 할지 확신이 서지 않았다.

"크으! 이거 쥑이는구먼. 마시는 게 아까울 정도야! 자네도 한잔하지 그래?"

"저는 됐습니다."

"허어! 대체 왜 그러나? 술을 못 마시면 세상 즐거움의 반이 날아가는 건데?"

솔직히 이야기하면 모용천은 기명자와 술을 마시고 싶지 않았다. 야우당에서 기녀들의 목숨과 술값을 흥정하던 장면이 잊히지 않았기 때문이다.

하지만 어쨌든 그의 도움을 받고 있는 처지로서 솔직하게 '당신과 술을 마시고 싶지 않다' 고 말할 수는 없었다. 사실 기명자도 술이 아쉬운 눈치라, 형식적으로 한두 번 권하고 말 뿐이었으니 모두에게 만족스러운 상황이었다.

"쩝, 쩝. 크으, 이놈 참 간이 제대로 뱄구나."

술을 한 모금 마시고 말린 고기를 씹으며 행복해하는 기명자를 보며 모용천은 새삼스러운 의문을 떠올렸다.

체구는 왜소하고 팔다리는 깡말라 손만 대도 부러질 것 같다. 말투와 행동은 경박하고 염소수염과 튀어나온 입이 얄밉기만 하여 그 나이쯤 되면 자연스레 생기는 후덕함과는 거리를 두고 있다.

보이는 그대로.

자칭 역학자인 기명자에게서 무학 고수의 풍모라고는 눈을 씻고 찾아도 찾아볼 수 없었다. 아니, 모용천은 기명자가 과연 무학 고수인지조차 확신할 수 없었다.

야우당에서 두 번이나 모용천의 금나수법을 무위로 되돌리고 뛰어다니던 모용천을 찾아 쫓아온 것은 틀림없는 사실이었다. 무공을 익힌 것은 분명한데 그 경지를 도무지 가늠할 수 없음이 답답했다.

타닥, 타닥.

소리를 내며 마른 나뭇가지가 제 몸을 사르고 있다. 붉은 빛 위로 데워진 공기가 일그러지고, 그 너머 술 취한 기명자의 모습도 일그러진다.

"여쭈어볼 것이 있는데……."

모용천이 운을 떼자 기명자는 술병에서 입을 떼었다.

"그래? 꺼억ㅡ!"

대답과 동시에 기명자는 트림을 했다. 알싸한 술 냄새와 입 내가 섞여 형언키 힘든 악취가 모용천을 급습했다. 그러나 기명자의 행태에 익숙해질 대로 익숙해진 모용천은 불평 대신 코를 막고 하고 싶은 말을 했다.

"그 기루에서 말입니다. 관음지라는 악랄한 점혈 수법을 풀 수 있는 건 오직 점혈한 본인 허규라는 자밖에 없다고 하셨지요?"

"없다고 한 게 아니라 허규 그놈밖에 없지."

"그런데 노인장께서 해혈하지 않으셨습니까. 어떻게 하신 겁니까?"

"큼, 그게 뭐 대단한 거라구. 실은 내가 그놈과 안면이 있어. 한 십 년 됐나? 그때 얻어 배운 거지."

기명자는 성의없이 대답하고 다시 한 모금의 술을 들이켰다. 그러나 모용천은 적잖이 놀라 되물었다.

"안면이 있다니요? 그럼 노인장께서는 사파의 인물이란 말입니까?"

"엥? 내가 언제 그런 말을 했다고 그래?"

"관음지 허규라는 자는 분명 사파의 고수라 하지 않았습니까? 게다가 독문 절기를 얻어 배울 정도라면 보통 친분이 아니고서야……."

기명자는 두 눈을 가늘게 뜨고 말했다.

"야, 이 친구야. 내가 그 자리에서 말하기를 얻어 배웠다고 한 거지, 그걸 곧이곧대로 들으면 어쩌나? 아니, 내가 가르쳐 달라고 빌어서 배운 건지 아니면 잡아 족쳐서 토해내게 한 건지 어떻게 알아? 응?"

"그럼 노인장께서는 정도무림인이라는 거지요?"

"아이구, 이 답답이를 보게!"

기명자는 주먹으로 가슴을 두드리며 짜증을 냈다.

"귓구멍이 막혔나? 왜 말을 못 알아먹어? 내 말은, 내가 어떻게 해서 허규의 수법을 배웠든 그건 허규와 나 사이에 일어난 일이라는 거야. 무림이 어떤 곳인가? 고매하신 정파인들끼리 뒤통수를 쳐대고 사파인들끼리 못 잡아먹어 안달이 난 곳이 무림이야. 지금 자네처럼 갑이 사파의 을과 친하다니 갑도 사파구나, 이런 식으로 생각해서는 안 된단 말이야."

따따부따 말을 늘어놓고 기명자는 술을 마셨다.

"크으. 그리고 말야, 사파인이 아니면 정파인이라는 거, 그
것도 문제야. 세상에 모든 무림인을 정사 둘로 나눌 수 있나?
녹림은 어쩔 거야? 그 도둑놈들도 일단은 무림인이라고 인정
받는단 말이지. 그네들 말고도 정사지간(正邪之間)의 인물이
얼마나 많은데 그래?"

"정파도 아니고 사파도 아니다. 그럼 말씀하신 대로 노인장
께서는 정사지간의 인물이시군요?"

기명자는 그렇게 한심할 수 없다는 얼굴로 모용천의 말을
일축했다.

"무슨 소리를 하는 거야? 나는 역학자라고 몇 번을 말해야
알아듣나? 나 원, 취명이 자네보다 똑똑하겠네."

"하긴 취명이 사람만큼 똑똑하긴 하지요."

놀리는 말도 상대가 알아먹지 못하면 소용이 없다. 기명자
는 주먹으로 제 머리를 때리며 짜증을 냈다.

"아이고, 두야! 아이고!"

평소에도 말수가 적은 편은 아니었지만, 기명자의 말문이
한번 터지기 시작하면 웬만한 재담꾼은 저리 가라였다. 오랜
세월 무림을 떠돌아다니며 보고 들은 것이 산처럼 쌓여 본인
도 짐작하지 못할 정도이니, 사실 말만 무림인이고 출도지 아
는 게 하나 없는 모용천의 귀에 기명자의 이야기가 얼마나 재

미있겠는가.

기명자 역시 말이 통하는 이―눈치는 없을지언정―와 다니게
된 것이 오랜만이라, 취명의 고삐를 쥐고 있으면서도 절로 이
야기가 나왔다. 때로는 잊고 있던 이야기가 멋대로 튀어나오
기도 해서 혀를 놀리면서도 스스로 놀라는 일이 한두 번이 아
니었다.

물론 기명자만이 말을 한 것은 아니었다. 모용천도 짬짬이
자신의 이야기를 하게 된 것이다. 비록 기명자만큼 말을 재미
있게 하지 못해도, 살아온 날들과 그 와중에 느낀 것들을 가감
없이 하다 보면 자연히 청자를 집중시키는 법이다.

본래 모용천은 무공 수련에 전념하는 동안 유 총관과 부친
외의 사람을 만날 새가 없었다. 자연 강호에 출도해 만나는 사
람마다 새롭고, 가능하면 친하게 지내고 싶은 마음이 컸다. 생
전 모르던 서해영에게 쉽게 친근감을 느끼고 호형호제를 한
것도 그러한 맥락이다.

기명자의 경우 애초에 첫인상이 좋지 않아 시간이 걸렸지
만, 결국 며칠을 함께 지내며 마음을 열게 됐다. 취명같이 영
특한 동물이 주인으로 따르는 인물이라면 악인은 아니지 않
을까? 순서는 조금 다르지만 어쨌든 모용천은 이 점쟁이가 믿
을 구석이 없긴 해도 썩 나쁜 사람은 아니라고 판단한 것이
다.

기명자가 아홉을 얘기하면 겨우 하나를 보태는 정도였지만
어쨌든 모용천도 자신의 이야기를 했다. 관음지 일행의 뒤를

쫓으며 이야기를 주고받은 지 다시 삼 일이 지나고, 비로소 모용천의 이야기가 바닥을 드러냈다.

"…그래서 종리상웅이라는 이를 찾아 영릉에 있는 기루란 기루는 하나씩 찾아들어 갔던 겁니다. 몇 번이나 허탕을 친 끝에 찾았지만, 이렇게 놓쳐 버리고 만 거죠."

"잠깐, 잠깐."

한참 듣고 있던 기명자가 입을 열었다.

"그래, 그 뒤로는 이렇게 나와 같이 놈들을 쫓고 있다 이거지? 그런데 그 서 아우라는 놈은 어떻게 알았대나?"

"예?"

"아니, 서 아우라는 놈이 팽가의 자식 놈이나 종리가의 자식 놈들에게 무슨 일이 일어날 거라고 했다면서."

"그랬죠."

"그러니까 그 서 아우란 놈이 그걸 어떻게 알았느냔 말이야. 그것도 날짜와 장소를 그토록 정확하게 말이지."

듣고 보니 신기한 일이다.

모용천은 이제껏 서해영이 들려준 말의 정확함—비록 영릉에서의 일은 하루가 빨랐지만—에 감탄하기만 했지, 그가 어떻게 알고 알려주었는지 의문을 품어본 적이 없었다. 아니, 의문을 품기는커녕 이 귀한 정보를 알려준 서해영의 마음에 감동하고 일종의 사명감마저 갖게 된 것이다.

이쯤 되면 서해영이 정확한 정보를 알고 있었던 것보다 그에 대해 이때껏 의아해한 적도 없는 모용천이 더 신기할 정도다.

"그건 그렇군요."

모용천이 짧게 감상을 토로하자 기명자는 어이없어하며 말했다.

"아니, 고작 그걸로 넘어갈 건가? 생각을 해보라고. 자네 아우가 어떻게 그렇게 정확히 맞혔는지를 말이야. 설마 서 아운지 뭔지 하는 놈이 나처럼 점을 쳐서 알았겠나, 천기를 읽었겠나?"

모용천이 웃으며 대답했다.

"설마요."

"그래! 아무리 용한 점쟁이라도 그렇게까지 앞일을 정확히 알 수는 없다고. 그러니까……."

모용천이 눈치가 없지 머리가 나쁜 건 아니다. 기명자가 무슨 말을 하려는지 짐작한 모용천은 말허리를 끊었다.

"아니, 무슨 말씀인지는 압니다. 하지만 그건 말도 안 됩니다. 서 아우가 왜 그들을 해치려 하겠습니까?"

"그럼 자네가 대답해 보게. 자네 아우라는 놈은 대체 뭔가?"

따지고 들면 모용천도 서해영에 대해 아는 것이 없었다. 그저 서해영이라는 이름과 열일곱이라는 나이와 생김새뿐. 그러나 모용천은 서해영에 대해 나쁘게 생각할 수 없었다.

"어쨌든 말이 안 됩니다. 자기 일이라면 왜 굳이 저에게 알려 방해할 것을 종용합니까? 일단 서 아우는 그럴 사람이 아니에요. 그 섭영귀나 관음지라는 자는 모두 사파의 인물이라고 하셨잖습니까."

"그놈도 사파의 인물인가 보지. 딱 보니 나오는구먼."

"……."

심술궂게 던진 기명자의 말에 모용천은 입을 다물었다.

그 서해영이 사파의 인물이라니?

단 한 번도 생각해 보지 않은 일이다.

모용천은 자신이 그렇듯 당연히 서해영도 정파의 인물일 것이라 여겨왔다. 사파의 인물이 어찌 처음 만난 모용천을 쉽게 형이라 부를 수 있겠는가? 더욱이 모용천의 목표가 세가의 명예 회복임을 알고 귀한 정보를 주는 마음씀씀이는 도저히 사파의 인물이라고 생각할 수 없었다.

"그건 말도 안 됩니다."

모용천이 딱 잘라 말하자 기명자가 반문했다.

"그놈이 정말 순수하게 자네를 위해 가르쳐 준 거라고 어떻게 확신하나? 아니, 자네가 섭영귀나 관음지를 상대할 수 있을 거라고 생각이나 했겠어? 막말로 나 같으면 '어디 가서 죽어봐라' 이런 심보로 가르쳐 줬을걸?"

이히히히힝!

마차를 끌며 두 사람의 이야기에 귀를 세우고 있던 취명이 제 주인의 말에 동의를 표했다. 취명까지 자신을 몰아세우자 모용천은 눈살을 찌푸리며 항변했다.

"노인장 기준으로 사람을 보면 누가 안 그래 보입니까?"

스스로 생각해도 조악한 변명이다. 뻔뻔하기로 모용천이 아는 한 단연 으뜸인 기명자에게 이런 말은 씨도 먹히지 않는다. 이쑤시개로 코끼리 발등을 찍는 격이다.

역시 그런 말을 들어도 기명자는 눈썹 하나 까딱하지 않았다. 대신 제대로 반박하지 못하는 모용천을 비웃었고, 취명도 따라 웃었다.

자신에 대해서라면 무슨 말을 들어도 상관없다. 스스로에게 떳떳하면 문제될 것이 없으니까.

하지만 다른 사람이라면 이야기가 다르다. 자신으로 인해 타인의 명예가 훼손당하는 것은 참을 수 없는 일이다. 더구나 서해영은 강호에 나와 처음으로 만난 친구였고, 기현과 영릉을 이야기하던 그 음성은 분명 진실하였다고 모용천은 믿고 있었다.

"어쨌든 더는 서 아우를 욕하지 마십시오."

"아니, 내가 언제 욕을 했다고 그래? 사파가 욕이야?"

"그럼 듣기 좋으라고 하는 말입니까?"

"나 참! 됐다, 됐어. 더 얘기해 봤자 나만 답답하지!"

"……."

기명자가 입을 다물고, 모용천도 침묵했다. 뒤에 앉은 두 사람의 분위기가 심상치 않자 취명도 군소리없이 마차를 끌었다.

달그락달그락.

한참을 오가던 대화가 사라지니 바퀴 굴러가는 소리만이 남
았다. 그렇게 반 시진쯤 흘렀을까? 모용천이 손뼉을 치며 소리
쳤다.

"그래, 그랬지! 그걸 잊고 있었다니!"

"또 뭔 흰소리를 하려고?"

모용천이 먼저 입을 열자 재빨리 기명자가 받아쳤다. 이러
니저러니 해도 침묵의 시간이 길어질수록 답답한 것은 기명자
였다. 하지만 면박을 주는 말치고는 반가운 기색이 역력했다.

'내가 너무 반색을 했나?'

기명자가 제아무리 염치 불구한 인생이라도 상대는 제 나이
의 반도 되지 않은 모용천이다. 그러니 없던 체통이라도 어디
서 빌려와야 하지 않나 싶은 게 당연하다.

하지만 기명자의 걱정은 기우에 불과했다. 모용천은 자신의
머리를 치며 자책했다.

"노인장, 노인장의 말은 틀린 겁니다. 제가 잊고 있는 게 있
었거든요. 나, 참! 이렇게 미련할 데가 있나?"

"뭔 소리야? 말을 해, 말을."

기명자가 재촉하고, 한참 지루해하던 취명도 귀를 쫑긋 세
웠다. 모용천은 득의만만한 표정으로 말했다.

"분명 서 아우는 제 무위가 어느 정도인지 모릅니다. 하지만
그렇다고 무책임하게 저를 기현과 영릉으로 가라 한 건 아니
었어요."

"그러면?"

"서 아우는 분명 저에게 경고를 했습니다. 그런데 제가 바보 같이 그걸 까맣게 잊고 있었던 거죠."

"뭐라고 경고를 했는데?"

"그때 서 아우를 마중 나온 이가 있었습니다. 그래, 서 아우는 분명 그를 보고 절창이라 했습니다. 그리고 저더러 그 사람에 대해 알아본 다음 그에게 뒤지지 않을 거라 생각하면, 그때 기현으로 가 팽가를 구하고, 영릉으로 가 종리가를 구하라고 했지요."

기명자는 잠시 황당한 표정으로 모용천을 바라봤다. 모용천은 이제야 제대로 된 반박에 성공했다며 희색이 만안해 있었다.

기명자는 겨우 정신을 차리고, 모용천의 이야기를 되풀이하며 스스로 정리했다.

"그러니까, 그 서 아우라는 놈이 말하길, 자네가 절창보다 약하지 않다는 판단이 서면 기현으로 가고, 영릉으로 가라고 했단 말이지?"

"예!"

기명자가 이제는 서해영에 대해 승복하겠거니 하며 모용천은 힘주어 대답했다. 그러자 기명자의 답답한 가슴은 기어이 터지고 말았다.

기명자는 가슴을 치며 소리쳤다.

"어이구, 이 친구야! 그건 가지 말라는 소리잖아!"

이히히히히힝!

가만히 듣고 있던 취명도 기명자에 호응해 울음소리를 냈다. 기대했던 것과 영 다른 반응에 모용천은 고개를 갸웃거렸다.

"그게 왜 가지 말라는 소립니까?"

"자네 그럼 절창이 어떤 자인지 알아보았나? 이제는 알아?"

"방금까지 잊고 있었다니까요. 제 얘기를 어디로 들으신 겁니까?"

"……"

모용천이 이리도 당당하니 기명자가 더 말할 게 없었다. 기명자는 한숨을 푹 쉬고 말했다.

"알았네. 그럼 내가 알려주지. 절창 기소위! 별호만 들어도 감이 팍 오지? 당금무림에서 창을 가장 잘 쓰는 고수야! 아니, 그 정도로는 부족하지. 십왕에 버금간다는 말까지 듣는 자가 바로 절창 기소위란 말이야. 자네, 십왕은 아나?"

십왕이라는 말을 들어보긴 했다. 원래 모용천의 목적지가 십왕 중 하나라는 권왕의 영웅연이 아닌가? 지금은 후기지수 대회에 나가 명성을 떨치는 것보다 귀한 정보를 알려준 서해 영의 마음에 보답하고, 또 사람을 구하는 편이 더 중요하다고 생각—하는 것치고는 너무 느긋하지만—해 포기한 상태지만 말이다

"잘은 모르지만 권왕이라던가… 이름은 들어봤습니다."

너무한다!

기명자는 속으로 부르짖었다.

기명자가 이제껏 모용천에게 들려준 이야기 중에는 십왕과
관련된 것도 여럿 있었다. 하지만 공교롭게도 십왕이 직접 나
오는 이야기는 없었고, 몰라도 상관없는 것이 대부분이었다.
그리고 무엇보다 아무리 강호초출이라도 모용천이 명색이 무
림인인데 십왕에 대해 모를 리가 없다고 단정 지었던 것이다.
　기명자의 마음을 읽었는지 취명이 울었다. 십왕은 나도 안
다!
　이히히히힝!
　그래그래, 네가 내 지기(知己)로구나. 기명자는 고개를 끄덕
이며 이야기를 시작했다.
　"당금무림에 최고수가 누구냐고 물으면 대답할 수 있는 자
가 아무도 없다네. 정 물으려거든, 가장 강한 열 사람이 누구냐
고 물어야지. 그게 십왕이라네."

　마왕(魔王) 황종류(黃宗琉).

　권왕(拳王) 우진(于震).

　검왕(劍王) 남궁익(南宮翼).

　암왕(暗王) 곽현원(郭賢元).

　도왕(刀王) 팽요색(彭曜塞).

　수왕(獸王) 안남효(安南曉).

　빙왕(氷王) 진하굉(晉河宏).

　염왕(炎王) 교자성(僑自成).

　사왕(蛇王) 좌오린(左悟鱗).

독왕(毒王) 당사윤(唐辭尹).

"무림을 중원으로 한정 지으면 이 중 세 사람이 떨어져 나가지. 수왕 안남효는 남만의 묘족(苗族)이고 빙왕 진하굉은 북해 빙궁 사람이야. 염왕 교자성은 서장에 터를 잡은 서역인이니 엄밀히 말해 이 셋은 우리와는 크게 상관이 없어. 처음 정리한 사람이 십이라는 숫자를 맞추려고 어거지로 끼워 넣은 게 아닌가 싶지만 뭐, 이거야 내 생각이고. 어쨌든 이렇게 열 명을 사람들은 십왕이라고 부르고 있다네."

"그렇군요."

"자네 집 늙은이가 사기를 쳤다는 데가 벽암당이라 했지? 거기 당주가 암왕 곽현원이야. 한 번 더 하는 마음에 욕심을 부렸으면 초상을 치를 뻔했어."

모용천은 고개를 끄덕였다. 지금까지 대수롭지 않게 여기고 있었는데, 위약금을 주고 간 흑의인의 말은 실로 엄청난 경고였던 것이다.

어쨌든.

"절창 기소위는 저들을 제외하면 사람들이 가장 먼저 떠올리는 이름이야. 아마 구파일방 장문인 급은 될걸? 거기다 성질은 어찌나 고약한지, 지 눈에 이건 아니다 싶은 건 절대 못 보는 성미야. 그래서 그놈 창날에 목이 날아간 사파의 고수가 셀 수도 없지. 저 열 놈이 워낙 독보적이라 그렇지, 기소위도 절정 고수지. 암, 섭영귀나 관음지도 알아주는 놈들이지만 절창에는 비할 수 없어. 둘이 한꺼번에 덤벼도 안 될걸?"

모용천은 서해영을 기다리고 있던 사내와 그에게서 뿜어져 나오던 무형의 기운을 떠올렸다. 물론 겉으로 드러난 만큼은 빙산의 일각에 불과할 것이다. 그러나 그것만으로도 모용천은 그가 무시무시한 절정고수임을 알 수 있었다.

자신에게 한쪽 팔을 잃은 섭영귀와는 비교할 수도 없음이 당연하다.

아아, 서 아우는 나를 위한 경고를 잊지 않았구나.

모용천은 사내가 벗을 사귐에 시간이 꼭 필요한 것은 아니라는 소설 속의 이야기를 동경해 왔다. 그러나 이상과 현실은 분명 차이가 있으리라 생각해 왔는데, 단 한 번의 만남으로 서해영이 자신을 이토록이나 위할 줄은 몰랐던 것이다.

"서 아우가 단순히 나에게 공을 세우라고만 한 것은 아니었군요. 나는 그런 줄도 모르고⋯ 내가 만약 섭영귀라는 자의 손에 죽임을 당했다면 넋이 되어서도 서 아우를 볼 낯이 없었을 텐데, 다행히 아직 살아 있으니 그런 걱정은 안 해도 되겠군요."

기명자는 고개를 저으며 말했다.

"자네 관상이 왜 그런지 이제야 알겠네. 하늘이 내리기도 전에 자네 스스로 고생문을 열고 들어가니 세상에 그보다 나쁜 상이 어디 있겠나? 앞으로도 고생깨나 할 텐데 누굴 원망할 게 없어! 다 자네가 자초한 일일 테니까 말이야!"

기명자가 옆에서 악담을 퍼부었지만 모용천은 괘념치 않았다. 어찌 되었든 서해영에 대한 기명자의 생각은 틀린 것이니까.

"어쨌든, 노인장께서 생각하시는 것처럼 서 아우가 못된 마음으로 제게 말한 게 아니라는 건 확실한 거죠? 인정하셔야 합니다."

"사내 녀석이 깐깐하기는."

"그리고 서 아우가 사파의 인물이라는 말도 틀리신 겁니다. 절창 기소위란 분이 손속은 잔인해도 정파의 인물임은 확실한 거죠? 그런 분과 일행이라면 사파일 리가 없지요. 제 말이 틀렸습니까?"

모용천은 어려서부터 세가의 명예를 되살리기 위해 살아왔고, 교육받아 왔다. 그에게 있어 세가의 명예를 되살리는 길은 정도무림의 큰 축인 오대세가로의 복귀였고, 유 총관은 그에게 정도무림의 명숙이 되어야 한다고 끊임없이 되풀이해 왔다. 그러니 모용천에게 정사의 구분은 무엇보다 중요한 문제일 수밖에 없었다.

하지만 기명자는 정사의 구분에 의외로 집착하는 모용천이 짜증날 뿐이었다. 더 이상 말을 하기도 싫다는 듯 기명자는 손을 휘저으며 말했다.

"알았다, 알았어! 내가 다 틀렸다! 됐나?"

옆구리를 찌르고 찔러 반대편까지 뚫리고서야 나온 항복 선언이었지만 모용천은 만족스러운 표정을 지었다.

"됐습니다."

기분이 잔뜩 상한 기명자는 입을 다물었다.

달그락달그락.

들리는 것은 취명의 발굽 소리와 바퀴 소리뿐.

한 시진이 지나도 기명자의 입은 열리지 않았다. 그 모습이 모용천의 눈에는 풀이 죽은 것처럼 보였다(사실은 분을 삭이고 있을 뿐이었지만).

일단 말문을 닫은 기명자가 그런 식으로 비치자, 한구석에서 노인네를 상대로 너무한 건 아니었나 싶은 마음이 일었다. 어려서부터 유 총관에게 항상 당하고만 살아온 모용천인지라, 기명자를 상대로 쟁취한 승리의 맛이 달콤한 줄은 알아도 누리는 법은 몰랐던 것이다.

"……."

"……."

시간이 갈수록 측은지심은 커져만 갔고, 마침 멀리 길목에 한 마을이 모습을 드러냈다. 모용천은 마차에서 뛰어내렸다.

"뭔가?"

한 시진 만에 나온 말은 짧고 가늘었다. 모용천은 웃으며 말했다.

"안줏거리가 떨어지지 않았습니까? 그렇다고 아직 쉴 때는 아니니 취명은 계속 가게 하세요. 먼저 가서 뭐 씹을 거라도 구해보렵니다."

"흥, 쓸데없는 짓은."

말은 그래도 희색이 역력했다. 모용천은 고개를 끄덕이고 마을을 향해 몸을 튕겼다.

"아따, 빠르다!"

순식간에 점이 되어버린 모용천의 뒷모습을 보며 기명자는 손뼉을 쳤다.

경공을 발휘해 달리면서 모용천은 미소를 머금었다. 기명자가 괴팍한 면이 있긴 하지만 자신을 가지고 놀던 유 총관보다야 상대하기 훨씬 편했다.

같은 상황에서 유 총관이라면 어땠을까? 말로 유 총관을 이겨먹을 수가 없으니 전제부터 불가능하지만 어쨌든 상상은 자유니까.

나이는 유 총관이 훨씬 많을 테지만 약관의 모용천에게는 별 차이가 없다. 기명자의 안줏거리를 구하러 가면서 모용천은 자연스레 유 총관을 떠올렸다.

'잘 지내고는 계신가?'

붙어 있을 때는 지겹고, 하루라도 빨리 떠나고 싶은 세가였다. 하지만 막상 떠나고 보니 며칠이나 지났다고 그리운 마음이 생기는 것이다.

모용천은 유 총관을 생각하고, 병석에 누워 있는 아버지를 생각했다. 철이 들고 나서부터 아버지의 병수발은 모용천의 몫이었다. 이제 자신이 없으니 그도 유 총관의 일이 됐으리라.

이런저런 생각을 하다 보니 마을이 지척이었다. 가까이서

보니 생각보다 작은 마을이다. 기명자의 입을 달랠 수 있는 안 줏거리가 있을까 걱정이 앞선다. 그때,

피잉―

익숙한 소리와 함께 한 가닥 음험한 지풍이 모용천을 엄습했다. 대경한 모용천이 땅을 박차고 뛰어올라 몸을 비틀었다.

피잉― 피잉―

모용천을 향한 지풍이 이번에는 하나로 끝나지 않는다. 첫 가닥을 피한 모용천을 향해 두 가닥, 세 가닥 지풍이 연이어 쏟아졌다.

터엉! 텅!

허공에서 뽑아 든 검으로 지풍을 막아내자 이번에는 손잡이를 통해 차가운 기운이 몸 안으로 파고든다. 진원지기에 손상을 입힐 정도는 아니지만…….

'신경 쓰이는 수법이군.'

내력을 일으켜 한기를 몰아내고, 모용천은 땅 위에 내려섰다. 그러자 기다렸다는 듯 일련의 사내들이 나타나 앞뒤를 막아섰다.

모용천은 섭영귀가 부리던 자들을 기억해 냈다. 지금 모용천을 에워싼 사내들은 그때 그자들이 입고 있던 것과 같은 잿빛 옷을 입고 있었다. 다른 게 있다면 복면을 쓰지 않고 맨얼굴을 드러낸 정도일까?

"허어?"

앞을 막아선 세 사람이 옆으로 비켜서고 그 사이로 푸른 옷을 입은 한 장년인이 모습을 드러냈다.

표범같이 긴 허리를 가진 장년인. 나이는 이제 사십이 되었을까? 옆으로 쫙 찢어진 눈을 제외하면 평범한 생김새였다. 그러나 몸에서 피어오르는 기도는 잿빛 옷의 사내들과 비교할 수 없었다.

장년인은 눈을 더욱 가늘게 찢으며 윽박질렀다.

"뭐 하는 놈인데 내 뒤를 쫓는 게냐? 이 몸이 누구인지 알고 나 쫓는 것이냐?"

모용천은 제법 무림인인 척 포권의 예를 취하며 말했다.

"관음지로 이름이 높으신 허 선배가 아닌지요?"

모용천이 자신의 이름을 정확히 말하자, 허규가 성을 냈다.

"아니, 그걸 아는 놈이 날 쫓아와? 그래, 기억난다. 영릉을 나올 때 쫓던 것도 네놈이었지?"

"맞소."

그러나 모용천은 겁을 먹기는커녕 태연히 대답하는 것이다. 그 모습을 본 허규는 성질을 부리다 말고 머리를 굴렸다.

'아니, 이놈이 날 알면서 쫓아왔어? 내 관음지를 피한 것도 그렇고, 몸놀림을 보니 제대로 배운 놈이란 말이야. 그렇지. 설마 이놈이 믿는 구석도 없이 날 쫓아왔겠어?'

거느리고 온 수하는 모두 스물일곱 명. 누군가 뒤를 쫓고 있다는 것을 안 허규는 그중 일곱을 차출하고 나머지 스무 명에게 종리상웅과 종리부용을 맡겨 길을 가도록 했다.

두 사람을 직접 관리하지 못하는 게 불안했지만 정해진 날짜를 엄수하기 위해 한시도 멈출 수 없었다. 하여 허규는 자신이 직접 나서서 추격자들을 신속히 제거하고 바로 속도를 내어 합류할 생각이었다.

그런데 눈앞의 애송이가 자신이 누구인지 아는 걸 보니 혼자 몸으로 쫓아왔을 리 만무했다. 더구나 모용천이 관음지 삼초를 무위로 돌리는 수법이 절도있고 빈틈이 없어, 틀림없이 명문정파의 제자일 거라 여기게 된 것이다.

'애들을 너무 적게 데려온 건가? 이런 젠장!'

지레 겁을 먹은 허규가 물었다.

"너는 어디의 제자고, 일행은 어디 있느냐?"

'일행?'

기명자와 취명이 일행이라면 일행이지만, 허규에게 용건이 있는 것은 어디까지나 모용천 혼자다.

"허 선배에게 볼일이 있는 건 나 혼자요. 종리세가의 자제들을 데려가려 왔으니 어서 내놓으시오."

모용천이 호기롭게 말하자 허규의 얼굴이 심하게 구겨졌다. 지레 겁을 먹었던 것이 부끄럽기도 하거니와 이 머리에 피도 안 마른 것이 함부로 지껄이는 걸 듣고 있을 수 없었던 것이다.

감히 나에게 내놓으라고? 요 몇 해 뜸하였더니 관음지의 악명이 땅에 떨어졌구나! 이런 애송이에게 얕보이다니!

허규는 속으로 개탄하며 외쳤다.

"더 들을 것 없다! 죽여라!"

앞으로 세 명, 뒤로 네 명.

모용천을 에워싼 사내들이 검을 들고 일제히 달려들었다.

모용천의 검도 따라 움직이기 시작했다.

第六章
한밤의 괴인들

까악.

한 마리 까마귀가 날아간 하늘에 달이 밝다. 모두가 잠든 밤, 버려진 사당에 하나의 그림자가 드리웠다.

달빛이 내려 환한 밤이지만 그림자의 주인은 사내인지 계집인지 모르게 긴 머리를 하늘거리고 있었다. 계집이라기엔 키가 크고, 사내라기엔 어깨가 좁다. 연지를 발랐는지 입술은 붉고, 분칠을 했는지 얼굴이 희다. 그린 듯 진한 눈썹과 높이 솟은 콧날이 아름다운 미인이었으나 곧이곧대로 인정하기에는 묘하게도 거부감이 이는 것이다.

성별을 가늠하기 힘든 미인은 사당 앞에서 걸음을 멈추고 한 바퀴 몸을 돌렸다. 그리고는 마치 그를 중심으로 많은 사람

209

들이 모여 있는 것처럼 우아한 몸짓으로 인사를 하더니 대뜸
노래를 부르기 시작했다.

> 지고의 권세 한 몸에 지니고도
> 한 송이 꽃을 못 피우네
> 스스로 꽃이길 거절하고
> 달리 누구를 피우랴

　맑고 청아했으나 그 음색은 분명 사내의 것이었다. 아무도
없는 뜰 한복판에서 노래를 마친 사내는 시작할 때처럼 인사
하더니, 이제는 아예 덩실덩실 춤까지 추는 것이다.
　"쯧쯧, 저거 미친놈이구나."
　사당 안에서 그 광경을 지켜보던 기명자가 혀를 차며 말했
다.
　"맞는 말도 누구한테 들었는지가 참 중요하지요."
　그 옆에서 모용천이 맞장구 아닌 맞장구를 친다.
　"아이고, 다 들리겠습니다. 두 분 다 언성을 낮추십시오."
　그 뒤에서 허규가 곤란해하며 두 사람을 만류했다. 앞선 두
사람과 달리 허규의 말은 개미 목소리만 해 곁에서도 잘 들리
지 않을 정도였다.
　"뭐라고?"
　능청스럽게 되묻는 기명자의 얼굴이 살의를 피어오르게 한
다. 듣지 못했을 리가 없잖소! 비명과도 같은 외침을 속으로

꾹꾹 삭이고 허규가 다시 말했다.

"다. 들.리.겠.다.고. 말.입.니.다."

관음지 허규라고 하면 모르는 자가 없다. 성명절기인 관음
지는 숱한 지공 중에서도 다섯 손가락 안에 꼽히고, 독특한 점
혈 수법은 명문정파의 인물들도 인정하는 고명한 수법이다.
십왕이나 그에 준하는 절정고수라 해도 감히 경시하지 못하는
게 바로 나, 관음지 허규란 말이다!

꺼내지 못할 말은 속을 태운다. 제 성질을 죽이지 못하고
이를 갈다 보니 허규의 언성이 아까보다 높았다. 그래서일
까, 사내가 문득 춤사위를 그치고 자신들을 쳐다보는 게 아
닌가?

"미친놈이 귀도 밝네그려."

"허 선배 목소리를 들었나 본데요?"

두 입이 동시에 움직였다.

으드득.

대놓고 무시하는 기명자보다 생각없이 말하는 모용천이 더
얄밉다. 그러고 보니 지금 자신이 처한 상황도 다 이놈 탓이
다. 생각이 그에 미치니 허규의 가슴속에 다시금 열불이 일었
다. 그래, 이게 다 저 어디서 튀어나왔는지 모를 놈 때문이다.
허규는 며칠 전, 모용천을 처음 만난 날을 떠올렸다.

"죽여라!"

허규의 말이 떨어지기가 무섭게 앞뒤로 일곱의 사내가 달려

들었다. 사내들의 손에 들린 검이 흉흉하게 빛나고 있었지만 모용천의 얼굴은 태연하기 짝이 없었다.

카앙!

"……?"

날카로운 소리와 함께 소리없는 의문이 모용천을 덮친 사내들을 스쳐 지나갔다. 모용천의 신형이 사라지고 그 자리엔 일곱 자루의 검이 엉켜 있었다. 아니, 그 접점에 하나의 검이 더 얹혀 있었다.

"……!"

일곱 자루의 검의 교차점 위에 얹힌 검은 모용천의 손에 들려 있었다. 아니, 모용천의 신형이 검에 의탁하고 있었다. 쭉 편 팔을 매개로 검과 몸이 하나의 선으로 이어져 일곱 자루의 검이 교차하는 위에 거꾸로 세워진 것이다.

뜻밖의 상황이 빚어낸 자그마한 틈을 놓칠 모용천이 아니었다. 그대로 몸을 기울여 사내들의 포위망을 벗어난 모용천이 검을 놀리기 시작했다.

"으헉!"

자리를 잘못 잡은 탓일까, 모용천에게 뒤를 고스란히 내준 사내가 먼저 비명을 지르며 쓰러졌다.

하지만 사내들도 녹록치 않아 동료의 희생을 틈타 전열을 가다듬고 재차 모용천을 압박했다. 여섯 자루의 검이 각기 다른 요처를 공략하니 막기도 피하기도 난감한 수법이었다.

그러나 모용천의 선택은 어느 것도 아니었다. 한 자루 검이 여섯 자루 검 사이로 파고들더니 순식간에 합벽을 와해시킨 것이다.

채앵!

"허엇!"

약속이라도 한 듯 여섯 자루의 검이 동시에 하늘로 올라갔다. 그중 다섯 자루가 제 주인의 팔을 함께 끌어올리고, 무방비로 노출된 다섯 가슴팍에 한줄기 혈흔이 그어졌다.

"힉… 히익!"

개중 공력이 딸려 검을 놓친 자가 홀로 살아남았으나 살아도 산 게 아닌 듯 온몸을 사시나무 떨 듯 떨며 뒷걸음질치는데, 그 얼굴이 마치 귀신이라도 만난 것처럼 겁에 질려 있었다. 아닌 게 아니라, 저들의 합벽을 파훼한 수법이 이제 겨우 약관에 불과한 청년의 손에서 펼쳐졌음은 귀신도 곡할 노릇이다.

"오, 오지 마……!"

전의를 잃은 상대에게 볼일은 없다. 모용천은 검을 들어 겁에 질린 사내 너머 허규를 겨누며 말했다.

"거기 계속 숨어 있을 거요?"

"너 이놈……!"

애송이에게 능멸을 당한지라 화가 머리끝까지 차올랐다. 잔뜩 일그러진 얼굴로 허규가 손가락을 들었다.

"……!"

뒷걸음치던 사내가 비명조차 지르지 못하고 그대로 고꾸라지는데 모양새가 나무토막처럼 뻣뻣하다. 바로 허규의 관음지에 당해 온몸의 피가 순간 얼어버린 탓이다.

모용천이 대경하여 외쳤다.

"수하를 죽이다니! 무슨 짓이오!"

우드득!

허규가 얼어붙은 시체를 밟고 서서 대답했다.

"내 수하의 생살여탈권이 나 아니면 누구에게 있단 말이냐?"

피잉—

말이 끝나기도 전에 허규의 손가락이 움직였다. 네 가닥의 음험한 기운이 모용천에게로 쏟아져 들어왔다. 하나같이 요처를 공략하는 살수 중의 살수!

터엉! 텅!

그러나 이미 몇 번을 받아낸 수법이다. 모용천은 어렵지 않게 검신을 비틀어 허규의 지풍을 튕겨냈다.

'한 번에 끝내자!'

벽공장의 수법을 빌은 허규의 관음지는 그 속의 한기가 음험하기 짝이 없으나 허공을 지나는 동안 공력의 손실이 불가피했다. 물론 웬만한 무인이라면 치명상을 입기에 충분한 위력이었지만, 격중하지도 않은 모용천을 해하기에는 부족하기 짝이 없었다. 모용천의 신형이 빠르게 움직였다.

"흡!"

예상치 못한 움직임에 허규가 헛바람을 들이켰다. 불시에 펼쳐 낸 관음지 수법을 모용천이 어렵지 않게 막아냈을 뿐 아니라 자신의 앞을 막고 선 것이다.

'아니, 이놈이?'

막아냈다 한들 관음지의 한기는 검을 통해 침투하여 진원진기를 손상시킨다. 당연히 내력을 일으켜 그를 몰아내야 하거늘, 모용천은 그러한 틈도 보이지 않고 다짜고짜 달려드니 놀랄 수밖에 없다.

쉬익!

모용천의 검이 허규의 가슴팍을 스치고 지나간다. 간발의 차로 허규가 몸을 뒤로 날렸다. 아니, 땅 위를 굴렀다.

데구루루—

한참을 굴러간 허규가 벌떡 몸을 일으켰다. 비단옷은 온통 흙투성이요, 얼굴은 시뻘겋게 달아올라 있었다. 생전 처음 보는 애송이의 검을 피한다고 흙바닥을 굴렀으니 치욕스럽기가 이만저만이 아니다. 게다가 누가 이 광경을 봤을까 덜컥 겁이 나는 것이다.

"네놈을 잘게 잘라 동호(東湖)의 고기밥으로 뿌리지 않고서는 도저히 분이 풀리지 않겠구나!"

목숨을 부지한 한 수가 어지간히 치욕스러웠는지 허규가 내공을 한껏 실어 외쳤다. 그 여파에 멀쩡하던 앞섶이 벌어지고 그 틈으로 붉은 피가 새어 나왔다. 땅바닥을 굴렀어도 제대로 피하지 못한 것이다.

"너 이……!"

욕지거리를 하려는 순간, 허규가 입을 다물었다. 입만 다문 게 아니라 손발이 뻣뻣이 굳어버린 것이다.

선 채로 굳어버린 허규의 뒤에서 구부정한 그림자 하나가 튀어나왔다. 바로 기명자였다.

"쯔쯔쯧, 한심한 놈 같으니!"

기명자의 얼굴을 본 허규의 눈이 왕방울처럼 커졌다. 혈도를 눌린지라 얼굴 표정은 화난 그대로였지만, 동공에 일어난 감정은 흡사 저승사자라도 만난 것 같았다.

뒷짐을 지고 목을 쑥 내민 기명자는 허규의 얼굴을 턱 밑에서부터 훑어보며 말했다.

"네놈은 어떻게 예나 지금이나 나아진 점이 없냐? 쯧쯧."

기명자가 혀를 차는데, 혀를 차는 건지 침을 뱉는 건지 모용천이 다가와 보니 허규의 얼굴은 온통 침 범벅이었다. 모용천은 자신의 수하도 쉽게 죽이는 허규에게 화가 났지만 이 모습을 보니 어쩐지 측은한 마음이 드는 것이었다.

"이제 그만 풀어주시지요."

모용천이 그리 말하자 기명자가 한쪽 눈썹을 치켜세우며 대답했다.

"이렇게 멍청한 놈을 어따 쓰려고 풀어줘, 풀어주기는?"

말을 그렇게 하면서도 기명자의 손가락은 어느새 허규의 목과 어깨 부근을 주무르고 있었다. 목 위의 혈도만 풀었는지, 몸은 그대로인 채 허규가 기침을 하며 입을 열었다.

"캑, 콜록! 커억!"

"끌끌끌."

혀를 차는 기명자의 모습은 보는 사람으로 하여금 절로 화를 불러일으킬 정도라 모용천마저 괜히 배알이 뒤틀렸다. 그러니 당사자야 어떻겠는가? 그런데 말문이 트이면 욕부터 할 것이라는 예상과 달리, 허규의 입에서 나온 말은 몹시 부드럽고 어찌 보면 비굴하기까지 했다.

"아이고, 어르신! 어르신 아니십니까! 그간 별고없으셨습니까? 물론 별고없으니까 이렇게 정정하신 거겠죠? 헤헤헷!"

기명자의 침이 홍건한데도 불쾌한 기색 없이 오히려 웃어 보이는 허규의 얼굴이 놀라웠다. 그 얼굴 어디에서도 모용천을 윽박지르고 수하들을 수족처럼 부리던 관음지는 찾아볼 수 없었다.

"으이구, 이놈아! 넌 그렇게 당하고도 또 그 모양이냐?"

기명자도 기가 찼는지 한마디 하며 꿀밤을 때렸다.

딱!

기명자의 앙상한 주먹이 꽤나 매웠는지 허규의 이마가 퉁퉁 부어올랐다. 얼마나 아플까! 보기만 해도 아픔이 전해지는 듯 모용천이 절로 몸서리쳤다.

"어르신, 제가 뭘 어쨌다고 이러십니까? 호, 혹시……?"

억울함을 호소하던 허규는 모용천을 보며 말했다.

"혹시 저 공자가 어르신의 전…… 악!"

딱!

허규의 말이 채 끝나기도 전에 기명자가 꿀밤을 한 대 더 먹였다. 바로 같은 자리에.

"허튼소리하지 마라. 저 녀석은 나와 아무 사이도 아니니까. 멍청하다고 한 건, 녀석아! 지금 네놈이 상대의 역량을 가늠하지 못하고 나한테 덤벼들었던 그때 그대로기에 하는 소리니라."

"예? 그게 무슨 말씀이신지……."

딱!

세 대째. 정확히 같은 부위에 세 대째 꿀밤이 들어가니 제아무리 무공 고수라도 참기 힘들었나 보다. 허규의 눈에 눈물이 찔끔 고였으니, 우습기도 하고 민망하기도 하여 모용천이 입을 가리며 고개를 숙였다.

"말도 한 대의 채찍이면 마차를 끄는데 너는 어째서 이렇게 말귀를 못 알아듣느냐? 아직도 네 눈에는 저 녀석이 마냥 어린놈으로만 보이느냐?"

"아니, 그럼 뭐 반로환동(返老還童)한 절정고수란 말입니까?"

"허어!"

억울하고 오기가 일어 한 말이었지만 기명자의 귀에는 허튼소리로 들리지 않았다. 고개를 홱 돌린 기명자가 모용천을 쏘아붙였다.

"혹시 그런 거 아니야? 한 백 살 먹은 노인네가 날 속이고 있는 거 아니냐?"

모용천이 웃으며 손을 저었다.

"말도 안 됩니다."

따악!

소리도 명쾌하다. 네 대째. 허규의 이마에 주먹만 한 혹이 솟아올랐다.

"어디서 허튼소리냐, 허튼소리가! 어쨌든!"

기명자는 손가락으로 허규의 가슴을 쿡쿡 찌르며 말했다.

"너는 지금 네가 잘나서 피한 줄 아는데 말이야, 저놈이 마음만 먹었으면 이 정도로 끝났을 것 같으냐?"

"말씀이신즉… 저 공자께서 저 같은 놈은 비교도 안 될 절정고수란 말씀이군요."

"네놈보다 나으면 다 절정고수냐? 끌끌."

말은 그렇게 해도 이제야 말을 알아들었구나 흡족해하며 웃는 기명자를 보고 허규가 함께 웃었다. 무림의 인물들이 목숨처럼 귀하게 여기는 자존심은 어디에 두고 왔는지 얼굴색도 변하지 않고 자신을 공자로 모시는 허규가 모용천은 어떤 의미로 대단하게 느껴졌다. 그만큼 기명자를 두려워한다는 뜻인데, 두 사람 사이에 어떤 일이 있었기에 고양이 앞의 쥐처럼 허규가 얌전해진 건지 궁금하기만 했다.

"알았습니다. 제가 공자를 몰라 뵙고 결례를 저질렀으니 백 번 죽어 마땅합니다! 어르신, 그러니 일단 저를 풀어주시……."

"사죄할 필요는 없소. 난 종리세가의 자제들만 데려가면 되니까. 어서 내놓으시오."

모용천이 말하자 허규의 표정이 굳어졌다. 관음지라는 명성에 걸맞지 않게 실실거리던 웃음기가 사라지고 대신 단호한 결의가 떠올랐다.

"다른 건 다 되도 그것만은 안 됩니다."

기명자가 끼어들었다.

"머리통에 혹이 더 나야 정신을 차리겠군."

그러나 허규는 고개를 저었다.

"혹이 아니라 목을 베어도 그것만은 안 됩니다."

"허!"

허규가 강자에게 약하고 약자에게 강한 성품의 소유자임을 기명자는 잘 알고 있었다. 관음지가 무림에 손꼽히는 지법이고, 그 역시 악명이 자자한 마두이긴 하나 자신의 목숨은 누구보다 소중히 챙기는 이였다. 그런 허규가 손가락 하나 까딱하지 못하는 상태에서 입을 다무는 것이 이상하기 짝이 없는 것이다.

"그놈들이 뭐가 그리 중요한 게냐? 아무리 그래 봤자 네 목숨보다 더하겠느냐? 그럼 그놈들을 데려간 이유나 들어보자꾸나."

"말할 수 없습니다."

허규가 또 고개를 저었다.

"너 이놈……."

기명자가 눈알을 부라리며 말했다.

"좋아, 다른 걸 물어보마. 이 짓을 시킨 건 누구냐?"

"그건 또 무슨 말씀입니까?"

"시치미 떼지 마라, 이놈아. 어린 팽가 놈도 섭영귀에게 납치당할 뻔했다는데, 네놈들 사이가 나쁜 걸 내가 아는데 알아서 작당할 리가 있냐?"

"납치당할 뻔했다니, 그럼 섭영귀 놈이 실패했단 말입니까?"

허규의 굳어 있던 얼굴에 화색이 돌았다. 모용천이 대답했다.

"그렇소."

"혹시……?"

대답이 다른 곳에서 나오자, 허규가 모용천을 보며 말했다. 모용천은 고개를 끄덕이며 대답했다.

"맞소. 내가 구했소."

"크하하하하핫!"

모용천의 대답을 듣자마자 허규가 하늘을 보며 큰 소리로 웃는 게 아닌가? 갑자기 실성한 건 아닌지 의아해하는 모용천에게 기명자가 한심한 듯 설명해 줬다.

"자네가 팔을 자른 섭영귀라는 놈, 이 녀석과는 오랜 앙숙이라네. 견원지간이 따로 없지."

"뭐? 팔도 잘랐다고? 크크큭! 공자, 정말 대단하시구려! 아주 잘하셨소, 아주 잘하셨어! 크하하하하하하핫!"

섭영귀의 실패담이 그렇게 좋은지 허규는 웃음을 그치지 못했다. 물론 아래는 뻣뻣이 굳은 채 목 위로만 웃는 광경이 썩 보기 좋은 건 아니었다.

"그만 웃고 묻는 말에나 답해라. 머리통을 박살 내기 전에."

보다 못해 기명자가 윽박지르자 허규가 웃음을 그치고 대답했다.

"어르신, 저 좀 봐주십시오. 제 입으로 할 수 있는 말이 있고 없는 말이 있습니다."

"옳거니! 그럼 아무 말도 못하도록 만들어주마. 내가 다른 건 다 참아도 궁금한 건 못 참는 성미인 줄 알면서 그런 말이 나오다니. 달라진 게 없는 줄 알았는데 간은 좀 커졌구나?"

그렇게 말하면서 기명자가 허허 웃는데, 말 뒤에 숨은 뜻이 무엇인지 몰라도 모용천은 모골이 송연했다. 마음먹고 살기를 일으키니 주변의 공기마저 무거워지는 착각이 일 정도라, 처음으로 기명자에게서 고수의 모습을 발견한 것이다.

허규 역시 겁에 질려 얼굴이 파랗게 떴지만, 무슨 연유인지 입술을 질끈 깨물며 말했다.

"어르신의 화를 돋우어봐야 죽기밖에 더하겠습니까? 차라리 마음 편히 죽고 말랍니다."

허규의 말이 묘했다. 차라리 죽음을 택하겠다니, 그보다 더한 일이 있단 말인가? 이미 죽기를 각오한 듯 허규의 얼굴이 결연해 보였다.

"허어……."

허규는 두 눈을 감고 기명자의 처분을 기다리고 있었다. 그런 허규의 모습이 의외인 듯 기명자도 살기를 거두고 두 눈을 끔뻑거리다 너털웃음을 지었다.

"푸하하! 뭐가 아쉬워 내 손에 피를 묻히겠느냐?"

'그때 그냥 죽는 게 나을 뻔했구나!'

멀뚱멀뚱 자신을 쳐다보는 모용천과 기명자를 향해 허규는 속으로 부르짖었다.

기명자는 허규가 종리세가의 자제들을 해하지 않겠다는 다짐을 받고 그를 풀어주었다. 더군다나 납치의 목적과 그의 뒤에 누가 있어 이런 지시를 내렸는지도 캐묻지 않았다. 그 대신 이런 다짐을 받아두었다.

"사정이 정 곤란하다면 어쩔 수 없다. 그러나 이쪽에도 사정이 있다. 어찌 된 일인지 말할 수 없다면 가만히 있어라. 알아서 알아낼 테니까."

급한 마음에 일단 승낙을 했지만 돌이켜 보니 미련해도 그렇게 미련할 수가 없었다. 곤란한 사정을 봐주기는 쥐뿔, 덕분에 허규는 이곳 무한까지 상전 아닌 상전을 모셔오게 된 것이다.

"다시 한 번 말씀드리는데 절대 조용히 하십시오. 그리고 설령 무슨 일이 일어나도 저는 모르는 겁니다. 제 뒤를 따라왔다거나 그런 이야기도 안 됩니다. 우린 이제 그냥 서로 없는 사람으로 치는 겁니다. 아시겠습니까?"

"아 거 되게 까다롭게 구네. 설마 내가 널 붙들고 늘어질 거라고 생각하는 게냐?"

기분이 상한 듯 기명자가 말을 툭 던졌다. 그 소리가 꽤 컸는지, 춤을 그친 사내가 사당을 향해 말하는 것이었다.

"웬 놈이냐?"

사내의 목소리는 그리 크지 않고 목청을 올리지도 않았지만 바로 옆에서 말하는 것처럼 가깝게 들렸다. 그 내가 수법이 참으로 교묘하다며 모용천이 속으로 감탄을 하는 사이, 허규가 덜렁거리는 문을 열고 밖으로 나갔다.

"나요, 관음지."

"언제부터 거기 계셨소? 쯧쯧, 옷이 온통 먼지투성이구먼."

사당 문을 열고 허규가 나오자 사내는 어느 정도 경계를 누그러뜨린 것 같았다. 허규는 아무렇지도 않다는 표정으로 옷을 털며 사내에게 다가갔다.

"일찍 와서 한숨 잤소이다. 요검 말고는 아직 아무도 안 왔소?"

요검이라고 불린 사내는 고개를 끄덕였다.

"슬슬 오겠지요. 그나저나 누구랑 같이 오셨소?"

"가, 같이 오다니 그게 무슨 소리요?"

허규가 짐짓 아무렇지도 않게 반문하자 사내는 고개를 갸웃

224

거렸다.

"거 이상하다. 관음지 말고도 두 사람의 목소리를 들은 것 같아서 말이외다."

'이 녀석이 설마 눈치챈 건 아니겠지.'

"내가 잠꼬대라도 했나? 허허, 쥐새끼들이 조금 설치던데 그걸 잘못 들은 거겠지."

허규는 크게 웃으며 사내의 눈치를 살폈다. 그러나 사내의 눈은 안개가 낀 듯 흐릿하여 속내를 엿볼 수 없었다. 그 대신 흐리터분한 사내의 눈이 도리어 허규의 속을 헤집는 것 같아 허규는 찜찜한 기분을 거둘 수 없었다.

한참 허규의 눈을 들여다보던 사내가 피식 웃으며 말했다.

"그렇게까지 말씀하시니 내가 잘못 들었나 보군요."

"저놈이 지금…… 읍!"

사당의 낡은 벽 벌어진 틈새 사이로 내다보던 기명자가 갑자기 화를 냈다. 허규가 자신을 쥐새끼에 빗대어 말한 탓이다. 모용천이 재빨리 기명자의 입을 막았으나 이미 새어나간 소리를 잡을 수는 없었다.

"응?"

기명자가 낸 소리는 허규의 귀에도 똑똑히 들렸다. 허규는 억지웃음을 지으며 부드럽게 말했다.

"왜 그러시오?"

사내는 고개를 천천히 좌우로 돌리며 말했다.

"지금도 사당에서 소리가 났는데 못 들었소?"

"소리라니 전혀 모르겠소만."

웃으며 얼버무리지만 속으로는 죽을 맛이었다. 허규는 어떻게든 사내의 관심을 돌리기 위해 화제를 바꿨다.

"맡은 일은 잘하시었소? 남궁세가였나?"

"남궁세가는 아마 항불의 몫일 거외다. 내가 맡은 쪽은 제갈세가였고."

"허허, 그랬던가. 그나저나 그 소식은 들으셨소? 섭영귀 그 광대 놈이 실패했다는 소식 말이오."

섭영귀에 관한 이야기가 나오자 사내의 눈빛이 달라졌다. 과연 그의 주의를 사당으로부터 돌리는 데에 성공한 것이다.

"실패했다니? 섭영귀가 팽가의 어린놈 하나를 못 잡았단 말이오?"

"못 잡았다 뿐이겠소? 팔 하나도 잘렸다오."

"설마! 어린놈이 도왕의 경지를 넘보기라도 했단 말이오? 아니면 도왕이 직접 아들놈 건사하고 무한까지 오기라도 했단 말이오?"

"그거야 알 수 없는 일. 어쨌든 섭영귀 그 작자가 팽가의 애송이를 놓치는 바람에 주군의 계획에 큰 차질이 빚어진 건 사실이오."

"으음……."

사내는 신음 소리를 흘리며 한쪽 뺨을 손바닥으로 감싸 안았다. 딴에는 심각한 표정을 지었는데 조신한 자태나 몸짓이 마치 여인과 같았다.

'으윽.'

자신보다 반 뼘은 큰 사내가 여인인 양 행동하는 것을 보니 허규는 자연 속이 니글거리면서 인상을 쓸 수밖에 없었다. 그러자 흐릿하니 생기가 없던 사내의 눈이 돌연 칼처럼 날카롭게 변해 그에게로 꽂히는 게 아닌가? 반사적으로 한 걸음 물러나는 허규에게 사내가,

"지금 날 보고 인상을 썼소? 내가 기분 나쁘오?"

하고 말하는데 표정은 여전히 여인처럼 새침하였다. 그러나 허규는 감히 경시하지 못하고 크게 고개를 저으며 부인하는 것이다.

"아니, 아니. 요검은 왜 그런 말을 하시오? 내가 왜 요검을 보고 기분 나빠 하겠소? 그럴 이유가 없지. 암! 다시 보시오. 이게 어디 인상을 쓰는 얼굴이오, 웃는 얼굴이지? 하하, 이상할세. 왜 이렇게 그대만 보면 기분이 좋아지는지 말이야. 아하하!"

허규가 억지로 웃는 것도 무리가 아니다. 눈앞의 사내는 무슨 생각을 하는지 종잡을 수 없는 자, 바로 사파의 인물들도 꺼려 한다는 요검(謠劍) 은삼교(殷三僑)였으니 말이다.

요검 은삼교는 검을 잘 쓰기로 이름난 사파의 고수이다. 특히 찌르기를 위주로 하는 그의 검술은 일반적인 중원의 무학과 궤를 달리해 오히려 서역의 법도를 따른 바가 많았다. 그만큼 그를 상대한 이들은 생소함에 한 번 놀라고, 그 치명적인 수법에 두 번 놀란다고 알려져 있었다.

하지만 무엇보다 사람들로 하여금 은삼교를 기피하게 만든 것은 그의 여인 같은 행동과 때와 장소를 가리지 않고 노래를 해대는 작태였다. 하여 사람들은 강호에 대표적인 미치광이로 요검을 꼽는 데 주저함이 없었다.

허규가 비록 무공의 고하를 논하자면 은삼교에게 반 보라도 양보할 마음은 없었다. 하나 생리적인 혐오감은 의지로 제어할 수 있는 영역이 아니다. 어쨌든 이자의 심기를 건드리면 피곤한 것은 자신일 따름이니.

그렇게 허규가 땀까지 흘려가며 웃고 있는데, 그 속도 모르고 은삼교가 손으로 이마를 짚으며 한탄하였다.

"안타깝구나, 안타까워. 관음지! 그대가 나를 마음에 두고 있을 줄은 꿈에도 몰랐소. 그 마음은 고맙지만…… 나는 당신처럼 사내를 좋아하는 체질이 아니니 거두어주길 바라오. 정말 곤란한 일이니까."

"무, 무슨 말이오? 오해요, 오해!"

'내가 아주 재수가 옴 붙었구나! 이런 젠장!'

허튼소리 작작 하라고 쏘아붙이고 싶었지만 뒷일을 생각하니 쉽게 입 밖으로 나오지 않았다. 앞으로도 되도록이면 마주치지 말아야겠다고 생각하고 허규가 마음을 진정시키는데 마침 멀리서 늑대 우는 소리가 들려왔다.

아우우우우—

가슴 깊은 곳까지 파고드는 늑대의 울음소리가 서늘하다. 그와 동시에 허규와 은삼교가 같은 방향으로 시선을 돌렸다.

두 사람의 시선이 가 닿은 곳으로부터 커다란 포대를 든 중이 한 사람 걸어오고 있었다.

"먼저들 와 있었군. 혈랑보다는 내가 먼저구먼?"

중이라고는 하나 그를 알아볼 수 있는 증거는 낡은 가사뿐이다. 해질 대로 해져 이미 입고 다닐 만한 상태가 아니었지만 어쨌든 그것이 승복임은 알아볼 수 있었는데, 그 외에는 봉두난발한 머리와 덥수룩한 수염, 상처투성이 얼굴 등 도무지 승려로 보이는 구석이 없었다.

그가 바로 앞서 은삼교가 말한 항불(抗佛)이다.

항불은 본래 소림의 인물로, 현 장문인인 정원(丁源) 대사와 같은 항렬의 고승이었다. 장문인의 사제로 법명은 정완(丁緩)이라 했고 그의 손에서 펼쳐지는 대력금강장(大力金剛掌)에 쓰러진 마두가 부지기수였다. 그러나 소림이 자랑하던 무승(武僧)은 불법을 닦는 데에 소홀했는지, 세속의 미혹(迷惑)에 그만 몸을 맡기어 정완이라는 법명을 버리고 스스로 항불이라 칭하며 파계를 저지르고 말았다.

그 뒤 항불은 지난 세월을 보상받으려는 듯 강호를 주유하며 술을 마시고, 여색을 탐하고, 살생을 주저하지 않았다. 그러나 소림은 별다른 반응을 하지 않고, 그저 파문당한 제자의 일에 관여하지 않는다며 모르쇠로 일관했다. 자연히 항불의 악명은 날이 갈수록 높아져 관음지, 요검과 같은 거마와 어깨를 나란히 하게 된 것이다.

항불은 한 손에 법장을, 한 손으로는 제 몸만 한 포대를 들고 있었는데 누가 봐도 속에 사람이 들었음을 알 수 있었다. 그런 포대를 손바닥 위에 올려놓고 걸어오는데, 마치 공깃돌처럼 가벼워 보이는 것이다.

"그놈의 개소리 듣지 않았소? 금방 오겠지."

은삼교가 퉁명스레 이야기했다. 그러자 중은 법장을 바닥에 콱 찍으며 파안대소했다.

"크핫핫핫핫! 요검 자네는 여전하구먼! 혈랑 그 친구도 알고 보면 괜찮은 놈일세. 너무 미워하지 말라구."

"그건 뭐요?"

은삼교가 눈을 가늘게 뜨며 포대를 가리켰다. 봉두난발의 중은 포대를 하늘 위로 던졌다 받으며 대답했다.

"잡아오라기에 잡아온 놈이지. 자네들은 왜 빈손인가?"

"그게 남궁세가의 아들놈이란 말이오?"

허규가 놀라며 말했다. 그러자 중은 당연한 걸 묻는다는 투로 포대를 연신 하늘로 던지며 말했다.

"내 담당이 남궁세가 아니었나? 난 그렇게 알고 있는데?"

"그게 아니라… 단순히 잡아오라는 게 임무는 아니잖소. 그렇게 함부로 다루다 어디 한군데 부러지기라도 하면 어쩔 것이오? 누구의 머리에서 나왔든 주군께서 인가하신 이상 그것은 주군의 계책인데, 항불 때문에 틀어지기라도 하면 뒷감당을 누가 하려고? 지금 벌써 섭영귀 그 망할 놈이……."

"망할 놈이 어쨌다고요?"

귓가를 울리는 밝은 음성에 허규가 말을 멈추었다. 세 사람이 일제히 무릎을 꿇고, 그 앞에 한 청년이 홀연히 나타났다. 청년을 향해 머리를 숙이며 세 사람이 동시에 말했다.

"삼공자를 뵈옵니다."

검은 옷을 입은 청년은 달빛을 타고 왔는지 신법이 표홀했다. 만면에 머금은 웃음은 여유로웠고, 두 다리는 곧게 뻗어 있었다. 이십대 초반의 나이, 최소 십 년에서 삼십 년 이상 차이 나는 관음지들이 자신의 앞에 무릎을 꿇고 있는데도 거만한 기색이 보이지 않았다. 그렇다고 특별히 민망해하는 것도 아니요, 그저 이 상황을 자연스럽게 받아들이는 모습이었다.

"다들 일어나시지요. 아, 관음지께서는 하던 말씀을 다 해주세요. 망할 놈… 아니지. 하하핫! 이건 실수니까 잊어주세요."

청년은 호탕하게 웃고 말을 이었다.

"섭영귀께서 무얼 어쨌다고 그러시는지?"

"저, 그것이……."

허규는 얼른 대답하지 못하고 망설이는데 은삼교가 끼어들었다.

"팽가의 포획에 실패하고 팔까지 잘렸다는 게 사실입니까?"

은삼교의 말을 듣자 청년이 놀란 얼굴로 되물었다.

"아니, 그걸 어떻게 아셨습니까? 저도 바로 어제서야 전서구를 통해 소식을 들었습니다만, 여러분께도 연락이 갔습니까?"

항불이 고개를 절레절레 흔들었다.

"나는 방금 전 관음지의 입을 통해서 들었습니다."

은삼교가 허규를 보며 말하자 허규의 머릿속이 복잡해졌다. 은삼교의 주의를 돌리기 위해 꺼냈을 뿐인데, 일이 이런 식으로 돌아갈 거라고는 생각도 못한 것이다.

"관음지께만 따로 연락이 간 건가요?"

청년이 자신을 지목하여 말하자 허규는 등 뒤로 한줄기 식은땀이 흐르는 것을 느꼈다. 말 한마디라도 잘못했다간 어떤 오해를 살지 모른다.

"저는 그러니까……."

여섯 개의 눈동자가 뚫어져라 자신을 바라보고 있었다. 대적을 앞에 두고도 이처럼 당혹스럽진 않으리라. 어떻게 얼버무려야 할지 허규는 자신의 머리 굴러가는 소리가 실제로 들릴지도 모른다는 생각을 했다.

"어이구, 저 병신! 그딴 말을 하긴 왜 해? 알아서 궁지로 들어가는 꼴이지! 저래놓고 또 누구 탓을 할까? 내 탓을 하기만 해봐라. 이번엔 정말 가만 안 둘 테다."

한편 사당 안에서는 기명자가 신나게 욕을 하고 있었다.

모용천은 처음에는 자신들이 몰래 엿듣고 있다는 사실을 망각한 듯 큰소리를 내는 기명자를 만류하곤 했다. 밖에 서 있는 자들은 모두 최소한 관음지와 비교해 떨어지지 않는 수준으로, 한꺼번에 덤벼들면 이길 자신이 서지 않았기 때문이다. 하지만 최소한 관음지는 제압할 수 있는 고수가 기명자이니만큼 싸우지 않더라도 충분히 도망칠 수 있다는 계산이 섰다. 게다가 입을 막았는데도 기명자가 혀를 쉬지 않아 손바닥에 침이

232

튀는 것을 참기도 힘든 것이다.

하지만 다행히도 기명자의 목소리는 갈수록 작아져, 적어도 밖으로 새어나가지 않을 정도는 되었다. 모용천의 눈에는 기명자가 처지를 파악한 게 아니라 단순히 몰래 엿듣는 상황을 즐기는 것으로 보였지만 그거야 중요한 문제는 아니었다.

그보다 중요한 것은 허규의 입에서 나올 말이다.

허규는 자신을 죽여도 납치의 목적과 배후를 알릴 수 없다고 했다. 기명자는 허규의 생사는 관심이 없어도 궁금한 것은 참지 못한다고 했다. 모용천은 종리세가 오누이의 안전이 가장 큰 관심사였다. 그러니 모용천에게는 허규가 죽음으로써 종리세가 오누이의 행방을 잃는 것이야말로 적극 피해야 할 결과였다. 이런 세 사람의 이해가 맞물려, 허규는 눈 가리고 아웅 하는 격으로 모용천과 기명자에게 미행—길 안내라고 하는 편이 솔직하겠지만—을 허용한 것이다.

결국 이 상황에서 허규가 말을 잘못한다면 세 사람의 바람이 한 번에 물거품으로 사라질지도 모른다. 모용천은 마음속으로 허규를 응원했다.

'잘 좀 해보시오!'

이윽고 허규가 입을 열었다.

"저도 전서구를 받아 알았습니다."

항불이 끼어들었다.

"나한테는 안 왔는데?"

"나 역시."

233

은삼교가 동의를 표하자 허규가 재빨리 말했다.

"원래 전서구라는 것이 보낸다고 바로바로 오고 가는 게 아니지 않습니까? 항불이나 요검에게 보낸 전서구는 아마 길을 잃었거나… 무슨 사정이 있겠지요. 돌아가면 담당자를 문책하겠습니다."

허규는 말을 마치고 세 사람의 눈치를 살폈다. 항불은 본래 관심이 없는 일이라며 포대를 계속 하늘 높이 던졌다 받았고, 은삼교는 허규의 설명을 받아들이는 눈치였다. 다만 삼공자라 불린 청년이 문제였는데, 팔짱을 끼고 곰곰이 생각하는 모습이 아직도 의구심을 품은 듯했다.

"……."

"……."

낡은 사당 앞뜰에 네 사람을 중심으로 한동안 어색한 침묵이 맴돌았다. 그대로 반각쯤 시간이 흘렀을까, 무거워진 공기를 깨는 소리가 들려왔다.

컹! 컹!

어둠 저편에서 늑대 한 마리가 허규 등을 향해 달려오는 것이 아닌가? 크기는 꽤 자란 송아지만큼 컸고, 온몸이 회색 털로 뒤덮인 가운데 목 주변에만 붉은 털이 줄을 찬 듯 한 바퀴 빙 둘러 나 있었다. 이윽고 뜰 안에 도착한 늑대는 다시금 하늘을 향해 울부짖고 은삼교에게 달려들었다.

아우우우우—

"히익!"

늑대가 덮쳐 오자, 은삼교가 질겁하며 몸을 날렸다.

콱!

늑대가 아무리 민첩하다 해도 은삼교를 덮칠 수는 없었다. 늑대는 은삼교가 있던 빈자리에 내려앉아 허공을 깨물었다. 그리고 이내 실패했음을 알았는지 입가에 거품을 물며 주위를 두리번거리는 것이었다.

그르르르르—

달빛을 받아 빛나는 누런 눈이 은삼교를 발견했다. 동시에 모용천과 기명자의 시야를 은삼교의 엉덩이가 가득 채웠다. 넉 장쯤 되는 거리를 순식간에 이동해 사당 앞에 선 것인데, 공교롭게도 그 자리가 두 사람이 내다보는 틈 바로 앞이었던 게다.

"저리 가!"

은삼교가 신경질적으로 소리쳤다.

"너나 저리…… 읍!"

기명자가 눈치없이 한소리를 하고, 모용천이 그 입을 막았다. 얇은 벽을 두고 한 말이라 들렸을 법도 한데 다행히도 지금 은삼교는 그르렁거리는 늑대를 향해 온 신경을 쏟고 있었다.

"혈랑! 혈랑!"

그렇게 은삼교와 늑대가 대치 국면을 이루는 통에 한 사내가 소리 지르며 뜰 안으로 뛰어들어 왔다.

늑대를 향해 외친 사내는 구 척의 장신으로, 등 뒤에 커다란

환도 한 자루를 메고 있었다. 입고 있는 웃옷은 소매가 없을뿐
더러 도처에 찢기고 뚫린 흔적이 가득해 이미 옷으로 부르기
도 민망할 지경이었다. 그러나 그 아래로 드러나는 강철 같은
근육을 돋보이기에는 이만한 옷이 없을 법했다.

"혈랑! 야, 이 녀석아!"

컹! 커엉!

당장에라도 달려들 듯 은삼교를 향해 그르렁거리던 늑대가
놀랍게도 사내의 말에 개처럼 화답하며 몸을 돌렸다. 사내는
말 그대로 개 다루듯 늑대를 쓰다듬으며 청년에게 고개를 숙
였다.

"혈랑이 공자를 뵙습니다."

붉은 털의 늑대를 데리고 다니는 커다란 사내. 사람들이 혈
랑도객(血狼刀客)이라고 부르며 두려워하는 거마가 나타난 것
이다.

당금무림에 도(刀)를 가장 잘 다루는 이는 말할 것도 없이
도왕 팽요색이다. 검보다 익히기 어렵다는 도의 끝을 본 십왕
의 한 사람에게 이견을 표할 자는 아무도 없다.

그렇다면 그다음 자리는 누구의 차지인가? 시정잡배로부
터 산적에 이르기까지 무수히 많은 자가 도를 휘두르지만 그
도(道)를 깨달은 자는 극히 드물었다. 다시 그중에서도 이(理)
를 깨우친, 한 줌에 불과한 자들을 가리켜 사람들은 삼도후(三
刀侯)라 칭하였으니 그중 하나가 바로 혈랑도객의 자리였다.

"이제 다 왔군요."

청년이 가볍게 인사를 받고 은삼교를 향해 소리쳤다.

"괜찮습니다! 안심하고 오십시오!"

머뭇거리며 은삼교가 청년의 곁으로 왔다. 혈랑도객은 그런 은삼교를 보며 씨익 웃었다.

"겁 많은 건 여전하군."

은삼교의 시선이 싸늘해졌다.

"개는 딱 질색이외다."

"혈랑은 개가 아닐세."

"제 긍지를 잃고 사람에게 꼬리를 흔드니 개가 아니고 무어 겠소? 겉이 늑대라고 다 늑대는 아니지. 겉이 사람이라고 다 사람이 아닌 것처럼."

"그럼 개에게 쫓기는 건 겉만 사람이겠군. 속은 달구새끼나 되려나?"

우우우웅─

두 사람이 설전을 벌이는데 어느새 끌어올렸는지 거대한 내력이 각자의 영역을 형성하고 서로 부딪쳐 밀어내기를 반복했다. 마치 바람이 이는 듯 바닥에 떨어진 나뭇잎들이 떠올라 두 사람 주위를 맴돌았다.

"잘한다, 잘해!"

항불이 그를 보고 손뼉을 치며 즐거워한다.

"쯔쯔쯧!"

반면 허규는 혀를 차며 고개를 젓는다.

저들에 비하자면 자신과 섭영귀는 차라리 친한 친구라고 해도 될 것이다. 본래 자유로운 자들이 하나로 묶이니 이런 폐단이 한둘이 아니었다.

"그만하시지요."

차분한 음성과 함께 청년의 신형이 두 사람 사이를 파고들었다. 동시에 두 사람이 내력을 거두고, 허공에 날리던 나뭇잎들이 바닥에 내려앉았다.

"쩝. 이번엔 한번 끝까지 가나 싶더니만! 아, 왜 이래?"

항불이 입맛을 다시다가 역정을 냈다. 눈치없는 소리를 한다고 허규가 팔꿈치로 건드렸던 게다.

"조용히 좀 하시오. 삼공자께서 그만하라지 않으셨소."

"저것들은 언제 드잡이 한번 제대로 해야 한다니까? 그걸 계속 미루고 미루다 지금 이러는 거 아닌가!"

"귀가 먹은 거요, 아니면 사람 말을 모르는 거요?"

"이 부처님은 사람 말뿐 아니라 축생의 말도 듣느니라. 저기 개새끼, 달구새끼 말도 알아듣겠는데 유독 네 말만 못 알아먹겠구나. 너는 무슨 새끼냐?"

"중놈이 고기 맛을 보더니 돌아도 한참 돌았구나!"

항불이 허규를 욕하는 소리에 저기 서로 쏘아보던 개새끼, 달구새끼가 고개를 획 돌리는 게 아닌가? 네 사람의 시선이 허공에서 얽히고 또 설키니 가라앉았던 분위기가 다시 달아올랐다. 아니, 가라앉혔던 내력이 두 배가 되어 다시 일어나니 나뭇잎이 어지러이 날리기 시작했다.

"그만, 그만! 네 분 다 내력을 거두시오!"

살짝 상기된 얼굴로 청년이 소리쳤다. 동시에 네 사람의 내력이 충돌하는 지점으로 청년이 한 걸음 내디뎠다.

"저런!"

모용천이 작은 탄성을 질렀다.

네 사람의 내력이 하나같이 보통이 아니라, 눈으로 볼 수는 없어도 그들이 충돌하는 지점에 어떤 일이 일어나고 있는지 짐작이 가는 바였다. 아니, 그를 증명이라도 하듯 떠오른 나뭇잎이 한가운데로 빨려들어 가더니 가루가 되어 흩어지는 것이다. 비록 사람의 몸이라도 나뭇잎과 다르리라는 보장이 없을 정도로 그곳은 격렬한 힘의 투쟁 공간이었다.

그런 곳으로 청년이 들어갔으니 자신도 모르게 걱정이 되어 탄성을 내지른 것이다. 그러나 달아오른 머리로, 누가 와도 말리지 못할 것 같았던 이들이 청년을 걱정하여 한마음으로 내력을 거두는 게 아닌가?

쏴아아아ー

내력을 겨루는 것은 손발을 직접 맞대는 것 이상으로 위험한 일이다. 특히 쌍방의 내력이 대등할 경우, 조금이라도 밀리는 쪽은 치명상을 입는 것이 불가피하다. 내력이 한쪽으로 쏠릴 때에는 이긴 자도 제어하지 못하는 경우가 허다한데, 방금 전과 같이 네 사람의 내력이 균형을 이루고 있던 경우라면 그 위험도가 더욱 커진다. 섣불리 기세를 죽였다가는 세 사람 분의 내력이 자신에게로 향할 것이 뻔했기 때문이다.

그럼에도 불구하고 네 사람은 한순간도 망설이지 않고 내력을 거두었다. 더구나 이들은 그 이름만으로 어린아이의 울음을 그치게 만드는 사파의 거마들이다. 사람 목숨과 파리 목숨을 구별치 않는 자들이란 말이다.

"저 애송이 놈이 그만큼 귀한 몸이라는 거군."

기명자가 중얼거렸다. 그 역시 눈앞에 벌어진 광경이 놀라운 것일까? 그러나 기명자의 목소리는 담담하여 놀라는 기색이라곤 찾아볼 수 없었다.

"허 선배도 그렇고 다른 자들도 다들 대단하군요."

절체절명의 상황에서 어느 한 사람도 상하지 않았으니 허규들의 내공 수위가 실로 놀라웠다. 모용천이 감탄하자 기명자가 핀잔을 줬다.

"저것들이 다 어떤 물건들인지 모르니 똥인지 된장인지도 모르지. 끌끌."

"저도 눈치는 있습니다. 저들의 행색이 괴이하고 정신이 온전치 않아 보이니 다들 사파의 인물, 그것도 허 선배와 비견될 고수들이겠죠."

이놈 봐라? 기명자가 눈을 크게 뜨고 모용천을 바라봤다. 모용천은 의기양양한 얼굴로 기명자의 시선을 받아내고, 두 사람은 다시 시선을 사당 밖으로 옮겼다.

"관음지의 말마따나 섭영귀는 임무에 실패하였소! 이런 상황에서 네 분이 이리 다투는데 계책을 성사시킬 수 있겠소? 다들 그렇게 아버님 얼굴에 먹칠을 하고 싶은 게요?"

"아닙니다, 아닙니다! 공자, 그건 정말 아닙니다!"

청년의 말에 허규가 길길이 뛰며 손을 저었다. 그러면서 방금 전까지 목숨을 놓고 겨루었던 자들을 돌아보고 다급히,

"이것들 보시오! 뭣들 하는 거요, 어서 삼공자께 엎드려 빌지 않고?"

말하는 것이다.

항불, 혈랑, 요검 세 사람은 허규처럼 호들갑을 떨지는 않았지만 자신들의 행동이 마음에 걸리기는 했는지 딱히 반발하지 않고 불편한 기색을 애써 감추려고만 했다.

"엎드려 빌 필요는 없소. 다만 여러분이 서로 믿고 협력해야 임무를 완수할 수 있으니 나는 그게 걱정될 뿐이오."

허규의 행동이 효과가 있었는지 청년의 어조가 조금은 누그러져 있었다. 그에 힘입어 허규가 포권의 예를 갖추며 적극적으로 나섰다.

"그럴 염려는 마십시오. 이 허 모, 충심을 다해 뼈를 깎고 피를 팔아서라도 주군의 과업을 완수할 것입니다!"

허규가 선창을 하자 세 사람도 따라서 포권의 예를 취했다. 그러나 허규와 같이 마음에서 우러나오는 다짐이 아니다 보니 도살장에 끌려가는 소처럼 억지로 하는 태가 한눈에 보였다.

"…할 것입니다."

그 모양새를 보며 청년이 크게 한숨을 쉬었다.

"휴우! 여러분, 아버님께서는 어차피 여러분을 심복이라고

여기지 않을 것인데 무슨 충성을 다한단 말이오? 그건 여러분이 더 잘 알고 있지 않소?"

"그, 그게 무슨……."

"다들 그분을 알지 않소? 그분이 믿는 건 당신 자신밖에 없다는 걸. 피붙이도 믿지 않는 분인데 무슨 충성을 다한다는 건지……. 그래 봤자 좋아할 분도 아닌데 말이오."

"그건 그렇지."

항불이 동의를 표했다.

"항불!"

허규가 큰 소리를 내며 나무랐지만 은삼교와 혈랑도 항불에 동의하는 듯 고개를 끄덕였다. 남은 속여도 자신은 속일 수 없는 법이라, 허규도 풀이 죽어 다시 청년에게로 시선을 돌렸다.

"여기까지 온 이상 저나 여러분이나 똑같은 처지요. 임무를 완수하고 돌아가느냐, 아니면 실패하고 처분을 기다리느냐. 우리의 주군이라는 분은 설령 당신의 아들이라도 실패자에게 관대하지 않을 것임을 나는 믿고 있소."

청년이 말하자 모두의 얼굴이 어두워졌다. 정신 나간 듯 항상 얼빠진 은삼교의 얼굴에도 근심이 드리웠으니, 이들이 청년의 말 속 주군이라는 자를 얼마나 두려워하는지 쉬이 가늠할 수 없었다.

"하지만 내가 믿는 것이 또 하나 있소."

한참의 침묵을 깨고 청년이 다시 입을 열었다. 모두의 시선이 자신에게로 집중된 것을 확인한 청년은 밝게 웃으며 말했다.

"이 황 모가 비록 미숙하기 짝이 없으나 네 분과 함께라면 필히 임무를 완수할 수 있다는 믿음 말이오."

네 사람의 얼굴이 청년을 따라 밝아졌다. 청년은 그를 확인하고 다시 웃으며 말했다.

"항불, 관음지, 혈랑, 요검. 어느 하나 천하를 호령치 못할 이름이 없으니, 여러분의 도움을 받고도 제대로 해내지 못한다면 그건 내 그릇이 작은 탓이오. 아니 그렇소?"

"소주(少主)!"

청년의 말에 감격했는지 허규가 무릎을 꿇었다. 나머지 셋도 따라 무릎을 꿇었는데 분위기가 처음과 사뭇 달랐다. 처음 무릎을 꿇은 대상이 청년이 대리하고 있던 누군가라면, 이번에는 온전히 청년을 향해 존경의 뜻을 표한 것이다.

"그런 말은 마시오. 내 위로 두 분의 형님이 계신데 소주라니… 가당치도 않소."

청년은 당황해하며 허규 등을 일으켰다. 그가 정색을 하고 나오자 허규도 감히 첨언하지 못하였으나, 얼굴에 청년을 향한 무한한 신뢰로 가득했으니 그의 속을 짐작하지 못하는 이가 없었다. 그러나 굳이 그를 지적하고 나서는 이가 없음은 드러내지 않아도 허규와 같은 생각을 하고 있기 때문이리라.

"그럼 다들 제자리로 돌아가시오. 준비에 차질이 없도록 하고, 세가의 자제들은 모두 소중히 다루어 조금의 흠도 내서는 아니 될 것이오. 항불은 특히 명심하시오."

"크크큭!"

청년이 포대를 보며 한마디 던지자 누가 먼저랄 것도 없이 웃음이 새어 나왔다. 항불도 떡 진 머리를 긁으며 따라 웃었다.

"난 정말 몰랐다네. 오늘 다 가져오는 줄 알았어! 푸허힐!"

훈풍이 지나간 듯 청년을 따라 좌중의 분위기가 한결 밝아졌다. 관음지들이 한자리에 모이는 것을 상상하기도 어렵거니와 그 자리가 이토록 화기애애하리라고 상상하는 것은 더욱 어렵다. 더구나 방금 전까지만 해도 일촉즉발, 무력 충돌 일보 직전까지 갔던 상황이었다고는 누가 와도 짐작할 수 없으리라.

부드러워진 공기를 읽고, 청년이 가슴에 손을 얹으며 말했다.

"며칠 남지 않았소. 제마성의 위명을 만천하에 알리고 멋지게 돌아갑시다."

"존명!"

네 사람이 다시 무릎을 꿇으며 외쳤다. 이번에는 순순히 받아들이며, 청년은 등을 돌려 어둠 속으로 사라졌다. 잠시 후 항불과 혈랑, 요검도 각자 다른 방향으로 사라지고 뜰에는 허규만이 남았다.

"허 선…… 읍!"

허규를 부르며 나가려던 모용천을 이번에는 기명자가 잡았다. 뼈밖에 없는 손에 입을 막힌 모용천이 버둥거렸지만 벗어나기가 쉽지 않았다.

사당 쪽을 물끄러미 바라보던 허규가 곧 사라졌다. 그제야 기명자가 모용천을 풀어주었다.

"무슨 짓입니까!"

"무슨 짓이긴, 방금 나가려고 했잖아? 저놈이랑 한 약속은 잊었나?"

기명자의 호통 소리가 정신을 번쩍 들게 했다. 저들이 이곳을 회합 장소로 삼은 만큼 주변에 아직 수하들이 남아 있을지 모른다. 어쨌든 허규를 곤란하게 만들어서는 안 된다.

"그럼 이제 어쩌면 좋습니까? 듣고는 있었지만 알아낸 게 없잖습니까?"

"이 친구야! 알아낸 게 없기는 왜 없어?"

기명자가 만면에 미소를 띠며 말했다. 마침 구멍 난 천장으로 달빛이 새어 들어와 기명자를 비추고 있었다. 그 모습이 묘하게 역학자다운 품격이 있어 모용천이 눈을 비비며 물었다.

"나는 들어도 들은 게 아닙니다. 제마성이란 대체 어떤 단체이기에 저런 고수들을 수족처럼 부리는 겁니까?"

"제마성? 그건 나도 오늘 처음 들어보는 이름일세."

"아니, 대체……."

모용천은 기가 막혀 말도 막혔다. 구름에 가렸는지 달빛도 사라져 기명자의 모습은 평소와 다름없었다. 허규를 붙잡지 못하게 했으면 뒤따라가 종리 남매라도 구해야 하지 않았던

가? 그러나 기명자는 여전히 여유로운 얼굴로 싱글벙글 웃고
만 있는 것이다. 그 모습이 어찌나 얄미운지 모용천이 툭 쏘아
붙였다.

"뭐가 좋아서 그렇게 웃습니까? 남은 속이 타들어가는 판
에."

"으이구! 제마성은 나도 처음 들어본 이름이지만 그 주인이
누구인지는 너무나 쉬운 문제라네. 내가 아까 말했잖나. 똥인
지 된장인지도 뭘 알아야 구분한다고!"

"……."

기명자의 말대로 자신은 아는 게 너무나 없었다. 그저 무공
만 열심히 익혀 나오면 모든 게 잘될 줄 알았건만, 세상은 그렇
게 녹록한 곳이 아니었던 게다. 모용천이 대답하지 못하고 있
자 그건 또 그것대로 기분이 좋았는지 기명자가 흔쾌히 말했
다.

"뭐, 너무 급하게 많은 걸 알려 들지 말게."

사람이 안달을 할수록 즐거워지는 못된 성품은 모용천도 익
히 알고 있었다. 다시금 천장에서 달빛이 내려와 비추고, 기명
자는 어린아이같이 즐거워하며 말했다.

"제마성… 제마성이라니! 이것 참, 앞으로 재밌는 일이 많이
벌어질 걸세."

第七章
신창권문에서

"선산노호(先山怒虎)!"

우렁찬 목소리가 가을 하늘 높이 올라간다. 파란 하늘 아래, 넘실거리는 동호의 푸른 물을 바라보며 한 사내가 산처럼 서 있다.

곧이어 수백의 목소리가 하나로 선창을 따른다.

"선산노호!"

쿠웅!

수백의 다리가 동시에 대지를 박차고, 진각의 위력이 온몸으로 전해진다. 동호를 바라보며 세워진 연무대 위에 백수십 명의 제자가 일사불란하게 선산노호의 동작을 따라 한다. 한 끝의 흐트러짐도 없고 보폭 하나 틀림이 없다.

"산신포박(山神捕縛)!"

사내가 다시 선창을 하며 몸을 움직였다. 윗몸을 앞으로 숙이며 두 팔을 교차해 내미니, 제자들도 그를 따라 산신포박을 외치며 초식을 펼쳐 보였다.

쿠웅!

동시에 지르는 진각의 위력에 대지가 흔들리고 동호가 넘칠 것 같다. 권왕 우진이 세운 신창권문의 제자들은 말 그대로 일당백의 정예들이다.

연단 위에서 소리 높여 선창하고 초식의 시범을 보이는 사내는 제자들의 절대적 신뢰를 한 몸에 받는 이 시대의 총아. 십왕 중 하나이자 정파무림의 구심점이라 불리며 구파일방과 오대세가를 구시대의 질서로 몰아붙이는 자.

바로 신창권문의 개파 사조 권왕 우진이다.

권왕.

강호를 뒤흔들고, 젊은 시절의 무용담은 오늘도 저잣거리 어디에선가 소년들의 가슴을 뜨겁게 달굴 것이 분명한 그 이름.

그러나 그 이름에 취한 채로 본인을 직접 대한다면 당황해할 자가 대부분일 것이다. 실제 우진은 중키에 무학 고수라기보다 지방 현청의 말단 관리에 어울리는 평범한 얼굴의 소유자였다. 보통 사람의 눈으로는 그 안에 숨어 있는 개세(蓋世)의 신력과 신묘한 권법을 알아보지 못할 만큼.

"이만!"

향이 두 대쯤 탈 시간이 지나자 권왕은 비로소 발을 멈추었다. 따라 선 제자들이 연단을 향해 허리를 숙이고, 우진도 공손히 허리를 숙여 답례했다.

"감사합니다!"

제자들의 인사를 뒤로하고 우진은 연단 아래로 내려왔다. 대기하고 있던 시종에게 수건을 건네받아 땀을 닦는데, 나이 지긋한 노인이 뒷짐을 지고 다가와 혀를 차며 말하는 것이다.

"쯧쯧, 이제 그만 제자들에게 넘길 때도 되지 않았습니까?"

흘러내리는 땀을 닦으며 우진이 반갑게 말했다.

"왔나? 잠깐 기다리게."

우진은 그렇게 말하고 흘러내린 땀을 대충 닦은 뒤 의복을 갖춰 입기 시작했다. 신창권문을 세운 지 십 년. 패기만만하던 젊은이가 노련한 명숙으로 거듭나기에 충분한 시간이다. 그러나 노인의 눈에 우진은 변한 것이 없었다. 제 안에 품은 야망을 자랑스레 말하던 젊은이인 채로, 깊은 내공과 풍부한 경험만이 더해졌을 뿐이다.

'변하지 않았군, 변하지 않았어!'

노인은 신창권문의 부문주로 이름은 이치강(李致康)이라 했다. 사실 이치강은 신창권문의 부문주가 아니라 가전 절기인 폭쇄권(爆殺拳)을 익힌 고수로 더 잘 알려져 있었다. 신창권문에서 신창권을 익히지 않은 유일한 자이기도 하다.

우진과 이치강은 계단 하나를 더 내려가 제자들이 연습하던 연무대 위에 섰다.

눈앞에 무한의 자랑인 동호가 넓게 펼쳐져 있다. 지금이야 권문의 상징이 된 자랑스러운 절경이지만 처음에는 막막함을 더해주기만 하던 얄미운 풍경이었다. 구파일방과 오대세가로 대변되는 정파무림에 새 바람을 불러일으키자던 우진에게 끌려오기를 십 년. 필설로 다하지 못할 고생을 해가며 결국 여기 까지 온 것이다.

"준비는 잘되고 있소?"

호수로부터 불어오는 바람에 땀을 식히며 우진이 물었다. 신창권문 개파 십 년을 기념하는 영웅연의 준비를 물은 것이 다.

"차질없이 진행되고 있습니다."

"음······."

이치강의 대답을 듣고 우진은 고개를 끄덕였다.

"드디어 내일인가."

굳이 대답을 필요치 않은 말이었다. 그러나 이치강은 힘주 어 대답했다.

"내일입니다."

두 사람에게 이번 영웅연은 단순히 개파를 기념하는 것 이 상의 의미를 가지고 있다. 그들의 숙원이었던, 구파일방과 오 대세가를 능가하는 권문의 탄생. 내일 있을 영웅연은 사실 신 창권문의 개파 십 년을 기념하는 자리가 아니라 또 하나의 시 작을 알리는 자리였다.

이제 구파일방과 오대세가의 위에 신창권문이 있다는 선언!

아니, 이는 선언이 아니라 확인이다.

구파일방은 오랜 영화에 빠져 쇠락을 거듭하고 있었다. 물론 그 저력은 무시할 수 없다. 그러나 시대의 최강자를 꼽는 십왕에 한 사람의 이름도 올리지 못했음은 구파일방의 힘이 얼마나 쇠하였는지 알려주는 증거였다. 더욱이 십왕 중 세 명이 새외의 인물이니, 당금무림에 구파일방의 영향력이 어느 만큼인지 가히 짐작할 수 있으리라.

"남궁세가에서는 답이 오지 않았는가?"

"예."

우진이 묻고, 이치강이 짧게 대답한다.

"흐음……."

구파일방과 달리 오대세가의 힘은 쇠하지 않았다. 아니, 오히려 지금에 와서는 구파일방을 능가하는 면이 있었으니 세 가문에서 세 사람의 고수가 동시에 출현했기 때문이다.

검왕 남궁익.

도왕 팽요색.

독왕 당사윤.

십왕 중 무려 세 사람이 오대세가 출신이었으니, 그들의 위세가 하늘을 찌르고 있음은 굳이 말할 필요가 없다. 구파일방과 달리 이들 오대세가는 혈연으로 이어진 관계가 많아 그 유대감이 남달라 섣불리 건드리기도 어려웠다.

더 큰 문제는, 오대세가의 이름난 고수 중 누구도 영웅연에 참가할 뜻을 비치지 않았다는 것이다. 정파무림의 인물들을 한자리에 모아보려던 우진의 계획은 당초부터 틀어져 반쪽짜리 영웅연으로 전락할 위기에 처한 것이다.

애초에 예정이 없던 후기지수 대회는 그런 오대세가를 달래기 위해 만들어진 자리였다. 각 가문의 신진 후예들이 기량을 펼쳐 보일 자리를 마련했으니 눈으로 확인하고 싶다면 오라는 무언의 초대장.

"종리세가와 제갈세가의 가주들은 이미 도착해 있습니다. 하북팽가와 사천당문은 가주 대신 장로를 파견했다는데 내일 개회에 맞추어 도착할 예정이랍니다."

"그들이 무슨 상관인가? 중요한 건 남궁세가야. 검왕이야말로 오대세가를 대표하는 자인데 그를 구워삶지 않고는 아무것도 할 수 없어."

"그건 저도 압니다만……."

"그 너구리를 굴 밖으로 끌어낼 구실이 없을까? 우리 계획에 그의 협력은 필수야, 필수."

"그렇긴 하지만… 아무래도 이번 영웅연에는 포기해야 할 것 같습니다. 대신 그 외의 다른 이들을 최대한 포섭하겠습니다. 너무 염려치 마십시오."

우진은 대답 대신 동호의 물결을 바라보았다. 과거는 퇴색된 세월만큼의 무게를 지니고 있어 보통 힘으로는 치울 수 없다. 그러나 맨주먹으로 쌓아올린 지난날과 앞으로 이뤄내야 할 일들을 생각하면 이 정도로 낙담할 수도 없다.

"부탁하네."

우진은 이치강의 어깨를 두드렸다.

우진은 직전제자를 따로 두지 않고 신창권문을 세웠는데, 오직 자질만을 입문의 조건으로 내세웠다. 이는 두 가지 효과를 불러일으켰으니, 하나는 출신 성분을 고려해 제자를 가려 받았던 구파와 비교해 세간의 긍정적인 평가를 이끌어냄이며 다른 하나는 우수한 인재를 손쉽게 확보할 수 있다는 점이었다.

구파일방의 사람들은 이러한 우진의 행보에 우려를 표했다. 배우는 자의 인성을 고려치 않고 오직 무학의 자질만을 가린다면 사파의 인물들과 무엇이 다르겠냐는 것이 이유였는데, 그에 대해 우진은 다음과 같이 반박했다.

"사람은 백지 상태에서 출발해 살아가는 방식에 따라 선악이 가려진다. 성품이란 마음가짐을 바로 하면 언제든 올곧아질 수 있다. 입문하여 나와 함께 생활하고 수련하면 설령 악인이라도 선인이 될 것이다. 그러나 무학의 자질은 타고나는 것이니 무엇을 취하고 무엇을 버려야 할지는 명백하다."

사람의 성품에 대한 우진의 주장이 무엇을 근거로 하는지는 몰라도 결과적으로 이는 맞는 말이 되었다. 우진은 수백의 제자를 거느리고도 언제나 가르친다는 말 대신 함께 수련한다는 말을 했고, 제자를 대함에 있어 허물이 없었다. 전 무림인이 동경하는 십왕의 일원임에도 그를 의식하지 않았고, 장문인이라는 권위를 내세우지도 않았다. 제자들은 자연히 그 성품을 닮아가고 개중 성실치 못한 자들은 소위 '권왕과 함께하는' 수련의 강도를 이기지 못해 저절로 떨어져 나갔다.

그렇게 길러진 제자들이 하나둘 쌓이고, 신창권문은 어느새 구파일방과 어깨를 나란히 하는 명문정파의 대열에 들어선 것이다.

명문무가는 지역 주민들의 자부심을 고취시키는 데 그치지 않는다. 무공을 배우고자 하는 사람들, 명성을 확인하고자 하는 사람들이 몰려들고 그 위세를 업어보고자 하는 상인들도 들락거리게 마련이다. 또 그런 이들이 빈손으로 와 빈손으로 갈 리 없다. 이렇게 명문무가라는 존재는 지역 주민들의 주머니와도 밀접한 관계를 맺고 있다.

따라서 신창권문은 이렇다 할 무가가 없었던 무한의 설움을 일거에 날려준 주민들의 자랑거리였다. 특히 우진은 무한 출신으로, 젊은 나이에 강호의 절정고수로 이름을 날리고 고향으로 돌아와 신창권문을 세웠으니 주민들이 그를 아끼는 마음은 각별하기 그지없었다.

특히 개파 십 년을 기념하여 열리는 영웅연은 중원 각지의 사람들을 불러모았으니 무한은 때 아닌 축제 분위기에 젖어 있었다. 더구나 영웅연의 부속 행사로 계획된 후기지수 비무대회에는 정파의 많은 신진고수들이 참가하여 실력을 겨룬다니 초청패를 받지 못한 이들도 너나 할 것 없이 몰려들어 무한의 거리는 인산인해를 이루고 있었다.

그러나 지금 무한에 모인 외부인들 모두가 영웅연을 위해 온 것은 아니다. 사람들이 몰리는 곳에는 언제나 한몫 잡으려는 이들도 꼬이게 마련인데, 사람들이 많이 지나다니는 골목에 자리 잡고 앉은 기명자도 그런 부류였다.

"지금 뭐 하십니까?"

담벼락에 기대어 모용천이 물었다. 기명자는 담벼락에 점복(卜) 자가 쓰인 깃대를 기대어놓고 바닥에 거적을 깔고 있었다.

"사람이 많은 곳에 왔으니 장사를 해야지."

기명자는 좌탁을 놓고 그 위에 서책과 서죽이 담긴 원통을 갖춘 뒤 자리에 앉았다. 좌탁 앞에 앉은 기명자가 눈을 감고 상체를 가볍게 흔들며 무언가를 중얼거리는데, 과연 스스로 주장하듯 역학자는 아니어도 흔한 점쟁이와 다른 풍모가 있었다.

"장사는 무슨 장사입니까?"

모용천이 핀잔을 주고 그의 앞에 서서 말했다.

"안 그래도 새벽에 허 선배를 놓쳐서 막막한데 이러고 여유를 부릴 틈이 있습니까?"

기명자가 한쪽 눈을 가늘게 뜨고 대답했다.

"그거야 자네 사정이지. 종리세가 자제들이 어찌 되든 나와는 상관없는 일 아닌가."

기명자가 그리 나오니 모용천도 할 말이 궁하다.

"아니, 그럼 방해나 하지 마시던가요."

허규를 따라가게 내버려 뒀어야지. 모용천이 돌려 말하자 기명자가 눈을 감으며 혀를 찼다.

"끌끌끌. 저를 위해줘도 모르니 이 물건을 어찌할꼬."

"무얼 그리 위해줬다고 그러십니까?"

모용천이 다그쳤지만 기명자는 수염을 쓰다듬으며 입맛을 다셨다.

"그걸 맨입에 말할 수가 있나… 쩝쩝."

"예?"

모용천이 어이없는 표정으로 반문하자, 기명자는 웃으며 대답했다.

"좋아, 내 예까지 같이 온 정을 생각해 특별히 공짜로 말해주지. 자네도 들었겠지만 허규 그놈은 종리세가의 자제들을 해할 생각이 없어. 그러면 뭐 하러 납치를 했겠나?"

"이유를 어떻게 알겠습니까?"

"성한 몸으로 풀어주기 위해 납치를 한 거야. 간단하지? 너무 깊이 생각하면 눈앞에 있는 걸 놓치기 쉽다네."

풀어주기 위해 납치를 하다니? 언뜻 이해할 수 없는 말을 남기고 기명자는 입을 다물었다. 모용천이 멍청하게 서서 기명자를 내려다보니, 한참 후 기명자가 입을 열었다.

"거, 장사 방해하지 말고 비키게. 손님이 안 오잖아."

탕!

모용천은 좌탁을 치듯 은전 한 냥을 놓고 자리에 앉았다. 기명자는 그제야 두 눈을 뜨고 배시시 웃었다.

"그래그래, 세상에 공짜가 어디 있나? 하긴 내가 그 먼 길을 공짜로 태워다 주긴 했지."

"다른 말씀 마시고 제가 원하는 얘기나 해주시죠."

기명자는 모용천이 내려놓은 은전을 동전 통에 넣고 말했다.

"뭐가 그렇게 궁금해서 찾아왔나?"

"종리세가의 자제들을 찾으려거든 어디로 가야 하오?"

"쓸데없이 다리품 팔지 말게. 자연히 자네 앞에 나타날 테니까."

복채를 받아놓고도 기명자는 여전히 뜬구름 잡는 소리다. 모용천은 답답함을 참고 재차 물었다.

"자연히 제 앞에 나타날 거라니 그게 무슨 말씀이십니까?"

"끌끌, 이렇게 눈치없기는. 이봐, 지금 여기가 어디야?"

"무한이지요."

"그래, 무한! 여기 무한이야. 종리세가 자식들이 오려고 했던 곳도 무한이고, 그들을 납치한 허규를 따라온 곳도 무한이라고. 이렇게까지 해줘도 뭐가 팍 안 오나?"

"……"

"팽가 놈도 납치될 뻔했다고 했지? 종리 연놈은 납치당했고. 그 중놈이 들고 온 포대에 든 게 남궁 머시기라는 거 자네도 들었지? 그럼 거기 있던 다른 두 놈도 뭘 했겠나?"

"아!"

기명자의 말을 듣자 모용천은 탄성을 질렀다.

"설마 오대세가의 자제들을 모두 납치했다는 겁니까?"

"그건 아니지. 누구 때문에 섭영귀가 실패하지 않았나?"

누구는 다름 아닌 모용천 자신이다. 기명자가 계속 말했다.

"오대세가의 자식들을 한꺼번에 납치한다는 건 말이 쉽지, 보통 일이 아닐세. 웬만하면 오대세가를 모두 적으로 돌리겠다는 발상이 가능하겠나? 관음지, 섭영귀, 항불, 혈랑, 요검… 이 정도 이름값으로는 어림도 없는 일이야."

"어쨌든 하지 않았습니까? 섭영귀라는 자는 팽 형에게 깊은 부상까지 입혀놨습니다. 그래서 제가 조바심을 내는 거구요."

"섭영귀 그놈은 원래 지랄 맞은 놈이니까 그래. 신경 쓰지 말라구. 아마 다른 자식들은 다 무사할 걸세. 내기할까?"

기명자의 눈빛이 반짝거리는 게 자신을 믿으라기보다 정말 내기를 원하는 눈치였다. 승리를 확신하는 모습이 차라리 믿음직스러워 모용천은 순순히 고개를 끄덕이며 물었다.

"그럼 전 어쩌면 좋습니까?"

"한 냥 어치는 벌써 다했네. 예까지 같이 온 정을 봐서 얹어 준 거야."

이 영감탱이가! 모용천이 매섭게 노려봤지만 기명자는 처음처럼 눈을 감았다. 모용천은 속으로 피눈물을 흘리며 한 냥을 꺼냈다. 그러자 기명자는 눈도 뜨지 않고 좌탁 위에 올린 은전을 챙기며 말하는 것이었다.

"자넨 자네 할 일을 해. 그거면 족해."

신창권문의 장원으로 들어가는 정문은 문이되 문이 아니었다. 폭 약 삼 장, 높이 이 장의 거대한 문은 위에 현판을 걸어놨을 뿐 여닫이 없이 뻥 뚫려 있었다. 이는 누가 감히 불순한 마음을 품고 들어오겠냐는 자신감의 표출이었다.

"초청패가 없다고?"

그 신창권문의 정문 앞에서 문지기가 흰자위를 드러내며 한 청년에게 따지듯이 묻고 있었다. 평소와 달리 영웅연에 참석하기 위해 많은 사람들이 드나들어 신경이 곤두선 탓이다.

"초청패가 없으면 내일 오시오. 개방은 내일부터니까. 다음!"

문지기는 단호히 말하고 다음 차례를 불렀다. 그러나 청년은 이해할 수 없다는 듯 큰 소리로 되물었다.

"이보시오, 너무하는 것 아니오? 영웅연에 참가하기 위해 멀리 해남(海南)에서 온 참이오. 초청패가 없다고 이렇게 내칠 수 있소?"

"누가 내쳤다는 건지 모르겠군. 규칙상 오늘은 초청패를 소지한 분만이 들어올 수 있다고 하지 않았소? 영웅연은 내일부터 시작이니 내일 오면 들어올 수 있소."

이때 문 앞에는 수많은 사람이 모여 있었는데, 모두 문지기의 말이 정론이라 반박할 수 있는 자가 없었다. 그러나 일개 문지기의 신분으로 영웅연에 참가하고자 달려온 손님을 대하는 태도가 불순하고 말투가 공손치 못하니 대부분 반감을 가지게 되었다. 그들 중 대부분이 초청패를 받지 못했음은 말할 것도 없었다.

하지만 청년은 애초에 말로 반박할 생각이 없는 듯 지고 있던 봇짐을 내려놓고 외쳤다.

"나는 해남검문(海南劍門)의 상변웅(相辨雄)이라 하오! 초청패는 없으나 뭇 후기지수 중 일인을 뽑겠다는 비무에 참가코자 왔으니 나를 들여보내 주지 않으면 곤란할 것이오!"

해남검문은 바다 건너 해남도(海南島)의 패권을 쥐고 있는 문파이다. 뭍과 떨어져 있어 내공 심법이나 초식이 중원무림과는 다소 다른 면이 있었지만 그 저력은 감히 경시할 수 없어 뭍과 떨어져 있지 않았다면 구파일방의 이름도 달라지지 않았겠냐는 말이 있을 정도였다.

사람들이 보니 상변웅이라는 청년의 기개가 당당해, 과연 해남검문의 이름이 과장되지 않았다는 생각을 품게 하였다.

"정녕 비무에 참가하러 온 것이오?"

문지기의 어조가 조금 누그러져 있었다. 상변웅은 가슴을 펴고 말했다.

"그렇소!"

"초청패는 받지 않았으되 비무에는 참가하고 싶다라……. 그렇다면 시험을 통과해야 하오."

시험?

좌중의 눈이 하나로 모아졌다. 상변웅도 무슨 얘기인가 싶어 문지기의 입을 보았다.

"나는 문지기이자 오늘 하루 시험관의 임무를 맡았소. 소협과 같은 이들을 위한 시험 말이오."

"무슨 소리요?"

문지기이자 시험관이라니, 얼른 이해하지 못한 상변웅이 짜증 섞인 목소리로 물었다. 그 어조가 불쾌했는지 문지기의 눈빛이 사나워졌다.

"내가 소협을 시험해 보겠다는 말이오. 다음 정도무림을 이끌어 나갈 후기지수를 가리는 자리에 나올 만한 실력을 갖추었는지!"

문지기가 말을 마치고 일권을 내미는데 단순한 동작이었지만 몰려든 사람들이 기세에 눌려 모두 한 걸음씩 물러나는 것이었다. 한편 상변웅은 기가 막혀 말이 나오지 않았다. 아무리 신창권문의 위세가 하늘을 찌른다 해도 일개 문지기가 자신을 시험하겠다고 나서다니!

해남검문이 아무리 변방이라 해도 세를 형성하고 있는 어엿한 문파이다. 초청패를 받지 못한 것에 대해 해남검문 내부에서도 여러 가지 말이 있었다. 중원무림이 자신들을 무시해 온 것이 하루 이틀 일도 아니고, 일일이 대응하는 것도 번거로운 일이라는 의견이 있는 반면 다시는 이런 일이 없도록 엄중히 대처해야 한다는 의견도 있었다.

크게 두 편으로 나뉘어 설전을 계속하던 장로들이 내놓은 결론이 그 절충안이라고 할 수 있었는데, 정식으로 초대받지 못한 만큼 알아서 갈 수는 없고 대신 후기지수를 가리는 비무에는 참가하자는 것이었다. 초청패도 받지 못한 해남검문의 대표가 좋은 성과를 올린다면 사문의 명성도 높이고 저들의 체면도 깎을 수 있으니 양편으로 나뉘었던 장로들을 모두 만족시키는 제안이 틀림없었다.

하지만 장로들의 만족도 가장 빼어난 자로 뽑혀온 상변웅이 비무에서 좋은 성과를 이루었을 때라야 비로소 실현되는 것이다.

사문의 명예와 자신의 명성.

피 끓는 젊은이답게 꿈에 부풀어 무한에 온 상변웅의 앞을 가로막은 자가 한낱 문지기라니!

"정말이지… 중원이란 이렇게도 오만한 곳인가!"

상변웅이 일갈하고 검을 뽑았다.

좌수검(左手劍).

중원무림과 차이를 보이는, 고립된 세계에서 독자적으로 발전한 해남검문의 독특한 수법이다. 그것을 알아본 자들이 탄성을 지르고, 그렇지 못한 자들은 일갈에 숨은 내력을 알아 숨을 죽였다.

"무기를 가져와라!"

상변웅이 문지기에게 말했다. 그러나 문지기는 다소 짜증이 섞인 목소리로 대답했다.

"나는 문지기 이전에 권문의 제자이고 한 사람의 권사이니어서 시험에 응하기나 하시오."

말이 끝나기가 무섭게 상변웅의 신형이 문지기에게로 쏘아졌다. 그리 멀지 않은 거리가 순간 지척으로 변하고, 간격을 점

하였다는 판단과 분노가 살초를 부추겼다. 상변웅의 검이 문지기의 비어 있는 옆구리를 아래에서 위로 가르려는 순간,

콰앙!

굉음이 울려 퍼지고 사람들의 시선이 순간 하늘로 치솟았다. 기세 좋게 달려들었던 상변웅의 몸이 허공에 떠오른 것이다.

"헛!"

공중제비를 하여 바닥에 착지한 상변웅의 안색이 창백했다. 검을 쥐지 않은 오른손이 검게 변해 있었다.

"좋다!"

눈앞에서 벌어진 일합이건만 무슨 일이 있었는지 알지 못해 어리둥절해하는 사람들 속에서 가벼운 탄성이 터져 나왔다. 바로 모용천이었다. 그 역시 신창권문으로 들어가려는 길이었다.

"뭘 알고 그러는 거요?"

그의 옆에 서 있던 거지가 물었다. 그러자 주위의 네댓 명이 동시에 모용천에게로 시선을 돌렸다. 그들 역시 무슨 일이 일어난 건지 알 수 없었던 것이다.

갑자기 자신에게로 시선이 몰리자 당황스러웠지만, 모용천은 곧 마음을 다스리고 차분히 말했다.

"상변웅이라는 자의 검이 애초에 문지기의 옆구리를 노렸소. 문지기는 그를 알고 한 걸음 다가가 상대에게 빼앗긴 간격을 되찾아오며 동시에 주먹을 내밀었지. 주먹을 뻗을 공간이

없다시피 했는데도 충분히 위력적인 한 수였소."

모용천은 잠시 숨을 고르고 주변을 둘러봤다. 사람들은 자신들이 보지 못했지만 모용천의 말도 믿을 수 없는 듯 미심쩍은 얼굴을 하고 있었다. 그러나 모용천은 개의치 않고 말을 이었다.

"하지만 대응도 훌륭했소. 상대의 권격이 발출되는 시점을 정확히 포착하고, 그 미세한 틈에 자신의 비어 있는 손을 집어넣어 공세를 아예 틀어막은 것이오."

"그럼 승부를 가리지 못한 것이오?"

누군가 물었다. 모용천은 고개를 저으며 대답했다.

"비록 겉으로 보이는 공세는 막혔어도 내력의 발출은 막을 수 없는 법. 일 초가 와해된 순간, 아마도 맞닿은 손을 통해 내력을 방출했을 것이오. 그 위력을 감당치 못하고 가벼운 내상을 입은 것 같구려."

모르는 사람이 들어도 모용천의 설명이 그럴듯했다. 사람들이 모두 수긍하며 고개를 돌리니, 과연 상변웅이 멀찍이 서서 감히 달려들지 못하고 있는 게 아닌가?

경지에 오를수록 자신의 부족함이 또렷해진다. 모용천이 감탄할 만큼 상변웅의 실력은 보통이 아니었다. 그렇기에 더더욱 일합으로 문지기가 자신의 위에 있음을 간파할 수 있었던 것이다.

"상대가 나빴지……."

인파 속에서 처음 모용천에게 말을 걸었던 거지가 중얼거렸다. 거지는 이제 서른 전후의 젊은이였는데, 숯검정으로 세수를 했는지 시커먼 안면을 하고 있었다. 자연 그의 곁에는 사람이 적었으나 모용천은 개의치 않고 비어 있는 공간을 찾아 선 것이다.

"상대가 나빴다니? 문지기 말이오?"

모용천이 묻자 거지가 돌아보았다. 시커먼 얼굴에 두 눈이 희게 빛나고 있었다.

"형씨는 저자가 아직도 문지기로 보이오?"

"문을 지키고 있으니 문지기지 다른 무엇이겠소?"

거지가 어이없다는 듯 헛웃음을 지으며 말했다.

"허허! 분명 형씨 입으로 문지기의 성취가 대단하다고 하지 않았소? 그런데도 문지기로 보는 것은 대체 무슨 심사요?"

거지의 말을 듣자니 이제는 모용천이 어이가 없었다. 문지기의 성취가 대단하다니, 언제 그런 말을 했단 말인가?

"나는 그런 말 한 적 없소."

모용천이 딱 잘라 말했다. 거지는 신기한 물건이라도 보는 듯 모용천을 물끄러미 바라보며 말했다.

"신창권문에는 문지기가 따로 없소. 저 도야객(渡夜客)도 감히 드나들지 못하는데 어떤 간 큰 놈이 삿된 마음을 품고 들어오겠소?"

도야객이라면 황궁도 제 집 드나들 듯 한다는 대도(大盜)를 말함이다. 경신술의 탁월함이야 말할 것도 없고, 경공의 재주로 말할 것 같으면 독보적인 위치에 올라 있다. 워낙에 신출귀

몰하여 진신 무공이 어느 정도인지 알려진 바 없으나 십왕도 어찌할 수 없는 존재였다.

"그럼 저자가 원래부터 문지기는 아니었구려."

모용천은 기명자로부터 강호의 많은 이야기를 들어 도야객에 대해서도 어느 정도 알고 있었다. 덕분에 거지와의 대화도 끊기는 일 없이 자연스레 이어졌으니 내심 고마운 마음이 일었다.

그러나 상대를 답답하게 만드는 기질은 변한 게 없었는지 거지는 가슴을 두드리는 것이었다.

"당연한 것 아니오! 방금 그 한 수만 봐도 알 수 있지 않소?"

사실 모용천이 '좋다' 라고 외친 것은 두 사람 사이에 벌어진 짧지만 굵은 공방 그 자체를 두고 한 말이지, 누구 한 사람의 무위에 놀란 것이 아니었다. 물론 문지기의 성취가 상변웅을 상회하는 건 사실이지만 모용천의 눈에는 두 사람 모두 특별할 게 없는 것이다.

"지금 문지기로 나선 자는 권왕이 신창권문을 열고 처음으로 거둔 열두 제자 중 하나인 신유결(伸流潔)이란 말이오."

'그가 제자이든 말든, 지금 보여준 실력이 저 정도인데 뭘 어쩌라는 건지 모르겠군.'

하지만 모용천은 떠오른 생각은 생각에 그쳐 두기로 했다. 이 자리에서 쓸데없는 일로 논쟁하고 싶지 않았다.

"아, 그렇소?"

그러나 심드렁한 반응은 숨길 수 없다. 기분이 상했는지 거지가 뭐라 입을 여는데, 건너편에서 문지기의 말소리가 들렸다.

"이만하면 됐지. 합격이오."

"뭐라고……?"

신유결의 한마디가 뜻밖인 듯 사람들이 웅성웅성 동요하기 시작했다. 그러나 누구보다 놀란 것은 합격 판정을 받은 상변웅 본인이었다.

막아냈다고는 하나 가벼운 내상을 입었고, 일합으로도 상대와의 격차를 뼈저리게 느낄 수 있었다. 더구나 자신의 입으로 호기롭게 해남검문을 거론하였으면서 신창권문의 일개 문지기에 패하였으니 땅에 떨어진 사문의 명예를 어떻게 할 것인가?

상변웅의 머릿속이 이토록 복잡했는데 뜻밖에도 신유결의 입에서 합격이라는 말이 나왔으니 이만저만 놀랄 일이 아니었다.

"나, 나를 놀리는 거요?"

상변웅이 반문하였지만 신유결은 답하지 않았다. 대신 인파 속에서 한 인영이 튀어나와 상변웅의 옆에 섰는데, 바로 모용천과 말을 주고받던 거지였다.

"그만하면 훌륭하오! 놀리는 게 아니니 어서 들어갑시다."

상변웅은 웬 거지가 튀어나와 말하는데, 오래 사귄 벗인 양 대견해하는 투로 자신을 대하니 순간 말이 막혔다. 상변웅이 머뭇거리는 사이 놀랍게도 신유결이 거지를 향해 포권의 예를 취하는 것이었다.

"오셨습니까."

신유결이 거지를 대함이 무척 공손하여 상변웅을 대할 때와 는 큰 차이가 있었다. 무슨 영문인지 몰라 답답해하는 사람들 속에서 누군가 소리쳤다.

"이소(李燒)! 개방의 팔결장로(八結長老) 이소다!"

모용천이 안력을 돋우어 보니 과연 거지가 둘러멘 마대자루 에 매듭이 여덟 개였다.

개방의 거지들은 메고 있는 마대자루의 매듭으로 신분을 표 시하곤 하였다. 처음 들어오면 하나의 매듭을 지어 일결제자 라 칭하고 다른 거지와 구분을 둔다. 그렇게 일결제자로 입문 한 거지들은 시간이 흐르면서 점차 매듭을 늘려가는데, 매듭 이 여덟 개라면 방주 바로 아래에 있는 장로의 신분이다.

그러니 팔결장로라 하면 오륙십이 넘은 나이 지긋한 거지들 이 대부분이다. 한데 지금 이소라는 거지는 많이 쳐봐야 삼십 대 중반에 불과했으니 놀랄 만한 일이었다.

이소가 주섬주섬 품에서 나뭇조각을 하나 꺼내 들었다. 그 와 신유결은 안면이 있는 사이로 굳이 확인할 필요가 없었지 만 절차를 무시할 수는 없는 법. 신유결은 초청패를 확인하고 말했다.

"들어가시지요."

"들어가세."

신유결의 허락이 떨어지자 이소가 상변웅을 채근했다. 어쨌든 목적을 이룬지라 상변웅은 군말없이 이소를 따라 문 안으로 들어갔다.

신유결은 다시 정문 앞에 서서 큰 소리로 외쳤다.

"다들 봤을 거요! 초청패가 없는 분은 돌아가시고 있는 분은 내게 오시오! 초청패를 소지하지 않았지만 굳이 들어가고 싶은 분이 있다면 방금 알려 드린 방법대로 하시오!"

신유결이 외치니 감히 나서는 자가 없었다. 그도 그럴 것이, 초청패를 받은 이들 중 올 만한 이들은 대부분 어제까지 도착한 것이다. 특히 후기지수 비무에 참가하려는 이들은 최소 하루에서 이틀의 여유를 갖길 원하였으니, 문 앞에 모인 자들 중 초청패를 가진 이는 없다고 봐야 했다.

물론 이는 신유결도 알고 있는 사실이다. 그럼에도 불구하고 그가 직접 문지기로 나와 있는 까닭은 와야 할 이들이 오지 않았기 때문이다. 바로 오대세가의 자제들 중 도착한 이가 아무도 없었던 것이다. 후기지수 비무대회라는 행사가 사실상 그들을 위해 마련된 자리임을 생각하면 신창권문으로선 쉬이 받아들이기 힘든 일이다.

그렇게 모두가 주저하는 가운데 홀로 나서는 자가 있었으니 바로 모용천이었다.

터벅터벅 걸어오는 모용천에게 신유결이 말을 걸었다.

"그대는 어느 쪽이오?"

모용천은 세가를 떠난 뒤 제대로 된 숙소에서 행장을 정비할 틈이 없었다. 자연 행색이 궁색하기 짝이 없어 겨우 구걸이나 면하고 다닐 차림이었다. 영웅연의 초청패는 구파일방과 오대세가 등등 정도무림의 명망있는 몇몇 문파와 개인에게만 보내어졌으니 지금 모용천이 초청패를 소지했다고 생각하는 자는 아무도 없었다.

"초청패가 이거요?"

그러나 모용천이 품에서 꺼낸 것은 초청패가 틀림없었다. 신유결은 초청패를 받아 들고 반갑게 맞이했다.

"권왕의 이름으로 소협을 환영하오. 어느 문하에서 오셨소?"

모용천도 포권의 예를 취하며 대답했다.

"심양의 모용세가에서 온 모용천이라고 합니다."

'모용? 모용이라고?'

모용천이 비록 겉보기에 추레하나 본새를 가릴 정도는 아니었다. 신유결도 그를 알아보고 이제껏 도착하지 않은 오대세가의 자제 중 하나일 거라 여겼는데, 생각지도 못한 이름이 나온 것이다.

"모용세가라니? 예전의 그 모용세가 말인가?"

"난 처음 들어보는 이름인데?"

숙덕거리는 소리는 모용천의 귀에도 고스란히 들려왔다. 몰락한 세가를 기억하는 이가 얼마나 있을까? 막상 사람들의 반응을 접하니 예상했던 일임에도 속이 쓰리다.

"확인이 끝났으면 들어가도 되겠습니까?"

"아, 뭐… 그리하시오."

신유결이 떨떠름한 표정으로 대답했다.

모용천은 가볍게 목례하고 그의 곁을 지나쳤다. 신유결은 다시 한 번 초청패를 살펴보다 말했다.

"혹시 비무에 참가하러 온 것이오?"

모용천은 걸음을 멈추고 신유결을 돌아봤다.

"맞습니다. 무슨 문제라도 있습니까?"

"아니, 아니. 문제는 없소. 아무에게나 물어 노호당(怒虎堂)을 찾아가시오. 내일 비무에 출전하려면 그곳에서 미리 등록을 해놓아야 하니까."

"고맙습니다."

짧게 답례하고 모용천은 문 아닌 문으로 들어갔다.

신창권문의 내부는 무척 넓었지만 외부인들에게 허락된 공간은 당연히 제한되어 있었다. 그중에서도 노호당은 초청객의 편의를 봐주는 기구가 설치되어 있어 찾아가는 길이 어렵지 않았다.

"어디서 오셨다고요?"

비무대회 신청을 받던 사내의 반응도 별반 다르지 않았다. 듣지 못해서가 아니라 제 귀를 믿지 못해서이다. 모용천은 다시 한 번 또박또박 힘주어 말했다.

"모용세가에서 왔소. 이름은 모용천이라 하오."

그러자 이번에는 노호당에 있던 자들의 눈이 일제히 모용천을 향했다. 신청을 받던 사내는 멍하니 모용천을 올려다보다 퍼뜩 정신을 차리고 급히 서책을 뒤적였다.

"모용세가… 모용세가. 예, 있습니다."

사내가 뒤적인 서책은 신창권문이 초청패를 보낸 문파의 목록이었다. 모용세가가 몰락했다고 해도 엄연히 그 이름은 남아 있었으니 차마 빠뜨릴 수 없었던 것이다. 물론 초청패를 보냈다고 해서 모용세가에서 사람이 올 것이라고 생각하지는 않았을 테지만.

"들었나? 모용세가라는데?"

"내가 잘못 들은 게 아니군. 거참, 신기하네. 망한 지 한참이라지 않았나?"

"거 왜, 종리세가에 오대세가의 자리를 빼앗기고 가주가 화병으로 죽었다지."

"그게 언젯적 이야기야?"

"글쎄 말일세."

사방에서 들리는 말소리가 모용천의 심기를 어지럽혔다. 모용세가의 처지를 아는 자들이 소리도 낮추지 않고 들으라는 듯 이야기해 대고 있었다. 차라리 모용세가가 뭐 하는 물건인지 알아보지 못하는 사람들이 나았다.

"저기……."

명부를 확인한 사내가 조심스레 물어왔다. 모용천은 곧 마음을 다스리고 대답했다.

"왜 그러시오?"

"혹시 비무에 참가하실 겁니까?"

"맞소. 왜, 무슨 문제라도 있소?"

사내의 태도가 워낙 조심스러워 모용천이 반문했다. 그러고 보니 신유결도 비슷한 투로 물어왔다. 마치 모용천이 비무에 참가할 거라고는 생각할 수 없다는 듯이.

"아, 아닙니다. 모용세가… 모용천."

사내는 고개를 저으며 붓을 들었다. 명부에 세가와 모용천의 이름이 쓰이는 것을 보고 있노라니 다시금 수군거리는 소리가 들려왔다.

"들었어? 저치도 비무에 참가한다는데?"

"크크큭! 정말? 이야, 이거 대단한걸!"

"저 허리에 찬 검 좀 보게. 모용세가는 저를 대표해 나온 자에게 제대로 된 검 한 자루 사줄 여력도 없나 보이!"

"차라리 아까 그 섬에서 온 촌놈이 그럴듯하니 말이야."

노호당에 삼삼오오 모여 있는 자들은 모두 초청패를 받은 명문정파의 소속으로, 그중에서도 비무에 참가키 위해 온 젊은이들이 대부분이었다. 어느 한 사람 옥면(玉面)이 아닌 자 없었고 비단옷을 입지 않은 자가 없었다.

하지만 모용천을 비웃는—더러 말을 아끼는 자들도 있었으나 대부분은—그들의 행태는 초청패가 없어 문밖에서 발을 동동 구르는 자들과 썩 다를 바가 없었다. 아니, 오히려 그들만 못하다는 생각이 들었다.

'사람을 겉으로 판단하다니, 이들이 정말 강호의 후기지수를 가리는 자리에 어울리는 자들이란 말인가?'

모용천은 화가 나기보다 안타까움이 앞섰다. 적어도 이 안에는 자신의 상대가 될 자가 없을뿐더러 번듯한 차림새에 어울리는 품격을 지닌 자도 찾을 수 없었던 것이다. 겨우 이런 자들과 솜씨를 겨루기 위해 먼 길을 왔다고 생각하니 스스로가 불쌍하기도 했고, 저들에게 비웃음을 살 정도로 더러운 행색이 부끄럽기도 했다.

저들처럼 화려하진 않아도 몰락한 세가의 처지를 그대로 반영하는 차림은 하지 말아야 했다. 모용천은 그런 생각을 하며 빠듯한 노잣돈을 쥐어준 유 총관을 원망했다.

그렇게 모용천이 묵묵히 서 있노라니, 그를 비웃던 자들 중 한 청년이 독한 소리를 했다.

"귀가 먹은 건가, 아니면 자존심도 없는 건가? 황 형, 누가 형을 비웃으면 어떻게 하겠소?"

"당장 잡아다 무릎을 꿇리고 사죄를 받았겠지요. 이 형 같으면 아니 그러겠소?"

"그래, 그게 당연한 일이지. 그럴 용기도 없는 자가 무슨 배짱으로 비무에 나서는 건지 원!"

아예 대놓고 모용천더러 들으라고 하는 말이었다. 모용천이 고개를 돌려 보니 두 청년이 자신을 보고 있는데, 하나같이 준수한 얼굴에 자신감이 충만해 있었다.

모용천과 눈이 마주치자, 이 형이라고 불린 청년이 기다렸다는 듯 시비를 걸어왔다.

"왜, 듣다 보니 참지 못하겠나? 참을 필요 없어. 왜 참고 그래? 모용세가를 대표해 온 사람이 이런 모욕을 당하고도 참고 넘어갈 수 있어?"

"무슨……."

"그만 좀 하시지? 더는 두고 볼 수가 없군그래!"

모용천이 막 입을 열려는 참에 누군가 끼어들었다. 푸른 도복을 입은 소년이었다.

"허어, 이게 누구야? 무당의 동진(東眞) 도사가 아닌가?"

끼어든 소년은 무당의 대표로 참가하게 된 동진이라는 자였다. 동진은 작은 체구로, 나이는 이제 열여덟에 불과하였으나 개파 이래 손꼽히는 재능의 소유자로 알려져 있었다. 비록 어리긴 하나 십왕의 진전을 이은 삼대세가의 대표에 유일한 대항마로 점치는 이들도 많았으니, 무당이 그에게 거는 기대도 남달랐다.

"비아냥거리지 마시오! 적어도 종남을 대표해 온 자라면 그에 걸맞게 행동해야 하지 않소?"

이 형이라고 불린 청년은 종남파의 대표로 이름은 이영관(李英冠)이라 했다. 동진에게 지적을 당하고도 이영관은 가당치도 않다는 듯 비웃음을 거두지 않았다.

"흥! 어차피 남의 집 잔치에 들러리 신세인 건 나도 마찬가지인데 걸맞은 행동이 다 뭐지? 알고 있다면 내게도 가르쳐 주지 그래?"

"그게 무슨 말이오?"

동진이 의아해하며 고개를 갸웃거렸다. 이영관은 그런 동진을 비웃으며 말했다.

"말이 좋아 강호의 후기지수를 가리는 비무대회지 실상은 오대세가, 아니, 삼대세가를 위한 자리 아닌가? 저들끼리 지지고 볶으면 될 것을 이목이 두려워 우리를 끼워 넣었는데 과연 무슨 행동을 해야 거기에 어울리는 건지 어디 말 좀 해봐라."

"이 형은 대체 무슨 말을 하는 거요?"

그러자 옆에 있던 황 씨 청년이 끼어들었다.

"쯧쯧, 순진하기는! 이보, 동진 도장. 우리가 아무리 날고 기어봤자 검왕과 도왕, 독왕의 자제들을 이길 수 있다고 보오? 하긴 무당의 자랑인 동진 도장은 그들과 맞설 수 있다고들 하니 걱정이 없겠지. 하지만 우리는 다르지 않소? 애초에 상대가 안 되는, 지기 위해 온 게 우리란 말이오. 한데 그런 불쌍한 처지의 사람이 여기 또 늘었는데, 그럼 위로해야 하오, 비웃어야 하오?"

황 씨 청년의 이름은 황중현(黃衆賢)이었고, 공동파를 대표해 온 자였다. 황중현이 이영관에게 동조하자 동진이 발끈해 말했다.

"우리가 검왕 본인과 비무를 하는 것이오? 내 상대가 도왕이란 말이오? 겨루기도 전에 지고 들어가다니, 세상에 그런 법이 어디 있소? 구파일방의 이름이 부끄럽지도 않소?"

"그거야 네 생각일 뿐이지, 다른 사람도 과연 그럴까?"

이영관이 다시금 동진을 비웃고 좌중을 둘러봤다.

노호당에는 이십여 명 가까운 젊은이들이 있었는데, 그들 외에도 청성과 곤륜, 점창 등 구대문파에 속하는 자들이 더 있었다. 하지만 그 세 사람이 이영관에게 동조하며 고개를 끄덕이니 초청패를 받았으되 구파일방에 들지 못한 문파의 제자들은 자연히 그들을 따를 수밖에 없었다.

"정말, 정말 다들 그렇게 생각한단 말이오?"

믿을 수 없었는지 동진의 목소리가 떨렸다. 노호당에 모인, 자신을 제외한 이들이 모두 이영관에게 동조하리라고는 생각도 못한 것이다.

"크크큭, 이제 좀 눈이 뜨이나? 제 처지만 생각하니 남들이 보이지 않는 게 당연하지. 무당산에 틀어박혀 도만 닦다 보니 세상이 돌아가는 꼴을 알 리가 있나!"

무재(武才)를 따지자면 이영관이나 황중현이 동진을 당할 수 없다. 하지만 이영관의 말마따나 동진은 무당산에서 무공 연마에 힘쓰다 막 나온 소년이었으니 말로 이영관을 당해낼 리 없었다.

"이익……."

꼭 쥔 주먹이 부들부들 떨리고 있었다. 무공밖에 모르는 소년 도사가 처음으로 세상 앞에 선 것이다.

"흐음……."

한 발 물러나 사태를 관망하던 모용천이 동진의 어깨에 손을 올렸다. 고개를 돌린 동진과 눈이 마주치자 모용천은 살며시 웃어 보였다.

"나는 이 도장의 말에 동의하오."

"…뭐?"

사실상 모용천은 논의에서 한참 벗어나 있었다. 이영관이나 황중현이나, 심지어 모용천을 위해 나선 동진조차도 그를 잊고 있었던 것이다. 그러니 당연 모용천이 동진을 거들고 나서자 모두가 놀라움을 금치 못했다.

"크, 크크큭! 푸하하하핫! 뭐? 동의한다고? 푸하하하핫!"

그러나 놀라움도 잠시, 이영관이 웃음을 터뜨리고 황중현이 따라 웃기 시작했다.

"푸하하하핫! 이것 참 대단하군! 동진 도장, 같은 편이 생겨서 좋겠소이다? 크하하하핫!"

황중현이 동진을 놀리고 웃자 다른 이들도 함께 웃어, 노호당 안이 웃음소리로 가득했다. 얼굴이 빨개진 동진은 아무 말 못하고 고개를 숙였다.

'정말, 왜 나서서 비웃음을 사는 거야?'

애초에 동진이 나선 것도 모용천이 조롱당하는 것을 두고 보지 못해서였다. 그런데 지금은 도리어 자신이 더 비웃음을 사고, 구해주고자 했던 대상이 눈치없이 나서서 그를 더하니 동진의 마음속 원망이 자연 모용천을 향하는 것이었다.

'아니지. 이럼 안 돼.'

하지만 동진은 곧 고개를 절레절레 흔들며 모용천을 향한 원망의 마음을 지웠다. 아무리 생각해도 자신은 비웃음을 살 일을 하지 않았고, 자신에게 동조해 준 모용천에게는 고마워

해야 하는 게 옳은 것이다.

동진은 몸을 돌려 모용천에게 포권의 예를 취하며 말했다.

"이 중에 모용 형만이 협사의 기질을 가지고 있구려!"

답례치고는 거창한 말이었지만 당당하고 솔직했다. 동진의 그 태도가 노호당의 정파인 중 단연 돋보이니 모용천은 절로 호감이 일었다.

"동진 도장이라고 하였소? 저자들을 합쳐도 동진 도장의 발끝에 미치지 못하겠소. 그 기상에 감탄했소이다."

모용천도 역시 포권의 예를 취하여 답례했다.

그러나 모용천의 그런 모습은 이영관 등에게 실로 우스꽝스러울 수밖에 없었다. 종리세가에 밀려 몰락한 모용세가의 후예가 무당의 동진과 동급인 양 행동하니 이영관 등의 눈에는 우습기만 할 뿐이었다.

"우습군, 우스워! 그래, 둘이서 사이좋게 잘 놀아보시오. 또 아나, 거기 모용 형이 비무대회에서 우승을 할지? 크크큭!"

"푸하하핫! 이 형, 농담이 심하오! 크하하하핫!"

이영관은 배를 잡고, 황중현은 이영관의 어깨를 치며 웃음을 그치지 못하고 있었다.

"정말……!"

또다시 비웃음을 사자 동진이 발끈하였는데, 모용천이 그를 만류하고 조용히 앞으로 나서며 말했다.

"…하면 어쩔 것이오?"

"…응?"

모용천의 목소리는 크지 않았지만 적당한 울림이 있어 사람들의 귀에 똑똑히 들려왔다. 사람들은 일제히 웃음을 그쳤고, 이영관의 표정은 험악해졌다.

"뭐라고?"

되묻는 이영관의 어조가 무거웠다. 지금까지의 가벼운 태도가 아닌 것이다.

그러나 모용천은 담담히, 처음 노호당에 들어왔을 때와 같은 어조로 대답했다.

"내가 우승하면 어쩔 것이냐고 물었소."

뚜벅뚜벅.

이영관은 대답하지 않고 모용천에게 다가갔다. 그 얼굴이 몹시 험악하여 당장 무슨 짓을 할지 몰라 동진이 황급히 막아섰다.

"무, 무슨 짓이오?"

"비켜!"

이영관이 소리를 지르며 거칠게 동진을 밀쳤다. 동진을 치우고 난 이영관은 다짜고짜 모용천의 멱살을 잡았다.

"어이, 촌뜨기! 지금까지 어디서 뭘 먹고살았는지 모르겠는데 분수를 몰라도 정도가 있어. 응? 내가, 종남의 기재라는 내가 미쳤다고 처음부터 숙이고 들어가는 줄 알아?"

"이 형!"

밀쳐진 동진이 놀라 뛰어가려다 동작을 멈췄다. 황중현을 비롯한 서너 명이 동진 한 사람을 붙잡은 것이다. 뜻밖의 제지를 당한 동진이 소리쳤다.

"이, 이거 놓으시오!"

이영관은 흘깃 동진을 보았다. 동진은 양팔과 다리에 각각 한 사람씩 매달고 있어 서 있기도 힘들어 보였다.

"어디 뚫린 입으로 다시 말해보시지? 뭐라고?"

이영관은 다시 눈을 돌려 윽박질렀다. 그러나 모용천은 멱살을 잡힌 채로 이영관을 내려다보며 또박또박 말하는 것이었다.

"귀가 먹었나? 내가 우승하면 어쩔 거냐니까 왜 그리 못 듣소?"

"이 자식이!"

"멈춰!"

성 난 이영관이 주먹을 올린 순간, 동진이 크게 외치며 몸을 틀었다. 그러자 소년에게 매달린 자들이 사방으로 나가떨어졌다.

"이영관! 그 손 당장 놓아라!"

마냥 어린 소년인 줄 알았는데 저보다 큰 청년들을 내동댕이치고 호통 치는 모습에 서릿발 같은 기개가 서려 있었다. 그를 본 이영관이 잠시 주춤하면서도 도리어 멱살을 잡은 손에 힘을 주며 외쳤다.

"무당의 천재 도사께서 이제야 화가 나시나? 하지만 네가 화를 낸다고 내가 눈 하나 까딱할 줄 알았다면 오산이야!"

말이 끝나기가 무섭게 이영관이 주먹을 질렀다. 무에 그리 심사가 뒤틀렸는지 내력이 실려 평범한 주먹질이 아니었다.

그를 알아본 동진은 눈을 감았다. 구하러 가기에 발은 느리고 주먹은 빨랐다. 참혹하게 변해 있을 모용천의 얼굴을 차마 볼 수 없었던 것이다.

"……!"

같은 예상을 하면서도 동진과 달리 똑똑히 보고 있던 황중현의 눈이 커졌다. 황중현뿐 아니라 노호당의 모든 이들이 하나같이 놀란 얼굴이었으니, 이영관의 주먹이 도중에 멈췄기 때문이다.

"이, 이……!"

이영관의 얼굴이 심히 일그러졌다. 마음먹고 내지른 주먹은 모용천의 얼굴이 아니라 손아귀에 붙잡혔는데 아무리 힘을 줘도 움직이지 않는 것이다.

반면 모용천은 아무렇지도 않은 얼굴로 가볍게 손목을 틀었다. 그러자 이영관의 팔이 꺾이고 몸도 따라서 돌아갔다.

"으윽!"

이영관은 자기도 모르게 신음 소리를 흘렸다. 반면 모용천은 이영관이 생각보다 쉽게 제압당하자 맥이 빠졌다.

'기개만 없는 게 아니라 실력도 없구나.'

모용천은 손을 놓으며 이영관의 등을 걷어찼다.

우당탕탕!

이영관의 몸이 저만치 굴러갔다.

"이 형!"

황중현이 놀라 이영관에게 달려갔다. 구르기를 멈추고 벌떡 일어난 이영관은 벌겋게 달아오른 얼굴로 황중현의 손을 뿌리치고 소리쳤다.

"너, 너 이……!"

화가 머리끝까지 올랐는지 준수한 얼굴은 보기 흉하게 일그러졌고 청산유수같이 말을 쏟아내던 혀도 굳어 움직일 줄을 몰랐다. 그런 이영관에게 모용천이 말을 건넸다.

"몇 번을 물어야 알아듣나? 다시 한 번 묻지. 내가 우승하면 어쩔 것이오?"

"말도 안 되는 소리! 네놈이 삼대세가의 녀석들을 물리치고 우승하면 네 종노릇도 할 수 있겠다!"

굳어 있던 혀가 풀렸는지 이영관이 악을 썼다.

"당신 같은 종은 필요없고, 대신 여기 동진 도장에게 사과나 하시오. 아주 진심 어린 사과 말이오."

"뭐라?"

모용천의 말은 지극히 솔직한 심정을 담고 있어 누구를 업신여기려는 의도는 조금도 담겨 있지 않았다. 그러나 이영관의 귀에는 어떤 욕보다 모욕적으로 들리는 것이었다.

"그만들 하시오! 장차 정도무림을 이끌어갈 분들이 시정잡배마냥 드잡이라니, 부끄럽지도 않소?"

비무 신청을 받던 사내가 일어났다. 이영관의 태도가 도를 넘은 지 한참 되었지만 사내의 직위가 높지 않고, 또 신창권문의 사람이니 주인 된 입장으로 참다 참다 나선 것이다.

그러나 이영관은 이미 화가 날 대로 나 있어 사내의 말이 귀에 들어오지 않았다. 모용천은 또 모용천대로 잘못한 게 없어물러날 기미를 보이지 않았다.

일촉즉발!

손끝만 건드려도 폭발할 것 같은 기세로 이영관이 내력을끌어올렸다.

그때, 모용천과 이영관을 둘러싸고 있던 청년들이 양편으로갈라졌다. 청년들이 내준 자리에 문이 열리고, 풍채 좋은 장년인이 잔걸음으로 들어오는데 그 뒤에 십여 명이나 되는 수행원이 따르는 것이다.

그 장년인에게 청년들이 모두 포권의 예를 올리는데, 심지어 당장 달려들 것 같았던 이영관도 붉은 얼굴 그대로 포권을하는 것이다.

"오! 그래그래!"

그러나 장년인은 청년들의 인사를 건성으로 받으며 바쁘게움직였다. 포권을 하고 있는 이영관과 멀뚱히 서 있는 모용천사이를 지나쳐 접수대로 간 장년인은, 사내의 인사를 받지도않고 탁자 위에 놓인 명부를 집어 들었다.

"무, 무슨 짓입니까?"

사내가 놀라 소리쳤다. 하지만 그 앞을 장년인의 수행원들이 막아섰다.

"돌려주십시오!"

사내가 소리쳤지만 장년인은 아랑곳하지 않고 거칠게 명부를 뒤졌다. 처음부터 끝까지, 다시 끝에서 처음으로 반복해서 명부를 뒤지던 장년인의 얼굴에 실망이 가득했다.

"에잉! 대체 어디서 무얼 하고 있는 게야!"

장년인은 탁자 위로 명부를 집어 던졌다. 얼굴을 보아하니 잔뜩 화가 난 것이 이영관은 저리 가랄 정도였다. 그 때문인지, 일순간 노호당 안이 고요해졌다.

"동진 도장."

"예?"

장년인을 보던 동진이 깜짝 놀라 돌아보니 어느새 모용천이 다가와 말을 건 게 아닌가? 말을 걸어야 비로소 지척에 온 걸 알아차리다니, 동진의 눈동자에 이채가 서렸다.

"지금 들어온 분이 누군데 다들 꼼짝 못하는 거요?"

모용천이 조용히 묻자 동진도 똑같이 목소리를 낮추어 대답했다.

"저분은 종리세가의 가주 종리창 어른이오."

"아아!"

모용천은 저도 모르게 탄성을 질렀다. 종리창이 왜 저리 급하게 들어와 명부를 뒤적거리고 또 화를 내는지 짐작이 갔기 때문이다. 그러나 숨죽인 자들 가운데 홀로 탄성을 질렀으니, 모든 시선이 모용천과 동진을 향하는 것이다.

자연 종리창도 모용천을 보고 헛기침을 했다.

"커험!"

노호당에 모인 자들은 종리창에 비해 다들 한 배분 내지 두 배분 아래의 젊은이들이었다. 더욱이 종리창은 당금무림에 위세가 자자한 오대세가의 가주였으니, 이들이 자신의 심기를 헤아려 조용히 하는 것을 당연하다고 여기는 터였다. 자연 눈치없이 판을 깨고 나선 모용천이 놀랍기도 하고, 권위를 손상당한 기분이라 불쾌하기도 했다.

그러나 자신의 위치를 생각하면 속내를 드러내어 책망할 수도 없는 노릇이다. 때문에 에둘러 불쾌감을 표시한 것이 헛기침이니 풀어보자면 알아서 분위기 파악 좀 하라는 뜻이다.

그러나 모용천은 종리창의 배려를 가볍게 무시했다.

"모용세가의 모용천이라고 합니다. 처음 뵙겠습니다."

물론 모용천이 아주 분위기 파악을 못해서 나선 것은 아니었다. 자식의 행방이 묘연해 고민하고 있는 부모가 있는데, 그를 알면서도 모른 척할 수는 없지 않은가?

하지만 처음 만난 사이에 다짜고짜 당신의 아들딸이 지금 어디에서 뭘 하고 있는지 말할 수도 없는 노릇이다. 하여 인사를 하고 나섰는데, 종리창의 표정이 이상했다.

"뭐? 모용세가? 자네가 모용세가의 사람이라고?"

모용천이 대답하기도 전에 종리창의 입가에 비릿한 웃음이 떠올랐다. 비웃음? 얼른 이해하지 못할 상황에 모용천이 눈을 크게 뜨니 종리창이 끝내 폭소를 터뜨렸다.

"푸하하하핫! 그러니까 자네가 모용 씨란 말이지? 모용 씨라고? 그치들이 아직도 강호에 남아 있었단 말이야? 이런, 세상에! 푸하하, 푸하하하핫!"

방금 전만 해도 수심이 가득했던 얼굴에 화색이 돌고, 종리창은 간신히 웃음을 참아가며 물었다.

"하하, 하아… 그래, 그럼 혹시 모용담이……?"

"가친을 아십니까?"

"하하! 알다마다. 내 영존을 아주 잘 알고 있지."

종리창이 함박웃음을 지으며 대답하자 문득 모용천의 가슴이 뛰기 시작했다. 철이 들었을 때 이미 주화입마에 빠져 누워만 있던 아버지이다. 무한에 와서 살아 움직이던 시절의 아버지를 아는 사람과 만나게 될 줄이야!

아주 조금이라도 그를 얻어 들을 수 있다면…….

하나 종리창의 입에서 나온 말은 모용천의 기대를 저버리는 전혀 다른 이야기였다.

"희대의 둔재! 대대로 내려온 무학의 채 일 할도 얻지 못한 자가 아닌가! 무학에 재능이 없기로는 정말 유명했던 친구지!"

종리창은 노호당에 있는 자들 모두 들으라는 듯 큰 소리로 말했다.

"본가에 오대세가의 자리를 빼앗긴 선친의 전철을 밟지 않겠다며 큰 소리만 뻥뻥 처댔지만 결국 이룬 건 하나도 없지 아마? 아니, 오히려 주화입마에 빠져 눕고 그나마 남은 재산을

다 탕진한 게 자네 영존이라네. 알고 있었나?"

"……."

"가세가 얼마나 궁핍했는지, 총관이라는 자가 세가를 전전
하며 돈을 꾸어가기도 했지."

"유 총관이… 말입니까?"

모용천이 힘겹게 입을 열었다. 종리창은 자기 이마를 딱 치
며 말했다.

"그래, 기억이 나는군! 유 총관이라는 자였지! 아니, 얼마나
급했으면 제 가문을 밀어낸 우리 종리세가에까지 손을 벌렸겠
나? 지금 생각해도 정말 가슴이 찢어지는군그래. 어디… 자네
꼴을 보니 뭐, 사정이 지금도 별반 다를 게 없나 보군. 크하
핫!"

이영관 등에게 놀림을 당했을 때에는 대수롭지 않게 넘길
수 있었다. 하지만 종리창에게 초라한 행색을 지적당하니 모
용천은 얼굴이 확 달아오르는 것이다.

하지만 종리창의 말은 끝나지 않았다.

"그런데 자네가 여기 웬일인가? 뭐? 초청패를 받아? 허참,
권왕의 그릇이 크긴 크군! 다 망한 집안이 뭐 대수라고 초청패
를 다 보내?"

이때다 싶었는지 이영관이 끼어들었다.

"어르신, 그뿐이 아닙니다. 비무대회에도 참가하겠답니
다."

이영관의 말을 들은 종리창이 다시금 배를 잡고 웃었다.

"그게 사실인가? 자네, 자네가 비무에 참가한다고?"

"……."

모용천은 대답하지 않았다. 종리창은 웃음을 참지 못하며 한 번 집어 던졌던 명부를 다시 들어 확인했다. 과연 모용천의 이름이 쓰여 있었다.

"푸하하핫! 그 아비에 그 아들이라더니, 주제 파악이 안 되는 게 꼭 닮았구나! 꼭 닮았어!"

사실 종리창이 처음 보는 모용천을 이리 대하는 것은 결코 옳은 일이 아니었다. 더구나 두 사람의 배분과 신분을 생각하면 종리창의 행동은 격이 떨어져도 한참 떨어졌다. 방금 전까지 이영관에 동조해 모용천을 비웃던 자들도 대부분 속으로 종리창을 욕하고 있었다.

그러나 누구도 모용천의 속을 헤아리는 자는 없었다.

"취소하십시오."

종리창과 이영관의 웃음소리를 듣고 있던 모용천이 드디어 입을 열었다. 종리창은 웃음을 그치고 짐짓 듣지 못한 척 되물었다.

"뭐? 지금 뭐라고 했나?"

"내 아버지를 욕보인 그 말! 취소하란 말입니다!"

고함 소리에 담긴 내력이 노호당을 뒤흔들었다. 종리창의 얼굴색이 급변하고, 몇몇 내공이 부족한 젊은이들은 귀를 부여잡으며 고통을 호소했다.

모용천은 그들이 보이지도 않는 듯 오직 종리창을 보며 말했다.

"어서 취소하시오!"

"허어, 뭐 이런 버르장머리없는 놈이 있나! 이놈아, 네 아비는 어른에게 이리 대하라 가르쳤느냐? 하긴, 아비라는 자가 누워 있으니 누구에게서 뭘 배웠을꼬! 끌끌."

모용천은 강호에 나와서, 아니, 태어난 이후 이토록 악의로 가득 찬 말을 들은 적이 없었다. 게다가 그 대상이 자신이 아니라 아버지라니 평소에는 생각도 하지 못한 일이었다.

마지막으로 종리창의 혀 차는 소리를 듣자 시야에 그의 모습이 놀랍도록 선명했다. 아니, 종리창을 제외한 모든 것이 빛을 잃고 보이지 않게 되었다는 편이 옳을 것이다.

아주 당연하게 오른손이 검을 쥐었다. 어떤 판단도 끼어들 틈을 주지 않고 이대로 베어버리는 것이 숨을 쉬는 것처럼 자연스럽게 여겨진다. 아니, 베지 않으면 숨을 쉬지 못할 것 같았다.

그때,

"크크큭! 종리세가의 가주 되시는 분 입이 험하십니다그려!"

누군가 모용천의 앞을 가로막고 나섰다. 그를 보는 종리창의 얼굴이 못마땅한 듯 일그러졌다.

그리고 퍼뜩 모용천은 정신을 차렸다. 종리창 외에 다른 이들이 눈에 들어오기 시작했다. 그중에서도 유난히 커 보이는 것은 제 앞에 선 거지가 멘 여덟 개의 매듭이었다.

"이 장로도 오셨구려. 허허!"

불편한 심기를 군이 감추지 않고 종리창은 인사도 아닌 말을 건넸다. 모용천의 앞을 가로막아 선 거지는 바로 개방의 팔결장로 이소였다.

"흥! 내 뭐 오지 말아야 할 곳에 오기라도 했소?"

"장차 개방의 방주가 될 분이 못 갈 곳이 있기라도 하오?"

"그깟 방주 자리, 하고 싶은 사람이나 하라지! 적어도 나는 아니니까 비아냥거리지 마시오."

팔결장로가 방주의 바로 아랫자리라지만 종리창은 오대세가의 가주이다. 게다가 나이 차도 제법 나건만 이소의 말이 거침없었다.

"아드님이 안 온다고 엉뚱한 데에 화풀이하면 쓰겠소? 기다리다 보면 언젠가 오겠지. 그럼 나는 이만 가겠소."

이소가 종리창의 말을 기다리지 않고 자기 할 말만 내뱉고 나가는데, 한 손이 모용천의 손목을 잡고 있었다.

"이거 놓으시오!"

모용천은 거칠게 팔을 저었다. 정신이 돌아왔다고 한번 차오른 분이 가신 게 아니다. 사죄를 받아내든 어쨌든 종리창과 담판을 짓지 않고는 한 발짝도 움직일 수 없다고 속으로 다짐하는데, 이소가 귓속말을 해왔다.

"뻔히 보이는 격장지계(激將之計)에 속지 말게."

"……?"

이소의 말이 무슨 뜻인지 얼른 와 닿지 않았다. 그러나 다시

금 이소에게 잡힌 손목을 굳이 빼낼 마음이 일지 않았다. 모용
천은 종리창과 이영관들을 두고 이소의 손에 이끌려 노호당을
빠져나갔다.

第八章
오대산으로부터 온 축사

이소는 신창권문을 나와 시장 안 만두집으로 모용천을 데려왔다. 만두집 주인은 이소를 보자마자 묻지도 않고 엽차와 만두 한 접시를 내왔다. 이소는 손으로 만두를 집으며 말했다.

　"답답한 친구! 이건 자네가 사는 거야."

　그리고 한 입 베어 무는데 흰 만두피에 검은 때가 덕지덕지 묻어 암만 배고파도 식욕이 싹 가시는 광경이었다. 모용천은 눈살을 찌푸리며 말했다.

　"그걸 내가 왜 사오? 난 한 입도 먹지 않을 테니 돈은 알아서 하시오."

　"물에 빠진 사람 건지면 보따리 내놓으라 성화라는데, 자네는 내 덕에 물에 빠지지도 않았고 보따리도 잃지 않았지. 그럼 더 고마워해야 하는 거 아니야?"

"물에 빠지지 않았는데 고마울 것도 없소이다."

모용천이 퉁명스레 대답했다. 이소는 씹던 입을 헤 벌리고
모용천을 바라보다 크게 웃었다.

"푸하하! 그렇군, 그래! 저가 빠질 뻔했다는 사실도 모르는
데 나한테 고마워할 이유가 없군."

이소가 박장대소를 하니 입안에 씹고 있던 만두가 사방으로
튀었다. 모용천은 제자리에서 상체만 움직여 파편을 피하며
말했다.

"그보다 아까 한 말은 대체 뭐요? 종리 가주가 일부러 내 아
버지를 욕했단 말이오?"

이소의 한마디, 격장지계라는 말이 모용천을 노호당에서 끌
어낸 것이나 마찬가지였다.

사실 생각해 보면 종리창이 자신의 체면을 깎아가면서까지
모욕적인 언사를 퍼부을 이유가 없다. 모용천으로 하여금 먼
저 손을 쓰게 할 목적이라면 그럴듯한 이유가 된다. 하지만 거
기에도 이유가 필요하지 않은가? 대체 왜?

이소는 탁자 위에 떨어진 만두 파편을 주워 먹으며 대답했
다.

"내 보니 자네 안목도 그렇고, 내공도 꽤나 심후하더군. 저
비무대회에 참가하러 온 녀석들 중에서 자네만 한 자가 얼마
없어. 뭐, 십왕의 자식들이 오면 얘기가 다르겠지만."

파편을 다 주워 먹은 이소는 손에 든 나머지 만두를 입에 넣

298

고 우물거렸다.

"그럼 종리 가주가 제 아들을 위해 나를 견제하려고 일부러 그런 말을 했다는 거요?"

이소는 입안 가득 만두를 물고 고개를 끄덕였다.

"종리 가주가 나를 언제 봤다고 그런단 말이오?"

이소는 엽차도 마시지 않고 꿀꺽 입안에 물고 있던 만두를 삼키며 말했다.

"그야 종리 가주는 자네를 모르지. 그게 바로 이유야."

이소의 말이 이해가 갈 듯 말 듯 아리송했다. 모용천은 가만히 이소를 보다가 탁자 구석의 통에서 젓가락을 꺼내 만두를 집었다.

그 모습을 보고 비로소 이소가 말을 이었다.

"당금무림에 머리가 가장 좋은 사람이 누구인가?"

"제갈세가의 가주 제갈창운(諸葛蒼雲)이라고들 하더이다."

모용천이 대답하자 이소가 집게손가락으로 제 이마 한가운데를 집었다.

"그거야 이 머리가 좋은 거고. 그럼 이 머리가 제일 좋은 건 누구인가?"

이소가 말하며 이번에는 관자놀이 부근을 짚었다. 모용천은 만두를 베어 물었다.

"지금 종리 가주가 잔머리로는 제일이라고 말하는 거요?"

쾅!

이소가 손바닥으로 탁자를 치며 크게 웃었다.

"껄껄껄! 이거 아주 꽉 막히진 않았네? 맞아. 잔머리로는 종리창이 최고야, 최고! 제갈창운도, 천리안 진첩결도 잔대가리를 굴리는 데에는 종리창을 당해내지 못하지. 암!"

이어진 이소의 말을 대강 추려보면 이랬다.

종리창이 생각해도 제 아들인 종리상웅이 비무대회에서 우승을 차지하진 못할 것이다. 다만 십왕의 아들들이 나올 삼대세가나 천재라는 동진을 내보낸 무당을 제외한 나머지 문파에 뒤질 수는 없다. 아마도 종리창은 모든 참가자를 파악하고 대처법을 세워놨을 것이다. 그런데 막판에 듣도 보도 못한 모용천이 난입했으니 마땅한 대책을 세울 시간이 없다. 만에 하나라도 모용천의 무위가 종리상웅을 능가하지 말란 법이 없으니까.

"아니, 겨우 그런 이유로 그런 심한 말을 했다는 거요?"

"자네에게는 겨우 그런 이유일지 모르지만 또 본인은 어떨지 모르는 거야. 모르는 일이지. 암!"

"그러다 내가 정말 손을 쓰기라도 했으면 어쩌려고?"

"그게 바로 원하던 바라니까! 실력을 알아볼 수도 있고, 여차하면 아예 종리 가주가 직접 자네를 쳐버릴 수도 있잖아. 아니, 사실 그럴 작정이었을걸? 자네가 검을 뽑기라도 했으면… 끽!"

이소는 손가락에 묻은 기름을 쪽쪽 빨며 왼손으로 제 목을 긋는 시늉을 했다.

모용천의 말은 그랬다가 자신이 정말 베어버렸으면 어쩌려고 무모한 도발을 했느냐는 뜻이었다. 하지만 온전히 전해지지 않은 제 말보다 이해할 수 없는 종리창의 마음이 더 신경 쓰여 모용천은 입을 다물었다.

"오싹하지? 그 인간이 원래 그런 인간이라니까. 운 좋은 줄 알아. 나 아니었으면 바로 황천길! 최소한 무공을 잃고 폐인이 됐겠지."

"설마 그렇게까지 하겠소?"

"다른 문파라면 적당히 혼만 냈겠지. 그런데 자네 모용세가는 솔직히 말해 완전 망했잖아? 나만 해도 모용세가가 아직까지 강호에 남았을 줄은 까맣게 몰랐는걸. 뭐 두려울 게 있어야 그 작자가 적당히 하지."

'정말 무서운 사람이구나!'

이소의 말이 모용천의 두려움을 깨웠다. 모용천이 세가를 떠나 처음으로 느낀 두려움은 죽음의 위협이나 압도적인 무위가 아니라 사람의 마음인 것이다. 종리창의 음험한 심계는 모용천이 생각하는 방식과 완전히 다른 것이었다.

무지(無知)는 두려움을 모르지만, 미지(未知)는 두려움의 근원이다.

모용천이 만두를 우물거리며 곰곰이 생각해 보니, 짧은 기간 만났던 사람들이 자신에게 보여주었던 감정은 모두 날것이었다. 호의든 적의든 숨기는 것 없이 보이는 그대로를 믿어도 탈이 없었던 것이다.

이것은 혹시 대단한 행운이 아닐까? 그런 생각을 하는 모용천의 눈에 무언가 익숙한 것이 들어왔다.

이소의 어깨너머 북적이는 거리. 사람들 사이로 바쁘게 걸어가는 소년의 얼굴.

"서 아우!"

모용천은 자리에서 벌떡 일어나 소리쳤다. 틀림없는 서해영의 얼굴이었다.

그러나 서해영은 듣지 못했는지 돌아보지 않고 인파 속으로 사라졌다. 그리고 곧바로, 또 하나 익숙한 얼굴이 나타났다가 서해영이 사라진 방향으로 사라졌다.

천으로 감싼 기다란 물건을 어깨에 멘 사내.

탕!

모용천은 품에서 은전을 꺼내 탁자 위에 내려놨다. 마음이 급하니 말할 틈도 없다. 미처 돌아갈 생각도 못하고, 모용천의 신형이 탁자와 이소의 머리를 훌쩍 뛰어넘었다.

"어? 이봐! 어디 가?"

이소가 소리치는 것이 아득히 멀게만 느껴졌다. 모용천은 돌아보지 않고 사람들 속으로 뛰어들었다.

"헉! 헉!"

심장은 피가 아닌 고통을 온몸으로 흘려보낸다. 걸음을 멈춘 서해영이 벽에 손을 짚고 가쁜 숨을 토해냈다. 발 딛을 틈도 없이 사람으로 가득한 시장을 빠져나왔더니 이제는 어딘지도 모를 골목 안이다.

"기어코… 기어코 쫓아왔어?"

바닥을 보며 숨을 몰아쉬던 서해영이 힘겹게 말했다. 그대로 고개를 돌리니 팔 밑으로 꼿꼿이 서 있는 두 다리가 보였다. 벽 짚은 손을 떼고 허리를 펴자 길을 막고 선 기소위의 모습이 온전해졌다.

서해영이 허리에 양손을 짚고 씩씩거리며 정면으로 서자, 기소위의 각진 턱이 움직였다.

"너와 그는 약속을 했고, 나 역시 그와 약속을 했다. 나라는 조건을 받아들인 것도 너인데 왜 자꾸 도망치려 하느냐?"

"도망치는 게 아니야! 나는 그냥 나 혼자 자유롭게 돌아다니고 싶을 뿐이라고! 내가 언제 도망친댔어? 알아서 돌아가면 되잖아. 날 좀 믿으면 안 돼?"

"너에게 남은 신용은 없다."

'뭐 이렇게 꽉 막힌 놈이 다 있어!'

서해영이 속으로 욕을 해보지만 달리 수가 없었다, 얌전히 포기하는 수밖에. 체념이 얹힌 어깨가 축 늘어진 순간, 담벼락 위에서 누군가 뛰어내려 서해영의 앞에 서는 게 아닌가?

"모용 형!"

가볍게 내려선 모용천을 알아보고 서해영이 소리쳤다. 놀라움과 반가움이 혼재하는, 소녀처럼 가냘프고 소년처럼 불안한 목소리.

모용천은 웃으며 대답했다.

"서 아우, 정말 오랜만이야! 아까 내가 불렀는데 듣지 못하더군! 그래서 쫓아왔다네."

"아니, 모용 형이 왜 여기에……?"

모용천은 손을 들어 서해영의 떨리는 목소리를 제지하고 뒤를 돌아봤다.

모용천의 등장에도 불구하고 기소위의 군은 얼굴은 변함이 없었다. 무슨 생각을 하는지 감정을 드러내지 않는 얼굴이 지금껏 만난 누구보다 강인해 보였다.

"저자에게 쫓기고 있더군."

모용천은 기소위를 보며 힘주어 말했다. 서해영이 끼어들 틈도 없이 기소위가 말했다.

"그에게서 떨어져라."

한마디 말이 무형의 예기를 담아 모용천을 위협했다. 기소위로부터 느껴지는 압박감이 상당해 모용천을 향한 걱정으로 서해영의 얼굴이 어두워졌다.

"그만하시지요. 서 아우가 이렇게 싫어하지 않습니까."

"아니, 그런 게 아니라……."

또 한 번.

모용천은 서해영의 말을 막고 나섰다.

"무슨 사정인지는 모르지만 더는 쫓겨 다닐 필요 없네. 서 아우가 나를 각별히 여겨주었으니 이제 내가 보답을 해야지."

말이 끝나기가 무섭게 모용천이 고개를 꺾었다. 풍압이 귓가를 스치고 뒤늦게 소리가 따라왔다.

휘익!

기절시킬 요량으로 가볍게 뻗었다지만 절창이라고 추앙받는 자의 한 수다. 돌아보지도 않고 피한 모용천이 놀라울 법도 한데, 기소위의 얼굴은 가면처럼 그대로였다.

대신 다시 한 번 입이 열렸다.

"꺼져라."

"기 선배야말로 그만 괴롭히고 물러나 주시지요."

"……."

"……."

오가는 말이 끊기고 눈과 눈이 마주친 순간.

좁은 골목 안에서 누가 먼저랄 것도 없이 두 사람의 신형이 흔들렸다.

카앙!

쇠붙이가 비명을 지르고 서해영의 커다란 눈 속에 불꽃이 일었다.

좌우를 막은 벽은 높았고, 그 사이는 좁았다. 기껏해야 세 걸음이나 될까? 건장한 사내 두 사람이 나란히 걸어가기도 힘든 골목이다.

쉬익! 쉬익!

그 좁은 길 안에 질풍이 휘몰아친다. 질풍이 지나간 그 길을 파공음이 따른다. 그러나 바람 역시 쇠붙이의 길을 따를 뿐이다.

절창의 창끝은 모용천의 요처를 찌르고, 뒤따르는 바람과 소리를 지나쳐 주인에게로 돌아가기를 되풀이했다. 그 한 수 한 수가 눈과 귀로는 따라잡을 수 없이 신속하다.

치이익!

안 그래도 낡은 옷, 옆구리가 찢겨 나가는 소리를 들으며 모용천은 속으로 부르짖었다.

'차라리 비를 피하는 게 쉽겠군!'

절창으로부터 쏟아지는 창끝은 하나이면서 하나가 아니었다. 무수히 많은 창끝이 마치 동시에 내리는 비처럼 좁은 골목을 가득 메우며 모용천을 위협해 왔다.

"하압!"

정신없이 피하기만 하던 모용천의 신형이 기합 소리와 함께 앞으로 쏟아졌다. 상대는 제자리에서 한 발도 움직이지 않고 창을 뻗을 뿐이니 어떻게든 변화를 줘야 했다.

내력이 발끝을 통해 대지를 밀친 순간, 기소위로부터 한 점 빛이 번뜩였다. 생사의 가늠 줄 위에서 사고의 속도는 한없이 느리다! 모용천은 생각할 것도 없이 검을 휘둘렀다.

카앙!

모용천의 가슴 한복판을 향하던 창끝이 날카로운 소리와 함께 튕겨 나갔다. 손때가 묻어 반질반질한 창대가 버들잎처럼 휘어지고, 처음으로 기소위의 눈썹이 꿈틀거렸다.

"……!"

일순 흐려졌던 모용천의 신형이 기소위의 가슴 앞에서 선명해졌다. 빗발 같은 창의 견제를 뚫고 자신의 간격을 만들어낸 모용천이 좌장을 내밀었다. 푸른 기운이 일렁이는 손바닥이 기소위의 옆구리에 가 닿은 순간,

쿡—

본래 모습을 되찾은 창대가 수직으로 바닥에 꽂히며 모용천의 좌장을 막았다. 나무로 만든 창대가 어찌 회심의 일장을 막을 수 있을까?

"……!"

그러나 창대는 부러지기는커녕 휘어질 기미도 보이지 않고 꼿꼿이 서 있었다. 창대를 사이에 두고 모용천의 손바닥을 기소위의 주먹이 막아선 것이다.

콰앙!

꽹음이 터지고, 손바닥과 주먹이 동시에 창대로부터 떨어져 나갔다. 상대의 내력을 흘리기 위해 모용천과 기소위가 뒤로 물러나지만 한 걸음 만에 길이 막혔다. 양옆에 두었던 담벼락이 이제 앞뒤를 막고 선 것이다.

그리고 이는 두 사람의 입장이 뒤바뀌었음을 알려왔다. 모용천의 청강검은 넉 자 석 치(약 130㎝)이며 기소위의 창은 여덟 자(약 240㎝)가 넘는다. 담벼락을 두고 횡으로 싸우던 때와 달리 종으로 대치한 순간, 병기의 이점이 자리를 바꾼 것이다.

싸움의 주도권을 움켜쥔 모용천은 담벼락에 등을 튕기며 기소위와의 간격을 단숨에 제거했다.

"흡!"

그러나 기소위의 창대가 이번에는 손바닥이 아닌 모용천의 몸 전체를 막아섰다. 수직으로 막아 선 창대에 코를 박을 뻔한 모용천이 헛숨을 들이쉬며 멈추자 기소위의 발이 움직였다.

앞뒤에 선 담벼락을 다시 양옆으로, 유리한 자리를 되찾기 위한 시도였다.

"어딜!"

모용천은 들고 있던 검을 재빨리 검집에 넣고 두 손으로 창을 잡았다.

꿈틀!

또다시 기소위의 눈썹이 꿈틀거렸다. 그의 몸은 유리한 자리를 차지했건만, 세워놓은 창은 땅에 뿌리라도 박은 듯 움직이지 않는 것이다.

쉬쉬쉭!

기소위의 오른손이 창대를 단단히 붙들고 있는 모용천의 손 위로 내렸다. 그 모양이 나비처럼 하늘거리지만 안에는 치명적인 독을 품고 있을 터! 모용천도 즉시 오른손을 풀어 기소위의 금나수법에 대항하였다.

탁! 타악!

두 오른손이 공중에서 어지러이 얽히는 사이, 두 사람은 왼

손으로 잡고 있는 창을 중심으로 자리를 바꾸고 있었다. 기소
위가 담벼락을 옆에 두는가 싶더니 어느새 모용천의 등이 담
벼락을 마주 보고, 그런가 하면 또 기소위가 모용천을 밀어내
는 일이 반복되었다.

땅에 박힌 창을 축 삼아 두 사람이 종으로, 횡으로 자리 바
꾸기를 십여 차례. 시간이 지날수록 두 사람이 그리는 원의 속
도가 느려지고, 기소위가 제자리를 잡는 시간이 점점 늘어났
다. 기소위의 오른손에서 펼쳐지는 금나수법이 모용천을 압도
했던 것이다.

"쳇!"

기소위의 금나수법을 당해내지 못하고 모용천이 혀를 찼다.
결국 창을 놓고 몇 걸음 뒤로 물러나니 다시 처음으로 기소위
의 간격으로 돌아온 것이다.

"……."

그러나 기소위는 제자리에 서서 움직일 줄을 몰랐다. 그의
손에 들린 창은 반 토막이 나 있었다. 모용천은 잡고 있던 왼
손으로 창대를 부러뜨리고 물러난 것이다.

도로로로—

부러져 나간 창대는 몇 바퀴 굴러 두 사람의 가운데에서 멈
췄다. 매끈한 단면은 차라리 잘려 나갔다고 해야 할 것 같았
다.

"……."

"……."

모용천은 다시 검을 빼 들었지만 섣불리 움직이지 않았다. 부러진 창을 든 기소위에게서 피어오르는 기운이 온전히 긴 창을 들고 있을 때와 비교할 수 없도록 험악했던 탓이다.

그러나 움직이지 않는 것은 기소위도 마찬가지였다. 그의 얼굴은 처음과 마찬가지로 바위처럼 굳어 있었지만, 그 가운데 한줄기 희미한 금이 가 있었다. 절창에게도 모용천은 헤아리기 힘든 상대였다.

"…그, 그만하세요!"

한편 멍하니 바라보고 있던 서해영이 정신을 차리고 소리쳤다. 그러나 모용천은 서해영을 뒤로 물리며 말했다.

"걱정하지 말고 이 형을 믿게! 내가 지켜줄 터이니!"

그러자 서해영이 얼굴을 붉히며 말했다.

"모용 형! 무슨 소리를 하는 거예요? 상대는 절창이라구요, 절창! 손속에 사정을 두었음을 모르는 건가요?"

모용천과 기소위가 수십 초를 겨루었지만 승부를 내지는 못했다. 기소위가 비록 금나수법으로 우위를 점했으나 특별한 피해를 주지 못했고, 모용천은 기소위의 금나수법을 당해내지 못하고 물러났으나 대신 창을 부러뜨렸으니 엄밀히 따지면 기소위가 손해를 본 것이다.

강호에 위명이 자자한 절창과 이제 갓 강호에 나온 약관의 모용천이 수십 초를 교환하여 승부를 내지 못했다. 서해영이 아니라 누구라도 절창이 체면상 후배에게 몇 수 양보했다고 생각할 것이다.

서해영이 난리를 피우니 모용천이 머쓱해져서 한 걸음 뒤로 물러났다. 그 모습을 본 기소위가 서해영에게 말했다.

"모르는 것은 너다."

"뭐?"

"아니… 됐다."

서해영이 소리 높여 묻자 기소위는 고개를 저었다. 그리고 다시 모용천에게 말했다.

"이름은?"

짧고 퉁명스러웠지만 감히 경시할 수 없었다. 무공에 관한 한 제 뜻대로 되지 않은 두 번째 상대였다. 모용천은 검을 회수하고 포권의 예를 취했다.

"모용천이라 합니다."

"……"

기소위는 말없이 모용천을 바라보다 서해영에게 눈길을 돌렸다. 서해영은 기소위와 눈이 마주치자 한 발 물러나 모용천의 뒤로 몸을 감추었다.

"시험해 볼 것이냐?"

"아니, 아니야. 그런 게 아니야!"

"아니라면 그만 돌아오너라."

"……"

뜻 모를 문답이 오가고, 마지막에 서해영은 입을 열지 않았다. 시간이 흐르고 서해영이 대답할 기미를 보이지 않자 기소위가 말했다.

"돌아오지 않겠다면 그런 줄 알겠다."

"아, 아니……!"

"아니. 저자라면 시험해 봐도 괜찮을 게다."

뜻 모를 말을 남기고 기소위는 몸을 돌렸다. 기소위의 몸이 모퉁이를 돌아 사라지자 비로소 모용천이 긴장을 풀고 한숨을 내쉬었다.

"휴우……."

"모용 형, 대체 왜 여기에 있는 거죠? 제가 무한으로 오지 말라고 경고하지 않았나요?"

담벼락에 기대선 모용천에게 서해영이 돌아보며 말했다. 앙칼진 목소리로 힐난하는 모양이 이만저만 화가 난 게 아닌 것 같았다.

"난 서 아우가 말한 대로 했을 뿐이야. 납치당한 종리세가의 자제들을 구하려다 보니 무한까지 오게 된 걸세. 그리고 오지 말라고 하지는 않았던 것 같은데?"

모용천의 말을 듣고 생각해 보니 확실히 오지 말라고 못을 박아두지는 않았다. 서해영은 애써 목소리를 가다듬고 다시 물었다.

"그럼 정말 내가 말한 대로 팽가나 종리 씨의 자제들을 구하려 했단 말인가요? 모용 형 혼자서?"

"서 아우가 그리하라고 일러주지 않았나."

서해영의 목소리가 다시 올라갔다.

"아니, 대체 뭘 들은 거예요? 내가 분명 그 앞에 단서를 붙였잖아요. 모용 형이 절창에 비해 떨어지지 않는다고 생각하면 그때에나 구하러 가라고! 그건 어디 버려두고 뒤의 말만 기억했어요?"

"그건 미안하게 됐네. 아우가 이 우형을 그렇게 생각해 주었는데 나는 그것도 모르고……."

솔직하게 사과하는 모습이 서해영을 누그러뜨렸다. 그러나 뒤이어 모용천의 말이 서해영의 머릿속을 휘저었다. 종리세가의 아이들을 구하려다 보니?

"모용 형… 정말 종리세가의 자제들을 구하려 했어요?"

"팽 형은 내 구할 수 있었네. 하지만 종리세가의 자제들은 미처 구하지 못하고 말았지."

"섭영귀의 한 팔을 자른 게 모용 형이란 말이에요?"

서해영이 눈을 동그랗게 뜨고 말했다. 모용천은 멋쩍게 웃으며 대답했다.

"손 하나를 베었을 뿐이야. 말이 부풀려진 모양일세."

호주머니 속의 물건을 꺼냈다고 해도 이토록 대수롭지 않게 말할 수는 없을 것이다. 모용천의 말을 들은 서해영은 잠시 멍해 있다가 더듬거리며 말했다.

"그, 그럼 정말 절창에 대해 알고도 갔단 말인가요?"

"그건 아니었어. 서 아우가 먼저 해준 말은 까맣게 잊었지 뭔가? 그런데 방금 겨루어보니 과연 절창이라고 부를 만하더군. 정신이 번쩍 들 만큼 대단한 자였어."

"…겨우 그거예요? 절창과 겨루어 그게 단가요?"

서해영이 어이가 없어 말했지만, 모용천은 고개를 끄덕일 뿐이었다. 서해영이 다시 보니 옆구리를 비롯해 옷 여기저기가 찢어졌을 뿐, 한 군데도 상처를 입은 곳은 없었다. 제 입으로 말했지만, 사실 절창의 사람됨이 까마득한 후배라고 손속에 사정을 두지 않을 것임을 누구보다 잘 아는 게 또 서해영 자신이었다. 그런 서해영을 앞에 두고 모용천이 태연하게 말했다.

"겨우 그거라니? 내가 세가를 나와서 싸워본 상대 중에서는 가장 강한 자였다네. 내 꼴을 보고도 모르겠나?"

모용천이 그러며 양팔을 들어 제 윗도리를 잘 보이게 했다. 그 모습이 어린아이 같아 서해영도 미간의 주름을 펴고 피식 웃었다.

"알았어요, 알았어. 어쨌든 무사하니 다행이고, 또다시 만나게 되어 기쁘네요. 형이 나를 잊지 않아줘서, 그리고… 구하러 와줘서 정말 기뻐요."

서해영이 웃어 보이자 모용천도 활짝 웃었다.

"나도 다시 볼 수 있어서 정말 기쁘네. 서 아우의 말대로 종리세가의 자제들을 구하진 못했지만 어쨌든 이곳 어디에 무사히 있을 테니 언제고 찾을 수 있겠지. 비무대회에도 늦지 않았으니 일단은 거기에 신경 써야겠지."

말하고 보니 마음으로 웃어본 것이 얼마만인지 새삼스러웠다. 모용천은 강호에 나와 처음, 아니, 세가에 있을 때에도 딱히 웃을 일이 없었음을 기억했다.

'서 아우 덕분에 좋은 일을 많이 겪는구나.'

이제부터는 마지막으로 웃어본 일이 언제인지 쉽게 떠올릴 수 있으리라. 모용천은 그렇게 생각하며 다시 웃었다. 그 싱그러운 얼굴을 보며 서해영이 말했다.

"모용 형, 이 아우가 부탁이 하나 있어요. 들어줄 건가요?"

"응?"

기꺼운 얼굴로 바라보는 모용천에게 서해영은 쓰게 말했다.

"내일의 비무대회, 나가지 말아주세요."

*   *   *

닭이 울고도 한참이 지나 해가 머리 위로 솟았다.

신창권문 개파 십 년을 기념하는 권왕의 영웅연. 중원 각지에서 온 군웅들로 동정호 일대가 시끄러웠다. 초청패를 소지한 자도, 그렇지 않은 자도 오늘만큼은 하나로 어우러져 권문의 십 년을 축하하였다.

말하기를 좋아하는 이들도, 좀처럼 입을 열지 않는 이들도 하나같이 찬사를 보내는 까닭은 권문의 십 년이 눈부시기 때문이다. 천년무림의 역사 속에서 이토록 빠르게 성장한 문파는 없었다. 더구나 지금은 구파일방과 오대세가라는 질서가 확고해진 시대이니, 그 틈바구니를 뚫고 올라선 업적이 찬란함은 당연하다.

그러나 사실상 그 찬사를 한 몸에 받고 있는 자, 권왕 우진

315

은 불편한 심기를 감출 수 없었다.

애초에 영웅연은 구실에 불과하다. 실상 우진의 바람은 오대세가의 가주들을 한자리에 불러 모으는 것이었는데, 쭉정이에 불과한 종리세가와 제갈세가만이 행차했을 뿐, 진정한 목적이랄 수 있는 삼대세가의 가주는 우진의 뜻을 거부했던 것이다.

그들을 쉽게 움직일 수 없다는 것은 우진도 잘 알고 있었다. 때문에 준비한 것이 바로 후기지수를 가린다는 허울 좋은 비무대회였다. 이것으로 삼대세가의 체면을 살려준다면, 그들도 끝까지 입을 다물고 있지는 못하리라.

하지만 막상 비무대회가 시작한 지금까지도 오대세가의 자제들은 오지 않았다. 더욱이 종리세가와 제갈세가는 가주는 오되 그 자제들은 오지 않았으니 대체 무슨 일인지 알 수가 없었다.

십왕이라고는 하나 사람들은 정파의 권왕과 사파의 마왕으로 두 사람을 꼽기를 즐겨 했다. 세간의 평가에 귀를 세우는 것이 아니라 권왕 자신도 사실이 그러하다고 자부하고 있었다.

구파일방과 오대세가로 일컬어지던 구시대의 질서는 이제 권왕과 신창권문을 중심으로 개편되어야 할 것이다.

그러나 지금 오대세가가 작당이라도 한 듯이 불참했으니 이는 자신에 대한 도전에 다름 아니다. 시대는 새로운 질서, 뜨거운 피를 원하고 있건만 과거의 영광에 안주해 있는 자들은 그를 애써 부정하려 한다. 우진이 심한 모멸감을 느끼는 것도 무리가 아니었다.

그러나 예정된 일은 진행되어야 한다. 오대세가의 자제들은 불참하였어도 그 외, 정도무림을 대표하는 명문정파의 후예들은 수순에 따라 지금껏 익혀온 무공을 마음껏 펼쳐 내고 있었다.

무당의 면장은 솜털과 같이 가볍게 날아와 산처럼 무겁게 내린다. 음양의 조화를 근간으로 태극의 이치를 체화한 무당파 무학의 정수는 지금 어린 소년을 택하였다고 모두에게 말하는 듯했다.

콰앙!

소년 동진의 우장을 막지 못하고 건장한 청년이 나가떨어졌다. 공동파의 황중현이었다.

"져, 졌소."

힘겹게 일어난 황중현의 입가에 한줄기 피가 흘렀다. 이미 두 사람을 농락했던 공동파의 복마검(伏魔劍)이 소년의 맨손을 당하지 못한 것이다.

동진이 포권의 예를 취하며 황중현의 패배를 받아들이자 얼어붙은 듯 조용했던 관중들이 우레와 같은 환호를 보내기 시작했다.

"우와아!"

"대단하다, 대단해!"

"과연 명불허전! 무당의 저력이 대단하구나!"

황중현 역시 장차 정파무림을 이끌어 나갈 후기지수로 이름 높은 젊은이였다. 앞서 두 사람을 쓰러뜨린 바, 관중들은 공동의 황중현이 헛된 이름이 아님을 똑똑히 깨달았을 것이다.

그러나 스무 합도 나누지 못한 것이 뼈아프다. 황중현이 선보인 무위도 결국 무당과 동진을 돋보이게 하는 역할에 그치고 말았으니 어찌 원통하지 않겠는가! 부축을 받아 내려가는 황중현의 눈가에는 눈물이 맺혀 있었다.

황중현이 내려간 비무대에 두 사람이 더 올라왔으나 누구도 동진의 십 초를 받아내지 못했다. 한숨 흐트러뜨리지 않고 세 사람을 줄지어 내려보낸 동진도 규칙에 따라 비무대에서 내려왔다. 세 명을 연속으로 이긴 자는 내일 있을 결선 진출권을 얻으니 더 있을 필요가 없는 것이다.

비무대를 내려오는 동진에게 눈을 부라리는 자가 있었다. 종남의 기재 이영관이었다.

신창권문이 내세운 규칙에 따라 결선 진출이 유력한 자들 사이에는 첫날부터 힘을 빼지 말자는 암묵적 합의가 있었다. 그런데 동진이 그를 깨고 기어이 황중현의 결선 진출을 막은 것이다.

"네 녀석이······!"

절친한 친구인 황중현이 한 사람이 부족해 결선 진출을 놓쳤으니 그를 원망함이다. 말은 반 토막일지언정 안에 담긴 원한은 온전하여 보통 성정이라면 견디지 못할 법한데, 동진은 어린 나이답지 않게 의연히 받아넘겼다.

"그리 원통하면 직접 나서지 그랬소?"

동진은 이영관의 대답을 기다리지 않고 제 말만 마친 뒤 돌아섰다. 그러나 이영관도 막상 할 말이 없었다.

언젠가부터 강호에 도는 말이 있었다. 십왕의 위세에 눌려 과거의 영광을 잃어버린 무당산에 작지만 큰 그릇이 조용히 세월을 담고 있다는 소문이었다.

무당의 어린 천재에 관한 소문은 그보다 빠르게 퍼져 나갔다. 사람은 모순된 존재라, 새로운 시대에 쉬이 적응하면서도 못내 과거에의 미련을 끊지 못하는 법이다. 무림인들에게는 아직도 구파일방으로 대변되는 구시대의 질서가 짙은 향수로 남아 있었고, 동진이라는 존재는 그를 자극하기에 충분했던 것이다.

그리고 오늘 신창권문의 십 년을 축하하기 위해 모인 이들은 소문이 틀림없는 사실임을 확인했다. 이영관도 마찬가지로, 그 역시 동진의 면장을 감당하지 못할 것을 알아 감히 나설 수 없었던 것이다.

"네 이놈… 두고 보자."

이영관은 주먹이 으스러져라 손아귀에 힘을 주며 읊조렸다.

오대세가의 자제들이 모두 불참한 가운데 유력한 우승 후보인 동진이 일찌감치 결선 진출을 확정한 뒤 비무대회는 더디

게 진행되었다. 뒤이어 올라온 이들은 누구도 두 사람을 채우지 못하고 내려갔으며, 치열하되 치밀하지 못한 비무가 보는 이들로 하여금 실소를 금치 못하게 했다.

물론 대기자들 가운데 언제라도 세 사람을 연파할 수 있는 구파의 후기지수가 있었지만, 서로 눈치만 볼 뿐 쉬이 나서는 자가 없었다. 무당의 동진이 저리 황중현을 견제—실은 아직 어린 동진이 어제의 앙갚음을 한 것이었지만—하고 나섰으니, 자신이라고 황중현과 같은 꼴을 당하지 말란 법이 없었으니까.

"……"

하여 비무대 한쪽 아래에 마련된 대기실에는 불신의 공기가 패기만만하던 젊은이들을 짓누르고 있었다. 이러다가는 동진 홀로 결선에 진출하게 되는 우스꽝스러운 결과가 나올지도 모른다. 그를 알면서도 섣불리 나서지 못하는 것이 장차 정도무림을 이끌어 나갈 동량지재라 불리는 자들이었다.

한편 동진은 대기실 근처를 서성이고 있었다.

유일한 결선 진출자인 소년의 얼굴에는 여유 대신 불안감이 자리해 있었다. 비무대 위에서 펼쳐지는 지지부진한 박투에는 관심이 없는 듯 동진은 대기실 안을 한 번 보고 또 관중석 보기를 반복했다.

'너무 늦는걸.'

동진이 애타게 찾는 사람은 바로 모용천이었다.

열여덟 평생을 무당에서 보낸 소년에게 무림은 마음 둘 곳

없이 외로운 곳이었다. 무당의 이름을 보고 다가오는 자들은 많았지만 정작 동진의 마음에 들어오려는 자는 없었던 것이다. 무당산을 내려온 지 얼마 되지 않았지만 소년은 벌써부터 말없는 노송과 산새들이 그리워 견딜 수가 없었다.

그 외로움 속에서 동진은 모용천을 만났다. 소년보다 불과 두어 살 연상에 불과한 모용천에게서는 향기가 났다. 노사부가 내어주던 이름 모를 차처럼 모용천은 명예를 탐하면서도 스스로를 비하하기에 바쁜 자들 가운데 홀로 단아한 향을 발하고 있었다.

무림에 나와 처음으로 사귈 만한 사람을 만났다 생각했건만 동진은 노호당에서의 짤막한 인사 외에 달리 이야기를 나눌 수 없었다. 모용천은 바로 그 자리에서 개방의 장로 이소에게 끌려 나간 후 돌아오지 않았던 것이다.

신창권문은 초청패를 소지한 방문객에게 모든 편의를 제공하였고, 그중에는 당연히 침소도 포함되어 있었다. 특히 비무대회에 참가를 신청한 젊은이들은 따로 건물을 비워 대접하는 데 각별한 정성을 기울였는데, 모용천은 그에게 배정된 방으로 돌아오지 않았던 것 같았다. 더욱이 날이 밝고도 모자라 대회가 한참 진행된 지금까지도 모용천의 모습이 보이지 않았으니 자연 비무대 주변을 둘러보는 동진의 목이 길었다.

그러나 암만 찾아봐도 모용천은 보이지 않았다. 그도 다른 이들처럼 지레 겁먹어 출전조차 포기한 걸까?

'아니, 그럴 사람이 아니야.'

동진은 고개를 세차게 흔들었다. 이영관과 황중현의 조롱 앞에 당당하던 자이다. 저 종리세가의 가주 앞에서도 분노를 감추지 않던 자이다. 소년이 황중현을 혼내준 것처럼 그 역시 돌아와 이영관에게 실력을 보여줄 것이다.

동진이 그렇게 생각하며 다시금 목을 길게 빼는데, 별안간 관중석이 술렁이고 커다란 징 소리가 세 번 울렸다.

구웅—

구웅—

구웅—

세 번의 징 소리는 동진에 이어 두 번째 결선 진출자가 가려졌다는 신호였다. 돌아보니 비무대 위에는 청수한 외모의 백의청년이 서 있었다.

티없이 검은 눈동자 위에 긴 속눈썹이 드리워 있다. 깊은 눈 사이로 우뚝 솟은 콧날이 깎아지른 듯 날카로운 청년은 승리에 도취되었는지, 결선 진출의 선언이 끝나고도 움직일 줄을 몰랐다. 동정호로부터 불어오는 바람이 청년의 깨끗한 이마 위에 흘러내린 몇 가닥 머리칼을 흔들고 있었다.

참으로 여유 넘치는 청년의 모습과 달리 비무대 아래를 지배하는 것은 놀라움과 당혹스러움이었다. 그것은 바람 따라 몸을 누이는 보리밭처럼 관중들의 얼굴을 타고 비무대 가까운 곳으로부터 먼 곳으로 번져 나갔다.

그리고 그 끝에 권왕 우진을 비롯해 초대된 강호 명숙들을 위해 준비된 자리에서 커다란 외침이 터져 나왔다.

"영관아!"

외침이 채 끝나기도 전에 자리로부터 한 노인이 뛰쳐나왔다. 선공검(先空劍)으로 이름 높은 종남의 장로 등봉건(鄧峰乾)이었다.

휘익—

등봉건은 체면도 잊은 채 백발, 백염을 날리며 허공을 뛰었다. 어깨를 몇 번 밟은 것만으로 놀란 관중들의 머리를 뛰어넘은 등봉건은 비무대 위에 내려섰다. 비무대의 높이가 애초에 사람 키만 하였거늘 등봉건의 신형이 그 위에 내려섰으니, 그 위엄이 마치 상제의 군사를 거느리는 하늘 장군과 같았다.

"영관아!"

등봉건이 다급히 외치며 비무대 위에 쓰러져 있던 청년을 품에 안았다. 종남을 대표해 나선 등봉건의 애제자 이영관이 그에 답하듯 한 움큼 피를 토해냈다.

"으헉!"

등봉건의 옷이 선혈로 붉게 물들었다. 놀라움으로 말을 잊었던 사람들이 일제히 탄성을 질렀다.

"저런!"

동진 역시 놀라움의 탄성을 질렀다. 눈이 아프도록 선명한 피가 이영관이 입은 내상의 깊이를 말해주었기 때문이다. 비무가 아니라 목숨을 건 결투에서나 어울리는 토혈이었다.

"네 이놈! 어찌하여 이리 무도한 짓을 저질렀느냐!"

노여움으로 가득한 호통이 쩌렁쩌렁 뭇 군웅들의 가슴을 울렸다. 노회한 검객의 내공이 과연 명불허전이라 저마다 속으로 감탄을 금치 못하고 있는데, 정작 그를 정면으로 받은 청년은 아무렇지도 않은 듯 넉살 좋게 웃어넘겼다.

"저런! 무도하다니 당치도 않습니다. 저는 다만… 종남의 기재라는 자이니 제 일장은 받아낼 거라 믿었을 뿐입니다."

"뭐, 뭐라?"

뜻밖의 말에 등봉건의 눈썹이 꿈틀거렸다. 청년은 잘못을 빌기는커녕 오히려 종남파 전부를 조롱하고 나선 것이다.

"네 이놈, 하룻강아지 범 무서운 줄 모르는구나!"

일순간 모두의 머릿속에 떠오른 말이 등봉건의 입을 통해 나왔다. 그러나 청년은 여전히 한 점 두려움 없는 얼굴로 싱글벙글 웃고 있었다.

"어라? 이 자리는 강호의 후기지수를 가리는 자리가 아니었던가요? 설마 제자가 지면 그 스승이 대신 나설 수 있다는 규칙을 제가 듣지 못한 건 아니겠지요?"

"으음……."

강호에 명성이 높은 선공검이 체면을 모르는 무뢰배로 전락하는 순간이었다. 그러나 청년의 말이 반박할 곳 없는 정론이라, 부끄러움을 아는 등봉건은 반박 대신 깊은 신음을 흘렸다.

청년은 등봉건에게서 고개를 돌려 좌중을 향해 포권의 예를 취했다.

"정도무림의 명숙들에게 황지엽이 인사 올립니다!"

물론 처음 비무대에 올랐을 때 소개된 이름이었다. 그러나 그를 기억하고 있는 이는 많지 않았다. 그의 출신이 언자문(言者門)이라는 누구도 들어보지 못한 괴이한 문파였고, 앞선 두 사람을 상대로 펼쳐 보인 무공은 조잡하여 당장에라도 내려갈 것으로 보였던 탓이다.

언뜻 나한권을 닮은 손발로 어찌 두 사람을 이겼으나 종남의 기재로 이름 높은 이영관을 당하지 못할 게 뻔했다. 뿌리를 살펴볼 가치도 없는 무공이니 누구도 그의 이름을 되새겨 보지 않았던 것이다. 그러나 이제 다시 본인의 입에서 나온 황지엽이라는 이름 세 글자를 사람들은 마음속 깊이 새겨야 했다.

"이것은 과하오!"

등봉건이 내려간 자리에 올라와 일갈한 자는 신창권문의 부문주 이치강이었다.

"무엇이 과하단 말입니까?"

황지엽은 짐짓 너스레를 떨었다. 이치강은 단호히 말했다.

"이 자리는 본 문의 개파 십 년을 기념하여 마련된 비무의 장이오! 정도무림을 이끌어 나갈 동량지재를 발굴하고 그들 간 돈독한 우애의 증진을 목적으로 하거늘, 황 소협은 본신 무공을 내세우는 데 급급하여 강호 동도에게 큰 내상을 입혔소! 이는 경고는 물론 징계까지 고려해야 할 일이외다!"

이치강의 말에 서슬이 퍼랬으나 황지엽은 태연자약했다. 아니, 아예 이치강의 말을 귀에 담지도 않는 얼굴이었다.

'좋은 날이로구나!'

가을 하늘은 머리 위뿐만 아니라 눈 아래 동정호에도 파랗게 떠 있었다. 황지엽은 의식적으로 권왕의 시선을 피하며 그 너머 관중석을 감싸듯이 세워져 있는 다섯 개의 깃발을 눈에 담았다.

물 냄새 머금은 바람을 맞아 펄럭이는 커다란 깃발들에는 각각 다섯 글자가 금실로 수놓여 있었다. 우측에 세워져 있는 깃발로부터 차례대로 스물다섯 자를 읽어보니 다음과 같았다.

호북제일문(湖北第一門), 십년여일일(十年如一日), 일권항절차(一拳恒切磋), 일심항탁마(一心恒琢磨), 신행일로무(愼行一路武).

호북제일문이라 함은 바로 신창권문을 가리킴이다. 무당과 제갈세가를 제쳐 두고 호북제일을 자처하는 오만함은, 그러나 이제 모두가 인정하는 사실이다.

십 년을 하루같이 하나의 주먹과 하나의 마음을 갈고닦아 무(武)라는 한길을 가겠다는 권왕의 다짐은 그의 삶 그 자체였다. 무를 향한 그런 독실함이 오늘날의 권왕을 만들었다 해도 과언이 아니리라.

"오늘 저 글에, 권왕의 얼굴에 침을 뱉어야 한다!"

황지엽은 그게 왜 자신이어야 하는지 불만이었지만 여기까지 온 이상 물러날 길은 없었다. 사실 두려움은 가벼웠고, 그보다 흥분으로 인해 고양된 심신이 일품이었다.

황지엽은 다시 군웅들을 향해 포권의 예를 취하며 외쳤다.

"강호 명숙들에게 다시 한 번 인사 올립니다. 소생의 졸명은 황지엽이라 하며 제마성을 대표하여 영웅연에 참가하게 되었습니다!"

처음 소개하기로 황지엽은 분명 언자문 출신이라 하였다. 이제 말을 바꾸었으나 사람들이 영문을 모르기는 마찬가지였다.

"제마성? 제마성이라니, 그건 또 뭐지?"

"자네는 들어보았나?"

"전혀. 그러는 자네는?"

제마성이라니, 처음 들어보는 이름에 사람들은 당황을 금치 못했다. 혹시 이름을 들어본 자가 있는지 서로에게 물었지만 대답할 수 있는 이가 없었다.

"언자문 출신이라는 자가 이제 와 사문을 바꾸다니, 그게 대체 무슨 말이오! 황 소협은 어서 해명하시오!"

이치강이 큰 소리로 추궁했다. 턱수염이 꼿꼿이 서 사방으로 뻗쳐 지금 그가 얼마나 화가 났는지 누구나 알 수 있었다. 신창권문의 부문주 폭쇄권의 달인 이치강의 분노를 받으면서도 황지엽은 태연스레 웃으며 두 손을 들었다.

짝짝!

가볍게 두 번 마주친 손바닥이 청명한 소리를 냈다. 그러자 놀랍게도 관중석을 둘러 세워진 권왕의 깃발 옆에 또 하나의 깃대가 차례로 오르는 것이 아닌가!

새로이 올라온 깃발들은 권왕의 것과 같이 각각 다섯 자의 글귀가 수놓여 있었다. 사람들은 저마다 고개를 돌려 정신없이 그를 바라보았다.

마천상암야(魔天常暗夜), 마경상탁무(魔境常濁霧), 제웅맹구주(諸雄盲求主), 혼세제일인(混世第一人), 입성명제마(立城名諸魔)!

마의 하늘은 언제나 어두운 밤이요, 땅은 언제나 흐린 안개로다. 뭇 영웅이 먼눈으로 주인을 찾을 제, 어지러운 세상에 단 한 사람이 성을 세우고 제마라 이름 지었노라!

수많은 사람들이 글귀를 읽었으되 대부분 경황이 없어 그 뜻을 깊이 헤아린 이가 드물었다. 그러나 뜻을 헤아리기 전에 누군가의 비명 소리가 사람들의 가슴을 헤집어 팠다.

"허, 허, 허규! 허규다! 관음지 허규다!"

악명이 자자한 사파의 거두! 관음지 하나로 정파의 고수들을 농락하던 고수가 다른 곳도 아닌 권왕의 영웅연에 나타나다니! 아무도 믿지 못할 일이 지금 일어났다. 첫 번째 깃발, '마천상암야'의 깃대를 세운 이가 바로 허규였던 것이다.

"히익!"

"저, 저자가 허규가 확실한가?!"

누군가 믿을 수 없다는 듯 외쳤다. 몇 년 새 강호에서 그를 보았다는 자가 없어 신변에 무슨 이상이 생긴 게 틀림없다고 말하여지는 허규였다. 그의 얼굴을 모르는 이라면 당연히 의심할 수밖에 없는 노릇이다. 그러나 대답은 말이 아닌 행동으로 돌아왔다.

좌악—

허규의 앞에서 인파가 양편으로 갈라졌다. 어쩌면 당연하다 여겨야 할 광경이었지만 허규의 입가에는 미소가 떠올랐다.

허규는 제마성의 일로 몇 해 강호를 떠나 있었는데, 공교롭게도 돌아와 만난 이들이 자신을 전혀 두려워하지 않았다. 그 중 하나인 기명자는 오히려 자신이 두려워하는 자였고, 또 하나 애송이는 아예 허규를 잘 알지도 못했던 것이다.

자연 자신의 명성이 퇴색하지나 않았는지 마음 한구석 우려가 떠나지 않았는데, 이렇게 생생히 확인하였으니 흐뭇함이 절로 일었다.

'그래, 이거야. 이 관음지, 아직 죽지 않았어!'

사람이 워낙 많다 보니 허규의 얼굴을 보지 못하는 이가 대부분이었다. 그러나 그런 이들을 위한 안배인지 가까이 보이는 얼굴들이 허규의 존재를 잊게 해주는 것이었다.

"항불! 항불이다!"

"파계승 항불이 나타났다!"

두 번째 깃발, '마경상탁무'의 깃대를 세운 것은 봉두난발의 승려. 소림의 파계승 항불이었다.

"크하하하핫!"

놀라는 자들을 보며 항불이 한바탕 큰 웃음을 지었다.

소림의 사자후(獅子吼)라 했던가! 마귀를 내쫓는다는 불법(佛法)은 파계승의 입에서 중생을 위협하는 재주로 전락해 버렸지만 그 위력만큼은 변함이 없었다.

"밀지 마시오!"

항불의 웃음소리를 견디지 못하고 뒷걸음질치던 사람들은 저항에 부딪쳤다. 건너편에서도 두려움에 떨며 뒷걸음질 쳐오는 사람들이 있었던 것이다.

"혀, 혈랑도객!"

"혈랑이다! 혈랑이다!"

'혼세제일인'의 깃대를 든 사내, 송아지만 한 늑대를 거느린 혈랑도객을 확인한 비명이 하늘 높이 솟았다. 혈랑도객은 말없이 겁에 질린 사람들을 바라보았고, 대신 붉은 털을 목에 두른 혈랑이 길게 울부짖었다.

아우우우우우—

파란 하늘, 중천의 태양을 향해 울부짖는 늑대라니! 누구도 보지 못한, 아니, 상상하지도 못했던 광경이다. 울부짖는 혈랑에게 혈랑도객이 웃어 보이자 사람들은 그가 피륙만이 아닌 마음까지 난도질하는 재주가 있음을 깨달았다.

'입성명제마', 마지막 깃발의 주변에 있던 자들의 탄식은 절망을 넘어 차라리 체념에 가까운 것이었다.

"광정요검(狂情謠劍) 은삼교……."

사내의 건장한 몸에 여인의 얼굴을 한 자, 은삼교는 다른 이들과 달리 깃대에 자신의 몸을 기대어 서 있었다. 그의 아름다운 얼굴은 권태로 가득했고 두 눈은 초점을 잃어 무엇도 보고 있지 않는 듯했다. 지루하기 짝이 없는 세상, 관심 둘 곳을 잃어버린 듯한 표정이었다.

그를 피하듯 물러나는 사람들 중 누군가가 중얼거렸다.

"저게 말로만 듣던 반음반양인(半陰半陽人)인가……!"

자신도 모르게 나온 혼잣말이다. 게다가 사위가 시끄러워 제 입에서 나온 말도 제 귀로 들어가기 전에 흩어지건만, 어떻게 들었는지 죽어 있던 은삼교의 눈이 번쩍였다.

"으헉!"

중얼거린 사내가 비명을 질렀다. 어느새 은삼교의 검이 사내의 옷을 만 갈래 찢고, 차가운 날을 목에 댄 것이다. 멀리서도 그를 보았는지 황지엽이 다급히 소리쳤다.

"요검! 자중하시오!"

금방이라도 사내의 목을 벨 것만 같았던 은삼교의 검이다. 그러나 은삼교는 황지엽을 향해 고개를 숙이고 검을 회수했다. 사내는 얼빠진 얼굴로 제 목이 붙어 있는지도 모르는 눈치였다.

"잔칫날에 피를 봐서는 안 되지."

노래하듯 흥얼거리며 은삼교는 다시 깃대에 몸을 의탁했다. 바람에 펄럭이는 깃발의 힘도 상당할진대, 땅에 박힌 것도 아니면서 깃대는 누가 잡고 있는 듯 꼿꼿이 서 있었다. 무슨 내가 수법을 쓰는지 사람들은 두려운 와중에도 은삼교의 재주에 감탄을 금치 못했다.

관음지 허규와 항불, 혈랑도객과 요검 은삼교.

강호를 진동시키는 거마들이 한날 한자리에 나타나리라고 꿈엔들 떠올린 자가 있을까? 믿을 수 없는 일이 눈앞에 벌어지자 당황한 사람들은 질서를 잃고 허둥대기 시작했다. 밀고 밀리는 가운데 누군가는 넘어지고, 밟히고 또 그 위에 넘어지기를 반복하니 아비규환이 따로 없었다.

그러자 비로소 권왕이 자리에서 일어났다.

"모두 진정하시오."

자리에서 일어난 권왕은 별다른 행동을 취하지 않고 그저 조용히 한마디 건넸다. 그러나 크지 않은 음성은 당황해 날뛰는 사람들의 귀가 아니라 마음으로 들어갔다.

"……!"

우진의 목소리에 사람을 안정시키는 힘이라도 깃든 것일까? 수천의 사람들이 일제히 정신을 차리고 그 자리에 서서 넘어진 자를 일으키고 다친 이를 보듬기 시작했다.

정신을 차린 사람들은 너도 나도 같은 의문을 품기 시작했다. 허규나 항불이나 모두 벌레보다 사람 목숨을 쉽게 여기는 자들이다. 그런 자들이 넷이나 모였는데 단지 모습을 드러냈을 뿐 제자리에서 움직이지 않고 있는 것이다. 게다가 깃대를 쥔 모습이 한낱 기수에 불과하니 누가 봐도 모양새가 어색했다.

'과연 권왕이다!'

한편 황지엽은 한마디 말로 이 많은 사람을 진정시킨 우진에게 찬사를 보냈다. 과연 당금무림의 십왕이라고 일컬어지는 자. 젊은 나이에 무학의 정점에 다다른 자다운 모습이었다.

그러나 새삼스럽게 놀랄 일은 아니다. 황지엽은 권왕과 같은, 오히려 뛰어난 자를 알고 있다.

짝짝짝!

맑은 박수 소리가 사람들의 시선을 빼앗았다.

황지엽은 비무대 아래를 내려다보며 미소 지었다. 가운데선 '제웅맹구주' 깃발을 제외하고, 그 양옆 네 개의 깃발로부터 자신이 선 비무대에 이르기까지 사람들이 물러난 자리가 드러났다. 검은 머리의 바다가 갈라져 네 갈래 흰 길을 냈으니 그야말로 장관이었다.

그러나 역시 가운데 쓸쓸히 선 깃발이 아쉬운 일이다. 섭영귀가 세워야 했던 깃대는 주인을 잃고, 허규의 수하 중 유능한 자들이 받치고 있었다.

'진 노야가 이 광경을 보면 가슴을 치겠군.'

진 노야.

계획의 입안자이자 제마성의 부성주.

손위의 두 형을 제외하고 굳이 셋째인 황지엽에게 중책을 맡긴 진첩결을 말함이다.

이 광경을 본다면 제 뜻대로 되지 않아 분해할 것이 틀림없다. 그 모습을 상상하니 안타깝기는 하지만 고소한 마음이 절반을 차지했다.

진첩결의 별호는 천리안이다. 앉은 자리에서 천 리를 내다보는 혜안의 소유자. 광명통(光明通) 제갈창운과 함께 무림을 대표하는 모사의 안배가 어긋났음은 황지엽에게도 뜻밖의 일이다. 그러나 그러한 변수를 통제하는 것이야말로 황지엽에게 주어진 임무일지니.

황지엽은 자신을 향한 답을 구하는 눈길들을 일일이 확인하고 마지막으로 권왕의 시선을 확인했다. 우진은 일어난 채 말없이 황지엽을 바라보고 있었다. 마음속 깊은 곳, 자신도 알지 못하는 저 밑바닥까지 꿰뚫어 보는 시선에 애써 평정을 유지하며 황지엽은 고개를 곧추세웠다.

우우웅—

내력을 끌어올리자 곧 황지엽의 몸을 중심으로 거대한 기운이 소용돌이쳤다. 이십대 청년의 것이라고는 믿을 수 없이 막대한 내공! 그것만으로도 충분히 경악하는 사람들의 귓속으로 더욱 놀라운 황지엽의 말이 꽂혀들었다.

"제마성의 성주이자 사파 무림의 주인 되시는 분! 저 위대한 마왕의 이름으로 신창권문의 개파 십 년을 감축드리오!"

第九章
하늘, 운명의 문으로

황지엽의 말은 군웅들의 귀를 울리는 것도 모자라 권왕이
애써 가라앉혔던 마음을 온통 뒤집어놓았다. 아니, 정확히는
말속 단 하나의 단어, 바로 '마왕'이라는 한 단어의 힘이었
다.

　십왕을 거론할 때 언제나 가장 먼저 언급되는 이름, 전설 속
마천상야공을 현세에 되살린 저주받을 이름, 정파뿐 아니라
사파의 무리들에게까지 두려움의 대상이라는 이름.

　그러나 몇몇 냉정한 이들은 마왕이라는 이름의 무게보다 그
앞에 세워진 생소한 이름에 주목했다. 제마성의 성주? 제마성
이란 이름은 들어본 일이 없다. 그들의 생각을 읽었는지 황지
엽이 곧 말을 이었다.

"먼저 언자문이라는 엉터리 이름을 앞세운 점 사죄드립니다. 본 제마성은 이제 막 걸음마를 시작한 단체이니만큼 명성이 자자한 신창권문의 잔치에 누가 될까 두려웠던 바이니 존경하옵는 우 장문인과 여러 강호 명숙들의 이해를 바랄 수밖에 없지요."

앞뒤가 맞지 않는, 억지도 이런 억지가 없다. 그제야 사람들은 마왕이 제마성이라는 사악한 단체를 세웠고, 일부러 권왕의 영웅연을 빌어 창건의 기치를 높이려 했음을 깨달았다. 이렇게 되니 사람들의 머릿속에는 마왕과 제마성이라는 이름만 남지, 신창권문의 개파 십 년은 간데없는 것이다.

권왕의 제자들과 그를 추종하는 무리는 황지엽의 뜻을 알자 커다란 모욕감에 휩싸여 얼굴이 붉어졌다. 당장에라도 뛰쳐나가 저 얄미운 애송이를 잡아 두들기고 싶은 마음이 굴뚝같았으나, 정작 가장 분노해야 할 권왕 본인이 침묵하고 있어 함부로 나설 수 없었다. 더욱이 네 사람의 절정고수가 바깥에서 눈을 부릅뜨고 있으니 누가 감히 움직일 것인가!

순간 바람을 타고 침묵이 사람들을 스쳐 지나갔다. 그 지나간 자리를 두려움과 놀라움, 분함과 부끄러움이 채워지고 난 후에 권왕이 다시 입을 열었다.

"영존께서는 강녕하신가? 마음이 바쁘니 모든 일에 여유가 없더군. 안부도 전하지 못하고 벌써 오 년이 지났군."

권왕의 말은 조용히, 그러나 폭풍같이 사람들의 마음을 휩쓸었다. 마왕의 이름은 황종류이고 비무대 위의 청년은 마왕과 같은 성을 쓴다는 사실을 뒤늦게 깨달은 것이다.

황지엽 역시 다소 놀란 얼굴로 대답했다.

"가친도 종종 오 년 전 이야기를 하십니다. 당신 역시 우 문 주님에게 기별을 넣고 싶어하셨으나 세상일이 어디 마음대로 되는지요. 비록 서간의 왕래는 없어도 두 분의 마음이 하나이 니 그것으로 족하지 않은가 합니다."

오 년 전.

전설의 마공 마천상야공의 재림으로 전 무림이 두려움에 떨 고 있을 때에 분연히 일어선 젊은이가 있었다. 이미 일부 인사 들에게서 절정고수로 인정받던 신창권문이라는 신생 문파의 장문인이었다.

이미 마왕이라는 이름으로 더 유명했던 황종류가 당시 사십 삼 세, 우진은 삼십오 세였다. 나이로 따지면 황종류는 몸과 마 음의 성장이 극에 달해 있을 때이고, 우진은 이제 막 정상으로 치닫기 시작할 때이니 두 사람의 대결은 누구라도 마왕의 승 리를 점칠 수밖에.

그러나 황종류와 우진은 하루 밤낮을 꼬박 새우고 끝내 승 부를 짓지 못했다. 서로 손을 거두고 물러가며 황종류는 하늘 을 향해 긴 탄식을 내뱉었다 한다.

"정파의 무리는 무슨 복이 있어 저자를 얻었으며, 또 무슨 공이 있어 저자에게 변변한 이름 하나 주지 않았는가……. 검왕이며 도 왕이며 다 부질없는 이름이다!"

그를 전해 들은 사람들은 결국 우진을 권왕으로 추대하고 열 사람의 왕을 내걸어 십왕을 세웠다. 적수공권으로 무림에 나서 일가를 이루고도 홀대받던 우진이 마왕의 덕에 정당한 평가를 받았으니 참으로 역설이었다. 덧붙이자면, 입문자의 출신을 불문에 붙인다는 방침에 대해 구파가 입을 다문 것도 이 시점이었다.

황지엽은 곧이어 우진에게 허리를 굽히고 말했다.

"제마성의 성주께서 신창권문의 개파 십 년을 축하하며 친히 선물을 보내셨습니다."

그것이 신호인 듯, 높이 솟은 다섯 개의 깃발로부터 가마가 하나씩 비무대로 향했다. 이미 나 있던 네 개의 길 외에 가운데 깃발로도 하나의 길이 더 생겨나 가마들은 아무런 제지 없이 비무대에 도착했다.

마왕이 보낸 선물이란 대체 무엇인지 사람들의 관심이 온통 다섯 가마로 쏠렸다. 소문이 무성한, 산처럼 쌓여 있다던 마왕의 금은보화일까? 혹은 구하기 힘든 영약일까? 선물의 이름을 빌린 악의 가득한 물건일지도 모른다.

그러나 모두의 예상을 깨고 가마로부터 나온 것은 사람이었다. 다섯 개의 가마에서 한 사람씩 모두 다섯 명의 젊은이. 네 사람의 청년과 한 사람의 소녀.

저것이 무슨 선물이란 말인가? 웅성대는 군웅의 머리 위로 하나의 인영이 훌쩍 날았다. 하늘을 나는 듯 경공 수법이 앞선 등봉건에 비해 결코 떨어지지 않았고, 도약대가 되어준 어깨를 차는 발은 더한 다급함이 서려 있었다.

"얘들아!"

단숨에 비무대 위로 뛰어든 자는 종리세가의 가주 종리창이었다. 가마에서 내린 젊은이 중 일남일녀가 울듯이 외치며 그의 품에 안겼다.

"아버님!"

그들은 바로 종리세가의 자제 종리상웅과 종리부용이었다. 종리창은 종리부용의 뺨을 쓰다듬으며 물었다.

"이게 어찌 된 게냐? 저… 저들이 무슨 짓을 한 게냐? 행여 몹쓸 짓이라도 당한 건 아니냐?"

"저들은 제 몸에 손끝 하나 대지 않았어요. 오히려 가마를 타고 편하게 올 수 있었던 걸요?"

종리부용이 의연히 대답했다. 오히려 그보다 더 울상이 된 오라비 종리상웅이 말을 덧붙였다.

"허… 허 선배가 처음에는 강제로 납치했지만 오는 길은 편했습니다. 아무런 일도 당하지 않았어요. 하지만… 소자, 두려웠습니다."

종리창의 뒤를 이어 제갈창운 역시 비무대 위로 올랐다. 청년들 중 또 한 사람이 그에게 다가서니 역시 아들인 제갈첨(諸葛尖)이었다.

"너는 괜찮은 게냐? 다른 이들은 어떻게 됐느냐?"

제갈첨 역시 행색은 처음 떠날 때 그대로, 아니, 오히려 혈색이 더 좋아 보였다. 그러나 제갈창운이 그와 함께 세가를 떠난 자들의 안부를 묻자 제갈첨의 안색이 어두워졌다.

"숙부 두 분과 아우들은 모두 요검의 손에 그만… 크흑!"

제갈첨은 말을 잇지 못하고 오열을 터뜨렸다. 예까지 오는 동안 억지로 세워왔던 자존심이다. 그와 동행했던 두 숙부와 사촌 아우들의 죽음을 가슴에 묻고 세가의 명예를 지키기 위해 끝까지 고수했던 의연함도 이렇듯 살아서 만난 부친 앞에 무너진 것이다.

"이이… 이런 간악한 놈들!"

제갈창운이 크게 소리치며 황지엽을 노려봤다. 그러나 황지엽은 아무렇지도 않은 듯 두 손을 모으며 대답했다.

"이것은 제마성과 제갈세가 사이의 은원이니 다른 자리에서 논하도록 하지요. 적어도 지금은 때가 아니지 않습니까?"

"은원을 따질 것은 제갈세가뿐이 아니오!"

일갈하며 한 청년이 나섰다. 그가 타고 온 가마는 향불이 든 깃발에서 출발하였으니 바로 남궁세가의 삼남 남궁권(南宮灌)이었다.

종리 남매와 제갈첨, 그리고 나머지 한 사람인 사천당가의 대표 당성곤(唐成鯤)은 적어도 옷차림이 말끔하고 핍박받은 흔적이 보이지 않았는데 유독 다른 것이 남궁권이었다.

본래 눈처럼 희었을 백의는 누렇게 변색되었을 뿐 아니라 온통 구겨져 있었다. 제대로 씻지도 못한 듯 얼굴이 꼬질꼬질하고 머리가 흐트러져 있어 그간 고초가 많았음을 짐작케 했

다. 강남의 미공자로 소문난 준걸도 이렇게 되고 보니 시정잡
배나 다름없었다.

'쯧!'

황지엽은 혀를 차고 관중 너머 은삼교와 항불을 쏘아봤다.
그러나 은삼교는 황지엽이 보든 말든 관심없는 표정이었고,
항불은 시선을 하늘로 올리며 딴청을 피웠다.

'두고 봅시다!'

황지엽은 속으로 경고를 보내고 즉시 웃는 얼굴로 남궁권에
게 말했다.

"강호에 적을 두었으니 은원으로부터 자유로운 자가 어디
있겠소? 남궁 형은 조급해하지 마시오. 본 성은 산서 오대산에
있으니 언제라도 찾아올 수 있소!"

황지엽의 얼굴이 비록 웃고 있었으나 목소리는 단호했고 눈
빛도 날카로웠다. 남궁권은 자신도 모르게 한 발 뒤로 물러났
다.

"후훗!"

그 모습을 보며 황지엽이 가볍게 웃고, 다시 우진을 향해 말
했다.

"여기 이 젊은이들은 강호의 후기지수를 가리는 비무대회
에 가장 중요한 분들이지요. 하지만 오대세가로부터 무한까지
길이 험하고 인심은 어두워 본 성주께서는 우 장문인의 마음
에 염려가 가시지 않을 것이라 하였습니다. 때문에 제마성이
사람을 풀어 그들을 신창권문까지 보위하였으니, 이것이야말

로 영웅연을 빛내는 최고의 선물일지니 장문인께서는 부디 사양치 마십시오."

"그럴 수가……!"

여기저기에서 탄식과 분노가 터져 나왔다. 이것은 명백한 기만이요, 경사스러운 날을 망치는 처사이다. 그러나 누구도 그 이상 나서는 자가 없었으니, 바로 뒤에 서 있는 네 사람의 절정고수 탓이었다. 덧붙여 이제야 왜 저들이 한낱 기수의 역할을 받아들이고 있는지 사람들은 알 수 있었다.

마왕이기 때문에 저들은 기꺼이 그의 수하를 자처하였으리라. 마왕이 아니라면 누구도 저들을 하나로 묶지 못하였으리라.

"자, 그럼……."

준비해 둔 말을 끝낸 황지엽은 여유롭게 이제 자신의 말을 하기 시작했다. 이제부터가 정말 자신의 일이다.

"비무대회를 재개합시다."

"뭐 하십니까? 비무를 다시 시작하자니까요."

황지엽은 시원스레 웃으며 이치강을 독촉했다. 눈물 없이 보기 힘든 부자 상봉에 자리를 비켜주었던 이치강이 노기 띤 얼굴로 한 발 나섰다.

"말도 안 되는 소리 그만하시오! 여기가 어디라고 생각하는 거요? 감히 본 문 안에 저따위 기를 올리다니!"

이치강은 손가락을 들어 허규 등이 세우고 있는 깃발을 가리켰다. 바람을 한껏 받은 깃발이 크게 펄럭여 권왕의 깃발을 가리니 이치강의 마음이 크게 요동쳤다.

"어서 저 무도한 자들을 물리고 공자도 따라 썩 내려가시오!"

"내려가다니? 어디를 내려가란 말입니까?"

황지엽은 짐짓 모르는 척 두 눈을 끔뻑였다. 그 모습이 이치강의 화를 더욱 부추겼다.

"비무대에서 내려가란 말이오! 그리고 비무대회는 일단 중지할 것이오!"

"그럴 순 없습니다!"

엉뚱한 자가 이치강의 말을 반박하고 나섰다. 구질구질한 강남 미공자 남궁권이었다.

남궁권은 이글거리는 눈으로 황지엽에게 삿대질을 했다.

"이자가 원하는 대로 해주십시오! 제가 직접 상대하겠습니다! 수많은 사람이 보는 앞에서 톡톡히 망신을 주어야 분이 풀릴 겁니다!"

남궁권이 분을 참지 못하고 고래고래 소리를 지르는데, 겉보기와 달리 속은 멀쩡한 것이 분명했다.

"잠깐!"

한참 말없이 서 있던 청년이 남궁권을 제지하고 나섰다. 사천당가의 대표 당성곤의 차갑고 날카로운 인상도 지금은 분노로 일그러져 있었다.

"순서는 지키시지? 이놈을 상대하는 건 내가 먼저야."

345

"뭣이?"

남궁권이 눈알을 부라리자 당성곤도 지지 않겠다는 듯 안광을 발했다.

두 사람이 비록 항불과 혈랑도객의 손에 납치되었다지만 각자가 검왕과 독왕의 자제로, 당금무림에 손꼽히는 후기지수임은 틀림없는 사실이다. 부친의 위명에 부끄럽지 않음을 증명이라도 하듯, 두 젊은이에게서 뿜어져 나오는 기운이 예사롭지 않았다.

그렇게 대치하고 선 남궁권과 당성곤을 강 건너 불구경하듯 보고 있던 종리상웅이 아픈 소리를 내며 몸을 비틀었다.

"아얏! 야, 왜 꼬집고 그래?"

종리부용은 커다란 눈을 흘기며 조용히 말했다.

"오라버니 지금 뭐 하고 서 있어? 얼른 저 사이에 껴야 할 거 아냐! 남의 일처럼 보고만 있으면 어떡해?"

"야! 너 오라비를 죽일 셈이야? 내가 저기 왜 껴?"

종리상웅이 질색하며 대답했다. 그런 아들의 등을 종리창이 두드렸다.

"누가 너더러 끝까지 나서라더냐? 저 많은 사람들이 보고 있는데 너만 뒤로 빼면 무슨 소릴 듣겠느냐? 적당히 하다가 저들에게 양보하면 되지 않겠니? 자, 어서!"

종리창은 귓속말로 독려하고, 아들을 비무대 중앙으로 떠밀었다. 남궁권과 당성곤이 동시에 노려보자, 종리상웅은 웃는 것도 아니요, 우는 것도 아닌 얼굴로 말을 더듬었다.

"아니, 두 형장은 그, 그렇게 보지 마시구려. 하, 하핫!"

어쨌든 종리상웅까지 나서게 되자 혼자 빠질 수 없었는지 제갈첨도 눈물을 닦고 세 사람에게 다가갔다. 속사정이야 어떻든 잡혀온 네 젊은이가 꺾이지 않고 서로 황지엽과 상대하겠다며 다투는 것이다.

"역시 오대세가의 후예로군! 뭐가 달라도 다르다니까!"

"과연! 범의 새끼는 범이라더니!"

군웅은 뒤에 선 허규 등을 잊고, 이 순간만큼은 저마다 엄지손가락을 치켜세우며 그 기상을 칭송하기에 바빴다. 또한 저들 중 검왕과 독왕의 후예가 있으니, 그들과 마왕의 후예가 겨루는 장면을 목도할 수도 있겠다는 생각이 군웅을 흥분시키는 것이다. 그러나 곧 이치강의 엄준한 목소리가 좌중을 가라앉혔다.

"그만, 그만! 자네들은 대체 여기가 어디라고 생각하는가! 신창권문 안에서는 누구도 멋대로 굴 수 없네! 그리고!"

이치강은 숨을 들이켰다. 방금 한 말 그대로 이곳에서 누구도 멋대로 굴도록 내버려 둘 수 없었다.

"황 공자는 헛된 수작 부리지 마시오! 이 자리는 어디까지나 정도무림을 이끌어갈 후기지수를 가리는 자리! 본 문의 초청패를 소지하지 아니한 자에게는 자격이 없소이다!"

황지엽은 두 어깨를 올리며 대답했다.

"나도 초청패를 가지고 왔습니다. 그렇지 않았으면 여기 어떻게 서 있겠습니까?"

"본 문은 귀 성에 초청패를 보낸 기억이 없소이다!"

"하지만 내 것은 신창권문이 제작한 초청패가 틀림없습니다."

황지엽이 호소하듯 말했으나 이치강은 코웃음 쳤다.

"흥! 초청패가 진품이든 아니든 제 주인에게 간 것이 아니라면 소용없소! 원 주인에게서 강제로 빼앗았다면 오히려 본 문이 용서치 않을 것이외다!"

이치강의 말이 끝나자 황지엽은 재차 확인하듯 되물었다.

"그럼 제 주인에게 간 것이라면 되겠군요?"

"무슨 수작을 부렸든 안 되는 건 안 되는 거요!"

이치강은 황지엽이 가져온 초청패의 진위에 상관없이 그를 비무대회에서 끌어내릴 생각이었다. 하지만 이치강의 말을 들은 황지엽은 무엇이 만족스러운지 환하게 웃으며 말했다.

"그렇다면 별문제없겠군요! 내가 가져온 것은 제 주인에게 간 것이 확실하니까!"

"흥! 그럴 리가! 허튼수작은 그만두고 순순히 내려가시오! 무슨 망신을 당해도 나는 모르오!"

이치강은 여차하면 자신이 나서서 황지엽을 제압할 생각이었다. 비록 저 뒤에 허규들과 그 수하들이 서 있었지만 여기는 어디까지나 신창권문이다. 수많은 제자들에 하객으로 온 고수들이 가세한다면 어렵지 않게 상대할 수 있을 것이다. 물론 권왕의 존재가 절대적임은 말할 것도 없었다.

그러나 황지엽은 이치강의 바람과 달리 크게 웃는 것이었
다.

"크하하하핫! 기 선배! 내가 곤경에 빠졌으니 어서 구해주시
구려!"

황지엽이 크게 웃으며 말하자, 군웅 가운데 한 사내가 얼굴
에 손을 가져갔다.

우드득—

묘한 소리와 함께 사내의 얼굴이 떨어져 나갔다. 제 얼굴을
뜯어내다니? 주위의 사람들은 한 번 놀라고, 그것이 인피면구
임을 확인하고 두 번 놀랐다. 그러나 앞서 두 번과 비교할 수
없는 놀라움이 그들을 덮쳤다.

인피면구를 벗어내고 본 얼굴을 드러낸 사내를 중심으로 커
다란 파문이 일어났다. 사내에게서 한 걸음씩 물러난 자들 중
한 사람의 중얼거림이 곧 모두에게로 퍼져 나갔다.

"절, 절창!"

바위처럼 단단해 감정을 드러내지 않는 얼굴. 그 자신이 하
나의 창인 듯 온몸을 찌르는 예기. 창 없이 가벼운 몸이지만
절창 기소위가 분명하다.

절창 기소위는 정파의 사람이지만 손속이 잔인한 것으로 유
명한 고수이다. 아니, 절정이라는 말을 붙여도 모자란 감이 있
다. 사람들은 그를 평할 때 '십왕에 가장 가까운 자' 라는 말을
즐겨 썼고, 혹자는 십왕 중 하나를 제하고 새로이 창왕을 넣어
야 하지 않겠느냐 주장하기도 할 정도였으니.

권왕을 제외한 이 자리의 누구도 기소위에 비할 자가 없었다. 관음지와 항불, 혈랑도객과 요검 네 사람을 합쳐야 겨우 견줄 수 있을까? 그런 기소위가 인피면구를 뜯고 나타났으니, 이치강도 놀라 말을 더듬었다.

"기, 기 대협이 아니시오?"

기소위는 고개를 끄덕이며 대답했다.

"삼공자가 소지한 초청패는 내 것이 틀림없소. 초청패를 받았을 때 나는 이미 제마성에 투신한 몸이었으니 그것은 내 것이며 동시에 제마성의 것. 삼공자는 비무에 참가할 자격이 충분하외다."

영웅연에 모인 하객들은 평생에 걸쳐 받을 놀라움을 이미 오늘 하루에 다 받았다고 생각했다. 그러나 그것은 얼마나 성급한 판단이었는가! 지금 기소위의 입에서 나온 이야기는 말 그대로 청천벽력. 마른 가을 하늘에 내린 벼락처럼 모두의 몸에 꽂힌 것이다.

저 절창이, 십왕이라 해도 묶어둘 수 없는 자유로운 자가 마왕에게 몸을 의탁하였다니!

얼어붙은 사람들을 뒤로하고 기소위의 확인을 받은 황지엽이 말했다.

"자, 그럼 제 자격에 대한 논란은 이것으로 끝! 더는 왈가왈부할 이유가 없겠지요?"

"아, 아니… 그럴 순 없소!"

경악을 금치 못하면서도 이치강이 반대하고 나섰다.

'늙은이가 제 말을 뒤집을 셈인가?'

황지엽이 얼굴을 찡그리며 재차 말을 하려는데, 저 멀리에서 권왕이 먼저 입을 열었다.

"…괜찮겠지."

"예?"

권왕의 한마디가 얼어붙은 사람들을 녹이고 이치강의 눈을 튀어나오게 했다. 놀라는 부문주를 두고 권왕은 흥미롭다는 듯 미소 지으며 말했다.

"마왕의 아들이라면 당연 마천상야공을 익혔을 터. 그 성취가 어느 정도인지 보는 것도 괜찮겠지. 여러분은 보고 싶지 않소?"

우진의 말이 떨어지자 얼어붙었던 사람들이 언제 그랬냐는 듯 뜨겁게 끓어오르기 시작했다. 군웅은 정사의 구분에 앞서 칼 한 자루에 의탁해 강호를 사는 사람들. 이 비무를 원하지 않는 이가 어디 있겠는가?

"하지만……!"

누구도 아닌 우진이 자신의 잔치가 망가지는 것도 아랑곳없이 말하자 이치강이 반발하며 나섰다. 그러나 반발하면서도 할 말을 찾지 못하는 이치강의 앞에 남궁권이 제 검을 빼 들며 말했다.

"이 선배는 그만 내려가시지요! 여기는 이 후배들의 자리이니까!"

"잠깐, 잠깐!"

검을 들고 나서는 남궁권에게 황지엽이 손을 흔들며 막아섰다. 남궁권이 비웃으며 말했다.

"홍! 이제 와 겁을 먹은 건가?"

"우 장문인께서 저리 나오시니 부담이 이만저만 아니구려. 숨 좀 고릅시다."

황지엽은 그 손을 도로 가슴에 대어 두어 번 심호흡하고, 좌중을 둘러보며 말했다.

"물론 내 주장에도 억지가 있으니 이대로는 불공평하겠지요. 하니 새 제안을 하나 하지요. 나는 이 자리에서 비무에 참가하는 자들을 모두 상대하겠습니다! 차륜전도 좋고, 한꺼번에 덤벼도 상관없습니다! 앞서 탈락한 자들도 상관없으니 모두 올라오시지요!"

*　　　*　　　*

의식은 아주 깊은 곳, 정신의 밑바닥을 훑고 있다. 짓눌린 의식은 떠오르지 못하고 거친 정신의 기저에 쓸려 상처투성이인 배를 보듬는다.

"......."

손을 뻗는 것은 내 의지인지 유 총관의 의지인지.

그도 아니면 아버지의 의지인지.

누구의 것인지도 모르면서 손은 멋대로 움직인다.

저 깊은 곳에서 의식의 꼬리를 잡아 건져 올린 순간, 모용천은 두 눈을 떴다.

"모용 형!"

번쩍 뜬 눈에 처음 들어온 것은 서해영이었다. 서해영은 귀
신이라도 본 듯 깜짝 놀란 얼굴을 하고 있었다.

왜 그런 얼굴을 하는지? 섭영귀나 허규의 수하들이 자신에
게 보였던 얼굴을 왜 서해영이 하고 있는지 물어보려던 모용
천이 휘청거렸다.

"형!"

서해영이 놀라며 모용천을 부축했다. 모용천은 서해영의 부
축을 받아 침상에 앉았다.

"이게 무슨······."

모용천은 무슨 영문인지 몰라 당황했지만 곧 어젯밤 일이
떠올랐다. 서해영과 객잔에 방을 잡고 밤새 술을 마셨던 기
억이 어느 순간부터 흐려져 있었다. 술에 취해 쓰러졌던 건
가?

"내가 그렇게 술을 많이 마셨나?"

모용천은 쓰게 웃으며 눈을 감고 운기조식을 했다.

일각이 채 지나지 않아 순정한 내공이 몸 안을 한 바퀴 돌
고, 몸 안에 스며들었던 주독을 말끔히 몰아냈다.

"으샤!"

모용천은 가볍게 일어나 온몸을 비틀었다.

"모용 형! 괜찮아요?"

서해영이 자신을 걱정한다고 생각하고 모용천은 일부러 밝

게 대답했다.

"그럼! 그깟 술 몇 동이 마셨다고 어떻게 되겠어?"

그러나 서해영은 어이가 없다는 듯, 아니, 역정을 내며 말했다.

"형! 모용 형이 마신 건 술만이 아니에요! 형은 수심미혼단(睡沈迷魂丹)을 먹었다구요! 대체 왜 반나절 만에 깨어나는 거냐구요! 대체 왜!"

"서 아우, 왜 화를 내는 거야? 아니, 아니… 수심미혼단은 또 뭐지? 난 그런 걸 먹은 기억이 없는데."

쾅쾅!

부서져라 가슴을 치며 서해영이 말했다.

"형 술잔에 내가 몰래 타 넣었으니 기억이 없는 게 당연하죠! 아이고, 세상에! 세상에!"

"뭐? 그게 뭔데 내 잔에 몰래 타 넣어?"

모용천은 영문을 몰라 서해영을 바라봤다. 그러나 서해영은 기가 막히고 어이가 없어 대답하지 않고 애꿎은 제 가슴만 치는 것이다.

모용천은 서해영을 믿어 의심치 않았지만, 혹시나 하는 마음에 슬그머니 내력을 돌려보았다. 그러나 몸 어디에도 이질적인 느낌은 들지 않았다.

몰래 한다고 했지만 눈치가 백단이라, 서해영이 길게 한숨을 내쉬며 말했다.

"휴우……. 모용 형, 수심미혼단은 내 집안에서 조제한 환단이에요. 별다른 독성은 없으니 걱정하지 마세요."

'서 아우가 내게 나쁜 걸 먹일 리 없지!'

모용천은 순간이나마 품었던 의혹을 원망하고 또 자책했다. 그를 보는 서해영이 환하게 웃더니 또 금세 울상을 지으며 말했다.

"수심미혼단은 독약은 아니지만, 사람을 아주 깊이 잠들게 하는 효능을 가지고 있답니다. 보통 사람이라면 한 알로도 사흘 밤낮을 잠들게 할 수 있어요. 내공이 깊은 무림인이라도 하루는 꼬박 재울 수 있는 물건이지요. 약기운이 절로 사라지기 전에는 무슨 짓을 해도, 팔 하나, 다리 하나를 잘라도 깨어나지 않으니 어떻게 보면 독약보다도 위험한 물건이랄 수 있죠. 그런데……."

서해영의 말 그대로 수심미혼단은 사람을 아주 깊은 잠에 빠뜨리는 물건이었다. 서해영은 지난밤 술자리에서 몰래 한 알을 넣어 모용천을 잠들게 하는 데 성공하였으니, 아무리 일찍 깨어난들 최소 하루는 걸릴 것이라 생각했다.

깨어나면 어떤 원망이든 달게 받겠다고 각오를 다지고 있었는데, 모용천은 하루는커녕 한나절도 아니고 반나절 만에 깨어난 것이다.

'어떻게 하루도 못 재워? 늙은이들이 노망이 났나, 이런 불량품을 쥐어주다니!'

그렇게 속으로 원망해 보지만 서해영도 어렴풋이 느끼고 있

355

었다, 모용천의 내공은 수심미혼단 한 알로도 부족할 정도임을. 그러나 서해영이 보는 모용천은 이제 스무 살 젊은이이니 그토록 깊은 내공이 가당키나 한가?

모용천은 서해영이 자신을 하루 동안 재우려 했음을 알았지만, 금방이라도 울 듯 침울해 있어 감히 건드릴 수 없었다. 대신 모용천은 창문을 열었다.

창밖에는 해가 이미 중천을 지나 있었다.

"이런! 비무대회에 늦었잖아!"

모용천이 깜짝 놀라 외치자 서해영이 퍼뜩 정신을 차리고 말했다.

"모용 형, 다시 말할게요."

모용천은 서해영이 무엇을 말하려는지 알 수 있었다. 즐겁게 술을 마시면서도 서해영은 지속적으로, 그리고 집요하게 자신으로 하여금 비무대회를 포기하도록 설득했으니까.

수심미혼단이라는 약을 왜 먹였는지도 굳이 물을 필요가 없었다.

"아니, 안 돼. 그럴 순 없어."

듣지도 않고 모용천이 고개를 저었다. 그를 본 서해영이 강하게 말했다.

"이건 경고예요. 가지 마세요."

"경고라니? 무엇을?"

더 이상 사람 좋게 듣고 있을 수 없었다. 모용천의 반문하는 목소리에 날이 서 있었다. 서해영은 어깨를 늘어뜨리고 애원하듯 말했다.

"모용 형! 나를 믿는다면, 이 아우를 믿는다면 가지 마세요. 아니, 가지 말아주세요. 제발, 제발! 이건… 부탁이에요."

서해영의 커다란 눈동자가 흔들리고, 모용천의 마음도 흔들렸다. 의도가 무엇이든 간에 서해영의 말에는 진심이 담겨 있었다.

그러나 그렇다 해도.

모용천은 흔들리는 마음을 다잡았다.

"이건 아니야. 난 가야 해."

모용천은 자리에서 일어나 기대어놓은 검을 허리에 찼다. 비록 단순한 동작이었지만 단호함이 서려 있어 서해영은 더는 무슨 말도 소용없음을 깨달았다.

모용천은 방문을 열며 말했다.

"서 아우, 난 자네가 왜 그런 말을 하는지는 몰라. 하지만 내게 해를 입히려고 한 말이 아니라는 건 알 수 있다네. 아니, 오히려 나를 위하는 말이겠지. 난 그렇게 믿어."

의자에 앉은 서해영은 고개를 돌리고 아무 말이 없었다. 그 모습을 본 모용천이 웃으며 말했다.

"내가 다른 날 다른 부탁을 꼭 들어줄 터이니 너무 속상해하지는 말게. 이 객잔에 계속 있을 거지? 내 다녀올 테니 다시 보자고."

쾅!

말은 여유롭게 하여도 마음은 급했는지 서둘러 닫은 문이 큰 소리를 냈다. 가만히 앉아 있던 서해영은 살며시 고개를 돌려 닫힌 방문을 보고 중얼거렸다.

"바보……!"

발 디딜 곳 없이 복잡하던 거리가 몹시 한산했다. 모두 권왕의 영웅연을 보러 간 걸까? 인적 드문 길이 모용천의 발걸음을 재촉했다.

'대충 점심때는 지난 것 같은데……. 설마 늦었다고 돌려보내지는 않겠지?'

속으로 이리저리 생각을 해보지만 그럴수록 불안한 마음만 가득하다. 그러나 무거운 마음과 달리 몸은 무척 가벼웠다. 의도한 바는 아니었겠지만 짧은 시간 깊이 잠들 수 있었던 수심미혼단의 덕일 것이다.

다시 생각해 봐도 알 수 없는 일이다. 서해영은 왜 그런 약을 동원해서까지 비무대회에 나가지 말라는 걸까? 차라리 악의에 기인했다면 이해하기 쉬울 텐데, 그럴 리 없어 모용천은 더욱 혼란스러웠다. 나쁜 마음을 먹었다면 깔끔하게 독약을 먹였을 것이다. 다시 만난 반가움에, 어제 모용천은 말 그대로 방심한 상태였으니까.

'저녁에 다시 이야기해 봐야겠군. 아니, 차라리 서 아우도 함께 가면 좋았을 텐데. 그도 영웅연에 참가하러 온 것이 아니었나?'

뒤늦게 든 생각은 아니다. 객잔에서 나올 때에 서해영의

358

얼굴이 몹시 어두워 차마 같이 가자는 이야기를 할 수 없었을 뿐이다. 모용천은 경공을 한껏 발휘해 달리고 있었지만, 끝까지 고개를 돌려주지 않은 서해영의 옆얼굴이 못내 아쉬웠다.

오래지 않아 신창권문의 정문이 나타났다. 눈 안에 들어오자 조바심이 극에 달해 모용천은 일시에 내력을 돋우었는데, 그때 낯익은 목소리가 귓가에 들려왔다.

"뭐가 그리 급한가?"

투루루루루!

사람 말을 따라 하려는 말의 투레질 소리가 모용천의 마음을 잡아챘다. 발을 멈추고 보니 마차에 매인 비루먹은 말 한 마리와 그를 부리는 노인 하나가 눈에 들어왔다.

"취명!"

이히히히힝!

모용천이 반갑게 부르자 취명 역시 반갑게 대답했다.

"예끼! 사람은 뒷전이고 이 빌어먹을 놈만 보이나?"

기명자가 투정 아닌 투정을 부리자 모용천이 웃으며 말했다.

"어제도 뵙지 않았습니까. 비무대회를 보러 오신 겁니까?"

"보러 오기는, 이제 보고 나오는 길이지."

"예? 벌써 끝났습니까?"

모용천이 기겁을 하며 묻자 기명자는 음흉한 웃음을 흘렸다.

"으흐홋, 끝나기는? 이제 막 시작인걸!"

이제 막 시작이라면서 보고 나오는 길이라니? 기명자의 말이 앞뒤가 맞지 않았지만 모용천은 눈치채지 못하고 말했다.

"다행이군요. 늦은 줄 알았습니다."

안도의 한숨을 내쉬고 다시 경공을 전개하려는데, 내력을 끌어올리기도 전에 기명자가 그를 잡았다.

"이봐, 이봐! 성급하게 굴지 말게!"

"예?"

"자네, 내가 해준 말 기억나나?"

그렇지 않아도 급한데 기명자가 밑도 끝도 없이 물어오자 모용천도 슬슬 짜증이 났다. 절로 퉁명스런 말이 튀어나오는 것이다.

"또 무슨 말씀을 하려고 그러십니까? 시간이 없으니 짧게 끝내주십시오."

그러자 기명자가 빙그레 웃었다.

"내가 자네를 처음 보고 하늘도 무심하다 탄식하지 않았나. 그게 언제라고 벌써 잊었나?"

기억이 난다. 모용천이 고개를 끄덕였다.

"자네 얼굴이 고생을 아주 사서 하는 상이야. 무수히 많은 길이 있는데도 고생길만 꼭 집어내는 그런 상이라고."

"……"

"물론 자네가 현명하게만 굴면 피해갈 수 있어. 자네가 이제 스물이라 했지? 그럼 뭐 내 말이 실감이 날 리 없지. 고생길은 이제부터 아주 제대로 시작하니까."

아주 재수가 없어라 퍼부으면서도 뭐가 좋은지 기명자는 싱글벙글 웃고 있었다. 모용천은 얼굴을 찡그리며 대답했다.

"그래서 하시려는 말씀이 뭡니까? 저 정말 시간이 없습니다."

기명자는 대답 대신 손을 들어 정문을 가리켰다.

"저거."

"예?"

"저거 말일세. 저게 고생문이야. 지금 저 안으로 들어가면 앞으로 십 년은 아주 피곤할 걸세. 차라리 죽는 게 낫겠다 싶을 만치 괴로운 일만 가득할 거라고."

이히히히힝!

취명도 기명자의 말에 동의를 표했다.

서해영부터 기명자, 취명까지 왜 다들 자신더러 비무대회에 나가지 말라는 것일까?

꾸욱.

모용천은 입술을 깨물며 말했다.

"그러니 지금 선배도 나에게 저 안으로 들어가지 말라는 겁니까? 비무대회에 나가지 말라는 말씀이신가요?"

"크크큭! 무슨 소리야? 내가 언제 그런 말을 했어?"

"지금 한 말이 그런 뜻이 아니면 뭡니까?"

기명자는 쭈글쭈글한 얼굴 가득 비웃음을 머금으며 대답했다.

"자네와는 인연이 있어 미리 알려주는 거지 다른 뜻은 없다네. 오히려 나는 자네가 저 안으로 들어가는 편이 좋아. 자네만 보고 있어도 심심하지는 않을 테니까 말일세."

그렇게 말하는 기명자는 이제껏 모용천이 보아온 얼굴이 아니었다. 생김새는 틀림없이 기명자이나 마치 다른 사람인 것처럼 멀게만 느껴지는 것이다.

모용천은 잇자국 선명한 입술을 움직였다.

"그럼 더 말씀하실 필요 없습니다. 제가 이제부터 재미있게 해드리지요. 심심할 틈도 없이 말입니다."

기명자에게 대답할 틈도 주지 않고 모용천은 등을 돌렸다. 눈 깜짝할 새 정문을 통과해 사라지는 모용천을 보며 기명자는 껄껄껄 너털웃음을 흘렸다.

투루루루루!

제 주인을 따라 취명도 잇몸을 드러내며 투레질했다. 빈 거리에 웃음을 남기고 노인과 말은 어디론가 사라졌다.

고조되었던 흥분은 사라진 지 오래다. 군웅은 차갑게 식은 눈으로 비무대 위를 힘없이 올려보고 있었다.

"크아악!"

비명을 지르며 한 그림자가 비무대 아래로 굴러떨어졌다.

"제갈 형!"

제 앞을 막아주고 있던 제갈첨이 사라지자 종리상웅이 소리쳤다. 그러나 그가 걱정하는 것은 제갈첨이 아니라 자신의 안위이다.

아니나 다를까, 제갈첨이 사라진 공간을 순식간에 검은 기운이 채웠다.

"으아악!"

종리상웅이 지레 겁을 먹고 비명부터 질렀다. 내 이럴 줄 알았어! 부친과 여동생을 향한 원망이 머릿속에 번뜩인 순간, 맥 풀린 목소리가 들려왔다.

"쯧쯧쯧. 한숨 자고 일어나시오."

채 무슨 말인지 들어도 듣지 못하고 종리상웅은 정신을 잃었다.

철퍼덕!

종리상웅이 제자리에서 쓰러지자, 비로소 실체없이 일렁이던 검은 기운이 살짝 속을 비추었다.

이루 말할 수 없이 패악한 검은 기운은 바로 마천상야공의 증거이니, 그를 옷처럼 두른 자는 말할 것도 없이 마왕의 셋째 아들인 황지엽이었다.

마천상야공의 기운을 일부 걷어내고 모습을 드러낸 황지엽의 앞에 비무대 위의 처참한 광경이 펼쳐져 있었다. 만용에 분노했거나 혹은 다수의 힘을 믿고 용기를 얻었거나, 정파무림의 젊은 인재들은 각기 다른 이유로 황지엽에게 달려들었지만 하나같이 비무대 위에 널브러져 있었다.

팔이 꺾이거나 다리가 돌아가는 등 그 자세가 다를지언정 제 무공을 십분 펼쳐 보지도 못하고 정신을 잃어버리기는 마찬가지였다. 그들이 흘린 핏자국도 비무대 곳곳에 선명해, 군웅의 마음을 더욱 처참하게 짓이기고 있었다. 황지엽이 이룬 삼단계의 마천상야공도 이 자리에 모인 군웅의 마음을 꺾기에 충분했던 것이다.

그러나 그 와중에도 꺾이지 않은 단 한 사람.

무당의 검을 들고 비무대 위에 홀로 선 소년이 있었다.

"호오……."

한 치 흐트러짐도 없이 자신을 향해 검을 겨누고 있는 동진을 보며 황지엽은 고개를 끄덕였다.

'무당의 천재라더니 소문이 오히려 못하구나!'

그러나 겉으로만 의연할 뿐, 동진도 마천상야공의 패악한 기운에 진기가 헝클어져 섣불리 움직일 수 없었다. 남궁권이나 당성곤도 모두 쓰러졌으니 서 있는 것만으로도 칭찬받아 마땅했으나, 그것은 오히려 꼿꼿한 자부심을 꺾는 처사일 게다.

"아쉽구나!"

어린 나이에 놀라운 성취를 보인 동진이 아쉽긴 하였으나, 그런 싹을 꺾는 것도 자신의 일이다. 황지엽은 진심으로 탄식하고, 다시금 내력을 일으켰다.

구우웅—

마천상야공의 검은 기운이 황지엽의 신형을 완전히 감쌌다.

비무대 위에는 황지엽이 아니라 실체없는 검은 기운만이 일렁였다.

쏴아아—

검은 기운이 유령처럼 동진을 덮쳤다.

'온다!'

동진은 제 뜻대로 되지 않는 내력을 억지로 일으키며 검을 움직였다. 막을 수 없는 걸 알아도 몸은 절로 검과 하나였다. 저 검은 기운을 당해내기에 부족하지만 의지마저 꺾일 수는 없다!

그때,

카앙!

날카로운 소리가 사람들의 귀를 찌르고, 동진을 덮쳐 오던 검은 기운이 흩어졌다.

"크윽!"

사방으로 흩어지는 마천상야공의 기운에 사람들이 일제히 고개를 돌렸다. 비무대 위와 가까운 곳에서 고개를 돌리지 않은 자는 동진뿐이었다.

"……?"

동진의 놀란 눈으로 멀찍이 선 황지엽이 보였다. 그 낭패 섞인 얼굴이, 반 이상 사라진 검은 기운이 결코 제 의지로 거두어들인 게 아님을 알려주었다.

동진은 그를 물린 검이 자신의 것이 아님을 생각했다. 황지엽의 난감한 눈도 자신을 향해 있지 않았다.

"위험했소."
낮익은 목소리에 동진은 고개를 돌리고 외쳤다.
"모용 형!"
모용천이었다.

저작권 보호!!
장르문학의 성장에 힘이 되어주십시오.

저작물의 무단 전재와 복제, 불법 다운로드!
이것은 관심이 아니라 무관심입니다!

작가님들은 창의적 열정과 시간을 투자해 자신의 꿈과 생계를 유지합니다.
한 권의 책을 만들어 많은 사람들은 자신의 인생과 미래를 설계합니다.

저작물 속에는 여러 사람의 노력과 희망이
담겨 있습니다!

저작물의 무단 전재와 복제, 불법 다운로드는 여러 사람들의 꿈과 생계를
위협함으로써 장르문학을 심각한 상황에 빠뜨리고 있습니다.

이제는 무관심이 아니라 관심으로 장르문학의
성장에 힘이 되어주세요.

[도서출판 **청어람**은 항시적인 저작권 보호를 통해 장르문학과
여러분의 희망을 지키겠습니다.]

도서출판 **청어람**

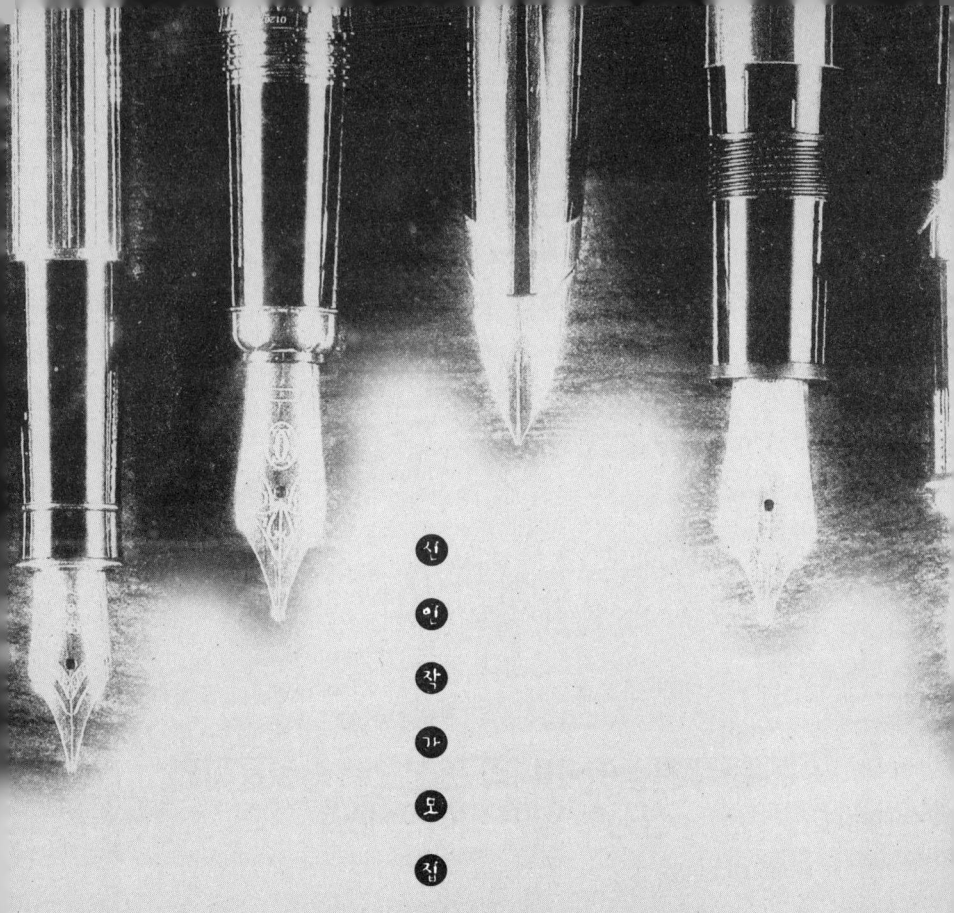

共同傳人

공동전인

설경구 新무협 판타지 소설

마교를 재건하라.

혈마옥에 갇히며 미교 장로들의 공동전인이 된 시무진에게 주어진 과제.
역사상 가장 착한 마교의 교주.
하지만 역사상 가장 강한 미교의 교주가 되고 싶다.

고정관념을 버려요.

마교도라고 해서 꼭 나쁜 놈일 필요는 없잖아요.

지금까지와는 다른 마교.

이제 사무진이 만들어가는 새로운 마교가 모습을 드러낸다.

유행이 아닌 자유추구 -
WWW.chungeoram.com

Book Publishing CHUNGEORAM

歡喜

밀공

歡
喜
密
功

설봉 新 무협 판타지 소설

환희밀공

歡喜
密功
환희
밀공
1
설봉 新무협 판타지 소설

歡喜密功
환희밀공
1
설봉 新무협 판타지 소설

1
천무 [포君]

무유칠덕(武有七德), 금폭(禁暴), 집병(戢兵), 보대(保大),
정공(定功), 안민(安民), 화중(和衆), 풍재(豊財), 자야(眘也).
⟨좌전(左傳), 선공 십이년(宣公 十二年)⟩

무에는 일곱 가지 덕이 있다.
첫째, 난폭을 금지한다. 둘째, 무기를 거두어들인다. 셋째, 큰 나라를 보전한다.
넷째, 공적을 정한다. 다섯째, 백성을 편안하게 한다. 여섯째, 대중을 화합하게 한다.
일곱째, 물자를 풍부하게 한다.

섭서성(陝西省) 육반산(六盤山)에 신력(神力)을 바탕으로
패공(覇功)을 구사하는 가문(家門), 육반루가(六盤婁家).
세상에게 외면받고 멸시당하는 환희교(歡喜敎).
육반루가의 후손과 환희교 교주의 운명적인 만남.

"넌 환희교를 지키는 수문장(守門將)이 될 거야.
강하게, 아주 강하게 키워주마."
'아버지처럼 죽지 않을 거야. 아무도 날 죽일 수 없어.
세상에서 최고로 강한 사람이 될 거야.'

유행이 아닌 자유추구 -
WWW.chungeoram.com
Book Publishing CHUNGEORAM

태룡전

『마신』, 『뇌신』에 이은
작가 김강현의 또 하나의 대작!!
『태룡전』

김강현
新 무협 판타지 소설

내가 이곳 미고현에 위치한 천망칠십오대에
온 지도 벌써 두 달이 넘었거든.
그런데 아직도 이해하지 못한 일이 하나 있어.
그게 뭐냐고? 우리 대주 말이야.
우리 대주님이 가장 좋아하는 게 뭔지 아나?
바로 침상에서 좌우로 데굴데굴 굴러다니는 거야.
그다음으로 좋아하는 게 그렇게 뒹굴다 잠드는 거고…….
나려타곤(懶驢打滾)!
더도 덜도 아닌 딱 우리 대주님을 지칭하는 말일세.

천망칠십오대 대주 단유강!!
격동의 무림은 그에게 휴식을 허락하지 않는다.
단유강, 그의 일보가 천하를 떨쳐 울린다!

유행이 아닌 자유추구 -
WWW.chungeoram.com
Book Publishing CHUNGEORAM

오채지 新무협 판타지 소설

천산도객

마도대종사의 죽음.
마침내 끝이 난 이십 년간의 정마대전.
하지만 전 무림이 까맣게 모르는 것이 있었으니…

대종사가 마지막까지 숨겨두었던 마도백가(魔道百家)의 비밀 병기.
패잔병으로 북방을 떠돌던 어느 날 신비로운 사내 비파랑을 만나는데…

"항주의 금룡관(金龍館)에… 이걸 전해주십시오."
"눈치챘겠지만 난 마인이오."
"어쩐지 당신이라면… 약속을 지켜줄 것 같아서……."

한 번의 짧은 만남이 만든 운명 같은 행보.
그의 위대한 강호행이 시작된다.

유행이 아닌 자유추구 -
WWW.chungeoram.com

Book Publishing CHUNGEORAM